将门盛华

吾命为凰

千桦尽落 著

下

重慶出版集团 重慶出版社

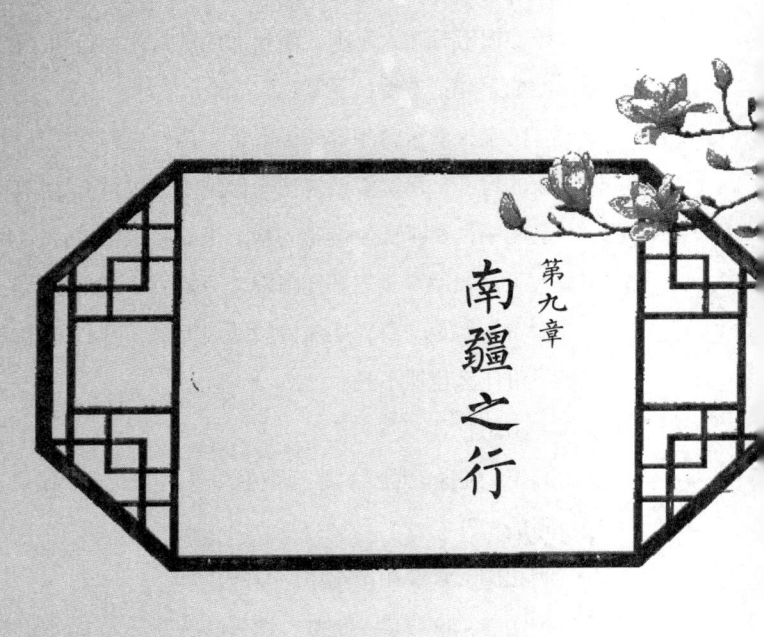

第九章 南疆之行

将门盛华：吾命为风

那夜，白卿言睡得极不踏实……她梦到了南疆战场之上，她的祖父、父亲、叔叔和弟弟们。

梦到血流成渠，到处都是残肢断骸，到处都是血战拼杀的嘶吼声，武器碰撞出的火花就擦着她的眼仁而过，可她不敢眨眼。她眼睛一眨不眨地看向远处苍穹之中那黑压压一片数万利箭如铺天盖地的蝗虫带着破风的呼啸声极速而来，她踩着血土和成的泥水朝着那朝尸山之上不断砍杀敌贼的身影冲去："爹爹！爹爹快跑！"

她刚爬至爹爹身边，还未触碰到爹爹的铠甲，就听"咻咻"的声音从耳边而过，爹爹猛地转身将她护于怀中压倒，她耳边是利箭穿透铠甲入肉之声。

她惊惧万分睁大了眼，看着面色铁青死死咬着牙的爹爹，用力抓紧了爹爹胸前护胸，泪如泉涌："爹！爹爹！"

"阿宝，爹爹曾想等天下太平，带着你和你娘还有阿瑜，游山水写诗赋，过过寻常人家的日子！可爹爹要失信于你阿娘，也再无法护你了。"

箭雨中，爹爹英俊儒雅的脸上带着笑意，轻轻抬手抹去她脸上泪水："爹爹的阿宝长大了，要替爹爹守好你阿娘，莫复仇，莫含恨，安稳余生，能活便好！"

眼看着爹爹的身影如流沙般随风而逝，她心中乱成一团，五内俱焚，慌乱伸手去抓……可什么也抓不到！

"阿姐！"

闻声，她猛地回头，看到胞弟浑身是血立于尸山之下，她疯了般朝胞弟冲去："阿瑜！阿瑜！"

明知道，爹爹和弟弟早已身故。

明知道，这只是一个梦，摧人心肝，让人五内俱焚，可她还是不愿意醒来！

因为这里有她的亲人在！

白卿瑜满是鲜血的脸上露出懊悔的笑容，低声哽咽："阿姐，阿瑜答应得胜班师，要为阿姐奉上南疆最漂亮的鸽血石，阿瑜要食言了！"

她一把抱住胞弟，闭上眼放声大哭："阿姐不要鸽血石！阿姐不要！阿姐只要阿瑜好好的！阿瑜……阿瑜！"

"阿宝……"

闻声，她回头："祖父！"

祖父身着平日里在家练功时的衣裳，如往常那般笑着冲她招手，眉目慈祥和蔼。

她面前再无弟弟的身影，她喉咙发紧只能含泪一步一步朝祖父走去，悲痛欲绝跪于祖父面前，抱住祖父的腿放声痛哭："祖父！祖父……"

祖父弯腰轻轻抚了抚她的脑袋，牵着她的手，苍老和蔼的徐徐说道带着安抚人心的力量："阿宝护住了妹妹，撑住了白家……祖父甚是欣慰，祖父以阿宝为傲。"

她死死咬着牙用力摇头，不……她做得不够好！她配不上让祖父引以为傲，她若能早一点振作，不把自己当做病秧子养着，能早一点恢复武功，便能与祖父他们并肩去南疆……说不定可以用她一死换白家哪怕一二亲属平安。

祖父笑得越发温润慈祥："阿宝可知，祖父平生何愿啊？"

"海晏河清，天下太平……"

祖父点了点头，声音里满是饱经沧桑之后的慈悲柔肠："宁为太平犬，莫作离乱人！生逢乱世，百姓所求无非'太平'二字。阿宝可愿继承祖父遗志，为这芸芸苍生尽一份力啊？"

"白家世代忠臣良将，光明磊落，一心为民，克己奉公，却落得主疑臣诛满门不存的下场，祖父……还要我护着大晋江山？"

"阿宝以为，人活一世为何啊？"祖父温声询问。

不等她回答，祖父的身影便在一片柔光之中涣散，她喉咙发紧伸手想要拉住祖父却抓了一个空。

"祖父！祖父！"她心慌意乱大声呼喊着祖父，可空空荡荡的峡谷之间只有她的声音回荡着。

"长姐！长姐……"

耳边传来白锦桐的呼喊声，她猛地睁开眼。

"长姐！"趴在床边的白锦稚站起身。

"长姐！"白锦绣双眼通红，见长姐睁开眼，眼泪一下就冲了出来，转头对外间喊道，"大伯母，长姐醒了！长姐真的醒了！"

正在屏风外与洪大夫说话的董氏一听，拎着裙摆匆匆进了内间。

白锦绣忙擦了眼泪扯着白锦桐和白锦稚让开床边，董氏喉头翻滚，坐于床边抬手摸了摸白卿言的额头："不烧了！真的不烧了！真是谢天谢地！"

"阿娘……"

白卿言沙哑的嗓音响起，董氏眼泪一下就绷不住掉了下来，用力攥住她的手，死死咬着下唇："醒来就好！醒来就好！"

"长姐，你已经睡了两天了！"白锦桐道。

两天……难怪浑身虚弱无力。

"长姐你可吓死我们了！"白锦稚嗓音哽塞。

白锦桐心中松了一口气，说话也轻快起来："长姐突然发起高热，连黄太医和洪大夫都束手无策。还是那个萧先生听说后，说他家中兄长曾在母亲过世下葬后有如长姐一般的症状，洪大夫按照那位萧先生所说的方法施针，没想到这么有效，不到半盏茶的工夫长姐就醒了。"

"家中上下都很担忧长姐，祖母在这里守了两天一夜，刚才被大伯母劝回去。"白锦绣低声同白卿言笑道，"小五、小六和小七也都是熬不住了刚才走，要知道长姐会醒来，她们一定赖在这里！"

洪大夫给白卿言诊了脉，长长呼出一口气："无碍了！无碍了！有惊无险！养两日便能好，这几日饮食清淡些，我再写几个药膳……"

"辛苦洪大夫了！"春桃忙给洪大夫打珠帘，送洪大夫从内间出来写方子。

春桃伺候白卿言梳洗后用了点清粥，身上渐渐有了力道。

阖府上下得了白卿言醒来的消息，先是大长公主、后是几位叔母妹妹，都来看过后才放心下去。

白锦绣同白锦桐、白锦稚，陪白卿言围坐于火炉之前，说起日后之事。

"如今梁王的案子牵扯上了南疆粮草案，忠勇侯府定然脱不开身，忠勇侯已死，秦朗回了侯府，我打算十五送祖母去皇家庵堂清修后，便也回侯府！"白锦绣徐徐说道，"我同秦朗是夫妻，白家丧事已了，该筹备起侯府的丧事了。"

白卿言脸色苍白，垂眸端起手边温热的茶杯暖手，低声开口道："若你身体扛得住，今日便回侯府，时间拖久了，旁人难免会对你有所议论。"

白锦绣望着长姐，只听长姐徐徐道："此时侯府生乱无首，正是能任你拿捏调度，将大权与人心攥入掌中的时候！长姐知道你对祖母的孝心，祖母就在皇家清庵……来日方长。"

这个白锦绣不是没有想到，她原本打算初十白家出殡之后便回去，谁知后来长姐突然高热不醒，她就多留了两天。既然已至今日，她便想再留两天送祖母和三妹离开之后再走。

"嗯！"白锦绣点了点头，"知道长姐无碍，我也可放心了！东西我已收拾妥当，即刻便走，银霜暂时留在府中，等忠勇侯府一切妥当之后，我再接银霜过去。"

说罢，白锦绣起身行礼。

"诸事小心！"白锦桐不放心叮嘱了一句。

"十五那日姐姐恐怕不能去送你了，出门在外，万事小心！"白锦绣眼眶发红，又看向白卿言，"长姐南疆之行，若锦绣无法前去送长姐，长姐切记也千万小心，锦绣在大都……等长姐携全家荣耀归来。"

"我送二姐回去！"白锦稚站起身道。

白卿言对白锦稚道："你去祖母那里请蒋嬷嬷亲自送锦绣去忠勇侯府，你等随行！好叫忠勇侯府上下都知道，锦绣背后站的是祖母大长公主和我白家遗孀，让大都城诸人都明白，锦绣不是好欺负的。"

"长姐，祖母昨日说了，等二姐回侯府时，蒋嬷嬷相陪乘大长公主车驾！将二姐回忠勇侯府的路能铺多平，便铺多平。"白锦桐低声道。

虽然这事在情理之中，可白卿言是真没有想到祖母竟会主动这么做，她点了点头："好，那我便没什么不放心的了。"

看着三个妹妹离开，她对春桃道："春桃，更衣……派人唤肖若海过来。"

春桃见白卿言脸色极差，想劝又知无用，只能含泪福身："是！"

还不到她可以酣睡之时，她竟睡了两日。不知这两日狱中梁王是否有所异动，高升、童吉还有那个田维军那里，有没有审问出一个所以然来。

肖若海得知白卿言醒来的消息，早就候着白卿言唤他，所以来得极快。

"大姑娘身边叫春妍的丫头，刚一用刑就什么都招了个干干净净，昨夜失血过多而亡。高升是个硬汉子，听说大理寺卿手下有一审讯能人亦在他身上审不出任何消息。童吉在狱中受尽折磨，但一问三不知。只有那个田维军将知道的都说了，但都不是切中要害之事，可南疆粮草案定然同梁王脱不开关系了。"肖若海规规矩矩弯着腰，将狱中消息言简意赅转述给白卿言。

"还有一事，白府出殡第二日，齐王曾乔装来了白府，递了令牌给大长公主似乎是想见大姑娘，可当时大姑娘没有醒，齐王与大长公主密谈约半个时辰后，悄悄离府，此事只有大长公主与夫人知道。"

白卿言不意外，没了信王，齐王被立为王储顺理成章，南疆之行除却齐王不做他想。齐王临行前想要来探探她虚实，也实属正常。至于祖母与齐王说了什么，她已不再挂心。

"大姑娘，三姑娘过来了……"

春桃话音一落，喘着粗气的白锦桐已经挑帘进门。

"长姐……"白锦桐对白卿言行礼后道,"宫中旨意,齐王被册封为太子,正月十五亲征南疆,陛下命户部侍郎亲自征调粮草。"

白锦桐一得消息就赶忙跑了过来。太子出征,长姐定要随行,那就是说……长姐十五也要离都了。

正月十五,这么快。她手指轻轻摩挲衣角,颔首:"我知道了。"

守在院外的春桃看到董氏身边的秦嬷嬷疾步走来,行礼:"秦嬷嬷……"

"大姑娘可醒着?"

"醒着,正同三姑娘说话,奴婢这就去通禀。"

春桃正欲挑帘进门就听秦嬷嬷道:"太子殿下来了,在前厅要见大姑娘,夫人正陪着殿下用茶。"

春桃一怔,忙进门。

白卿言已经听到了,她起身吩咐春桃:"拿狐裘来!"

十五便要出征,太子殿下或许想来问一问白卿言应对东燕大凉合军之策,这也是应该的,毕竟这军功是太子的,太子比任何人都希望这一仗能胜,以此军功来奠定他不可动摇的储君之位。

她随秦嬷嬷疾步来到前厅,董氏正同太子殿下喝茶,余光见那一身素衣白服的清瘦女子扶着婢女的手跨入正厅,太子放下茶杯起身:"白大姑娘。"

"见过太子殿下。"白卿言垂眸行礼,"言病中,未曾恭贺太子殿下入主东宫之喜,还望殿下恕罪。"

眼前女子面色苍白羸弱之态,却也不掩其风华惊艳。

太子无轻渎之心,反恭谨还礼:"德不配位,孤心中了然,只望能与大晋有才德之士勠力同心,共翼大晋,匡孤于辅国正途。"

白卿言微微侧身避开太子的礼,轻声问:"殿下此次前来,可是为十五出征之事?"

"大姑娘大病初愈,不知体力能否支撑远行?"

太子没有避开董氏的意思,董氏便也没有退下。

白卿言抬头看了眼太子,深知太子今日来其一是想看她是否已经转醒,十五能否随他出征,其二只是想探问她准备以什么方式,确切说是以什么身份随他出征,才能将军功悉数给他,如此罢了。

"殿下放心,撑得住。只是此次出征南疆……言身为女儿身多有不便,欲女扮男装以幕僚身份跟随殿下左右,不知殿下觉得是否妥当?"

"白大姑娘思虑甚是。"太子得了准信，心中已无忧虑，他笑着道，"如此，大姑娘好好养病，孤特意命人拿了上好的补品来，望能助白大姑娘恢复一二。"

太子竟不问南疆战事？她低垂着眸子，视线落于太子殿下的麂皮软靴上，慢条斯理开口："今日我二妹锦绣欲回忠勇侯府，与秦朗祸福同当，白家诸人都劝不住。眼下白家已无男丁，言斗胆唤太子殿下一声表哥，不知表哥可否送二妹回忠勇侯府，为锦绣助一助声威，也好让忠勇侯府两位姑娘知道，白家男儿虽逝，可锦绣亦有表哥相护，她们心中有所忌惮，必不会再伤锦绣性命。"

太子殿下要从她这里拿军功，她可以给，但太子也应投桃报李给白家点儿好处。她将姿态放低，以表兄妹之情，求庇护白锦绣平安，于情于理他都不能推托。

果然，太子一口应了下来："孤与白家本是亲族，白家男儿已逝，孤便是白家诸位姑娘的亲兄长！举手之劳，怎会不应？大姑娘放心，有孤在一日，必不会让二姑娘受辱。"

白卿言刚醒来身子还弱，只将白锦绣送至府门口。

"长姐，外面风大，回吧！"

她用力握了握白锦绣的手，不知今日一别何日才能相见，姐妹两人皆是双眸通红。

"去吧！"她低声道。

白锦绣点头，转头看向正用帕子沾眼泪的刘氏，郑重对董氏行礼叩拜："大伯母，劳烦您多多照顾母亲。"

"好孩子，起来吧！"董氏将白锦绣扶了起来，拍了拍白锦绣的手，"放心！"

刘氏担心女儿，可是一想到白卿言用南疆军功为女儿换超一品的诰命，又请太子殿下亲自送白锦绣回忠勇侯府，她目光不免落在羸弱的白卿言身上，心跟油煎似的不是滋味。那可是九死一生的南疆战场，白家儿郎全都葬身在了那里，万一白卿言要是回不来，她余生如何安心啊？

"娘，孩儿走了！"

白锦绣说完，转身登上马车，深深看了自家长姐一眼，还是弯腰进了车厢内。

当日，白家二姑娘白锦绣乘大长公主车驾，由太子殿下与白家三姑娘四姑娘亲送回忠勇侯府，百姓听闻无不感叹白家风骨清正。都说夫妻本是同林鸟，大难临头各自飞，若旁人夫家出事被围，既然人在娘家奔丧，定会顺理成章躲在娘家避祸，更别说这白二姑娘当初险些被婆家两个小姑子害了性命，横着出了忠勇侯府。可白家二姑娘在白家丧事了结后，竟毅然决然回了忠勇侯府，其品德当为楷模。

忠勇侯府那两位姑娘，在听说白锦绣回忠勇侯府乃是新册封的太子相送，且太子在忠勇侯府门前，还对白锦绣以表妹相称，叮嘱看守忠勇侯府的兵士要对白锦绣及其身边诸人多加照顾之后，惶恐不安，尤其是年幼的二姑娘缩在床上瑟瑟发抖，吴嬷嬷怎么安抚都无用。

"这下可怎么办啊！"秦二姑娘缩在床角抖个不停，泪眼蒙蒙望着吴嬷嬷，"这白锦绣回来，我们……我们都活不成了吧？"

吴嬷嬷手里端着鸡丝粥，眼泪吧嗒吧嗒直掉："不怕的二姑娘！咱们不怕……白家最注重名声，她不敢害姑娘的！"

"可就是因为白家注重名声，名声好！之前我和妹妹又……"秦家大姑娘说不下去紧紧搂着幼弟，哽咽道，"爹已经死了，我们姐弟三人无人护，她回来肯定是要报仇的！娘要是在就好了，娘肯定会护着我们的！"

闺阁内秦家几人正惶惶不安不知所措之时，又一道圣旨下来，秦家两位姑娘险些晕了过去。

天子使臣持圣旨立于忠勇侯府门外，宣旨册封白锦绣为超一品诰命夫人。

听说这道圣旨是太子殿下护送白锦绣回忠勇侯府之后，担心白锦绣被欺负，便立刻进宫与皇帝说情请下的恩旨。

百姓无不赞叹太子殿下高义，皇帝情重，一时间又想起白锦绣当初险些在忠勇侯府被害了性命，再联想到秦德昭与南疆粮草案，想来是秦德昭早已同梁王、刘焕章之流暗中勾结下黑手坑害白家男儿，否则怎敢肆无忌惮纵女伤了刚嫁入秦家的白家二姑娘。

忠勇侯秦德昭虽死，可骂名传遍天下，梁王的名声也好不到哪里去，为一己私欲坑害国之柱石大晋脊梁，以致忠魂命葬南疆，大晋不得不卑躬屈膝派使臣前去同东燕大凉求和，何等耻辱！

刘焕章叛国与南疆粮草案凑在一起，稍有见识的平头百姓都能将案情拼凑完整，更何况手握人证物证的大理寺卿吕晋。只是大理寺卿吕晋心中疑惑，不论是皇帝也好，还是能争储君之位的皇子也罢，如今晋国面临东燕大凉合军压境，白家男儿尽数上战场为国灭敌，信王就算为夺军功，也不会蠢到要在大战未胜之际坑害白家战将。若真如梁王所说是听从信王吩咐办事，那时信王本人便在南疆，他就不怕连自己也葬送在那里吗？若此事是梁王攀诬信王为己脱身，梁王又是为何要这么做？即便信王死在南疆，太子也只能是齐王，轮不到他啊！

不通……不通啊！吕晋坐于灯火幽暗的大理寺狱内，听着童吉被行刑之时的惨叫声，反复琢磨思量。

"大人，这小厮晕过去了。"

听到刑官回禀，吕晋屈起指节敲了敲案几，慢条斯理道："泼醒，继续审……"

白府。

"外面都在传这是太子殿下的恩德！二夫人，咱们二姑娘这般年纪便成了超一品的诰命夫人，满大都城可是头一份儿啊！"

听着仆妇道喜，二夫人刘氏并无那般高兴。女儿这超一品的诰命是怎么来的，刘氏心中清楚，那可是白卿言要用命去南疆换啊！

刘氏眼眶发红，想到女儿的叮嘱，用帕子按了按心口，道："去……将年前我让人给少爷做的护心镜拿来。"

护心镜是年前刘氏让人给儿子做的，谁知道还没有赶得及命人送到南疆，儿子就没了。前几日罗嬷嬷捧着这做好的护心镜回来，刘氏触景伤情又哭了一场，便让罗嬷嬷将护心镜压箱底了。既然如今白卿言要去南疆，她这个做婶婶的无能，帮不上忙，就将这护心镜送与她，求神拜佛保佑她平安吧！

清辉院中，佟嬷嬷和春桃已经开始着手为白卿言收拾去南疆的行装。

白卿言让春桃将她的银甲红缨枪和射日弓找出来。

春桃叹了口气，命人将落了灰的红木箱抬进来打开，里面放着白卿言的银色战甲、红缨枪和射日弓。

白卿言立于摇曳火光之下，见到放在银甲之上的那枚使用痕迹极重的兽骨韘，拿了起来，轻轻套在拇指之上在灯下细观。

韘又叫扳指，这是她习射日弓时祖父送她的，这东西原本是为扣弦拉射而生，可后来晋国随高祖皇帝开国以武得爵的世家皆不愿子孙习武，这东西倒成了世家贵族的佩饰。

她手上这枚髓腔被汗液沁出一层薄薄的黑色，远不如祖父那枚属当世名品的黑璋环。

佟嬷嬷打帘迈着小碎步进来，福身道："大姑娘，肖若海来了，请见姑娘。"

"请……"

她脱下扳指放回木箱之中，让春桃将这口箱子收好，这是她要带去南疆的。

肖若海一进屋，行礼后便将皇帝下旨册封白锦绣为超一品诰命夫人之事告诉了白卿言。

"不知是谁先提起太子仁义，如今百姓皆赞太子殿下仁义与陛下厚德，称太子殿下不负忠臣，愿善待忠臣遗孀！"

她略微意外地挑了挑眉："欲借白家得仁义之名，这可不像太子殿下的心计啊！太子殿下……怕是得能人了。"

她刚借着太子的声威为二妹讨了一点好处，太子殿下便借她白家为自己壮声势，一点儿亏都不吃。

对皇帝来说，这道圣旨原本就是她讨要的，不过早一点下旨，在出征之前还能给她和百姓卖个好，名利双收皇帝何乐不为？

也算是……互惠互利吧。

肖若海颔首称是："属下派去尾随之人称，如今还未搬出齐王府的太子回府后不过一盏茶的时间，便匆匆出府进宫，随后旨意才下来！"

果然，有人点拨齐王了，下这道圣旨的时机真真儿极好。

肖若海接着道："如今齐王府上下喜气洋洋，听说太子殿下回府后重赏了一位秦先生，想必就是这位秦先生点拨了太子殿下，如今秦先生已是太子府的座上之宾，细问姓名之后得知这位秦先生名唤秦尚志。"

秦尚志……难怪。她抿了抿唇，没想到此生秦尚志终还是到了太子的身边，成了太子的幕僚。秦尚志大才，只希望此生太子不要负了秦尚志才是啊！也希望他们彼此有朝一日不要站在对立面，并非她怕与秦尚志为敌，只不过是怜惜秦尚志罢了。杜知微心计深沉手段阴毒损辣是真小人，防不胜防，秦尚志却与杜知微不同，秦尚志有智谋手腕但秉性良善是真君子。

"这位秦先生若真得太子殿下看重，此次南疆之行必会见到，留心些便是了！"她望着肖若海，"倒是乳兄，南疆之行时间紧迫，都准备妥当了吗？"

"大姑娘放心，我们的人已经分几批派出去了，沿途尾随军队而行，不会引人注目。"

肖若海余下担忧未说，只是高手太少，此次大姑娘南疆之行风险还是太高。

春杏打帘进来，福身道："大姑娘，夫人朝清辉院来了。"

她颔首，对肖若海道："辛苦乳兄了！"

听到白卿言这话，肖若海忙称不敢，便匆匆退下。

送走肖若海，她怕母亲发现她成日缠在腿上和手臂上的沙袋，便让春桃解开藏起，亲自出门将母亲董氏迎了进来。

一进门，董氏攥着白卿言的手让其他人退了出去，红着眼眶将女儿扯至内间，细长的手指用力戳了一下女儿的脑门："你大胆！"

她知道母亲说的是南疆之事，她挽着董氏的手臂扶她坐在床边，低声问："今日锦绣走后，阿娘也套车出门了，是去舅舅家借人了？"

董氏能如何？太子上门提起南疆之行，可见女儿南疆之行已成定局，不可更改，董氏能做的便只能是最大程度护女儿周全。所以送走白锦绣之后，董氏立刻命人套车出门，向董家借死士随女儿一同前往南疆，至少能护她性命。只是，之前董氏与董老太君商议定下阿宝与董长元之事，就得搁置了。

"千金之子不垂堂，百金之子不骑衡，白家男子皆葬身南疆，你既知你为家中嫡长，又在你祖父灵前立誓要撑起白家门楣，你何敢乘危而侥幸？"董氏说着眼泪便顺通红的眼眶往下掉，眼底有怒也有心疼。

她望着阿娘双眸酸涩得厉害，她用力挽住阿娘的手臂，阿娘每次都是被气急才会掉书袋……阿娘博学，每每爹爹都被阿娘说得哑口无言，连连告罪。

她忽而想起年幼时，樱花树荫之下，爹爹被阿娘训得满脸涨红拂袖而去，不过几息便又回来手捧茶盏向母亲致歉，含笑低语："娘子，为夫错了。"

她下巴枕在阿娘的肩膀上，克制着心头百味，学着爹爹的腔调低声道："阿娘，阿宝错了！"

董氏瞪着她，瞪着瞪着再绷不住哭声，将她拥入怀中，用力搂紧。

"阿娘，南疆我得去。想护住白家仅凭民心是不够的！只有攥住兵权，才能真正让皇室忌惮惧怕，才能真正护住白家。"

她对母亲本就无所保留，说得坦然："我睡了两天，梦到了父亲，梦到了阿瑜……我不想让白家再有任何一人落得父亲和阿瑜那样的下场！往小了说……我想护住母亲和婶婶还有妹妹们！往大了说……我愿继承祖父遗志！"

"阿娘，人活一世仅短短数十年，而世族大家之所以能长存于世，不被湮灭在这万古长时之中，除了家族血统的延续，还有风骨同信仰的传承！我等白家子孙能承担得起白家意志、风骨，白家才能真正得以传世！若家族志向不存，迟早会被岁月吞噬，被光阴遗忘。"

听着女儿的软声细语，董氏一腔怒火消散，只留满心担忧和难过，明明是应该被娇养的天之骄女，却要担起家族男儿之责。

女儿心有大志，她为娘的还能拼死阻拦不成？

董氏死死咬着下唇，用力攥住女儿的手，将她抱紧："此次，你舅舅从董家带来的一百死士悉数随你去南疆，只听你一人调令！你舅舅已派人快马回登州，余下人马追上你，会想办法同你联系……"

世族大家豢养死士已不是什么新鲜事，越是显赫的大家族死士便越多，也只有世族大家才能养得起那些死士，说白了死士便是世家的私兵。舅舅这是把董家的私兵交到了她的手里。

"阿娘，我不会愧对外祖母和舅舅这份信任的！"她低声道。

"你外祖母和舅舅同阿娘一样，只希望你能平安回来！"董氏喉咙哽塞，在女儿面前难得露出如此脆弱的神态，"阿娘已经没有了你父亲和阿瑜，阿娘不能没有你了，你可知道？"

"我知道！我都知道！"她红着眼抱紧阿娘，哽咽开口，"阿娘放心，我一定把我自己完完整整地给阿娘带回来，阿娘信我！"

董氏将号令董氏死士的白玉玉佩递给白卿言："这是号令董家死士的信物。"

她收下低声道："我身上重孝，否则一定亲自去见外祖母和舅舅一趟，谢他们！"

"你外祖母和舅舅不在意这些！你好生在家里收拾行装！尽量妥帖些！你二婶刚才将年前定做的护心镜送到我这里来，嘱托我转交于你，让你带上！我看了，用料极为扎实，是个好东西！你带上！"董氏将女儿鬓边碎发拢在耳后。

"嗯！"她点头轻笑，"有阿娘和外祖母、舅舅，还有诸位婶婶惦记，我一定尽力赶在回朔阳之前回来！"

"好！"董氏长长呼出一口气，心中无限惆怅。

董氏走后，白卿言安排起清辉院诸事。

佟嬷嬷、春桃、银霜三人被悄悄叫了进来，规规矩矩看着坐在铜制火炉前烤火的白卿言。

"我走后，你们多听佟嬷嬷的话，尤其是银霜！"

懵懵懂懂的银霜点了点头。

"老奴倒是想同大姑娘求个恩典。"佟嬷嬷看了眼傻乎乎的银霜，道，"老奴没有女儿，想收银霜做干女儿，虽然老奴身份不高，可到底是大姑娘身边的管事嬷嬷，银霜成了老奴的干女，想必其他家仆也不敢随意欺辱她。"

白卿言还未同佟嬷嬷说过，打算让银霜去二妹那里。

"嬷嬷，我是打算让你教银霜一些日子，等忠勇侯府诸事定下，便将银霜送到二妹那里去……"

佟嬷嬷颇为意外，怔愣片刻忙道："那也无碍，老奴只是怕旁人欺负了银霜去。"

"好，倘若银霜愿意，此事嬷嬷同银霜商量便是！"

春桃眼泪吧嗒吧嗒往下掉，她扑通跪在白卿言面前，膝行两步叩首，双手扶在白卿言膝头道："大姑娘，就让奴婢跟着大姑娘吧！奴婢保证不给大姑娘添乱！好歹……让奴婢随行伺候大姑娘一应饮食，好不好？"

春桃的忠心她如何不知，可是她不能让春桃随她一同去战乱之地，梦中春桃因她而死，如今她必要护春桃周全。

"你走了谁替我守清辉院啊？"她笑着将春桃扶了起来，用力握了握春桃的手，"清辉院里我信得过的就是你们，银霜一走，佟嬷嬷年纪大了或有个头疼脑热的，万一让人钻了空子怎么办，嗯？"

春桃死死咬着下唇，眼泪断了线。

"别怕，我还要回来送你出嫁呢！"她同春桃笑着说。

这不是玩笑，她欠春桃一个婚礼，此生必要让她风风光光出嫁。

"姑娘，这都什么时候了你还说这个！"春桃哽咽。

"战场我不是没去过，此次跟随太子身边无非出谋划策，有何可惧？"

知道自家姑娘决心已定，春桃只能掉着眼泪帮白卿言收拾，心中难受极了。

一连几日，国公府抬着成箱成箱的账目从后角门进进出出，今日终于将所有账目对清楚，交于萧容衍之手。

旁人看着热热闹闹，可那箱子里究竟是什么，也只有董氏心腹和萧容衍心腹知晓。

萧容衍当日在宗族逼迫白家之时出手相助，于情于理此事告一段落之后，都该宴请萧容衍。可白家无男儿，管家、管事出面身份太低，虽说对商人身份的萧容衍来说足够，可若是对白家恩人就未免身份不够。

这日账目对清，董清岳携子董长元替董氏出面，于国公府宴请萧容衍，倒是让萧容衍受宠若惊。

萧容衍不是没有听说董氏打算将白卿言许给董长元之事，董长元少年解元公，品貌端方，学问不凡，的确是难得的好儿郎。然，在萧容衍的眼中，董长元配白卿言还

第九章　南疆之行

· 399 ·

是稚嫩了些。白卿言虽为女子，可心怀大志，襟怀洒落，格局智谋无双又有用兵谋国之能。这样的女子非当世英豪不能与之匹配。

董长元随父亲前来宴请萧容衍，虽说瞧不上萧容衍商贾的身份，但到底是有恩于白家之人，他便来了。谁料，几番交谈下来，董长元竟被萧容衍的见识谈吐与胸怀气度折服，只觉此人实乃温润君子。

董清岳举杯替董氏敬酒："今日举杯，四谢先生！一谢先生城南出手阻信王去路！二谢先生救白家四夫人！三谢先生于白家遗孀被逼之际出手相助！四谢先生指点洪大夫行针，卿言才得以苏醒！我替家姐敬萧先生一杯。"

"董大人折煞晚辈，晚辈怎敢当这一声谢，碰巧而已！"萧容衍举杯略低于董清岳，姿态恭敬，"白家于衍之恩德深重，盼有来日能报偿一二，若有所求，衍必倾尽全力。"

董清岳眸中含笑将杯中酒饮尽："今日能得萧先生一诺，甚幸。"

董清岳望着眼前举手投足尽是雍容之气的年轻人，只觉后生可畏。他观人多年，知此人非池中物，能得此一诺对白家来说总归是有益无害。

"听说，先生不日便要离开大都了？"董长元问。

"陛下下旨，今年十五不办灯会，举国为镇国王哀，我便不留于大都了。"萧容衍道。

如白玉般温润的翩翩公子董长元，含笑举杯："那便祝先生一路顺风。"

正月十五，天还未亮。

白家诸人送大长公主去皇家清庵清修，车马队伍从白家正门出发，浩浩荡荡上山，于晨光初现时停于气势恢宏的高阶之下。

董氏亲自扶着大长公主沿高阶而上，三夫人李氏还不知白锦桐将要离开大都，殷殷嘱托她好生照料大长公主，晨昏定省关切祖母身体不能懈怠。

白锦桐一一应下。

"你等回去吧！不必再送了！让阿宝送我进去便好。"大长公主轻轻握了握董氏的手，"以后无事也不必来探望我，好好过好自己的日子！"

几个儿媳妇儿立在清庵门口，恭敬行礼，目送大长公主进去，折返前殿进香叩拜。

白卿言同白锦桐一左一右跟在大长公主身侧，只听大长公主克制着情绪低声叮咛："今日，你二人皆要离家，切记万事小心！尤其是阿宝……你要去南疆，那里刀剑无眼，千万记住紧跟太子殿下方可保你平安。"

"是。"她低低应声。

将大长公主送入院子，白锦桐叩拜后红着眼出门，去更衣准备出发。

皇家清庵的小院厢房，虽然称不上富丽堂皇，但也是什么都不缺的。

厢房内地龙已经烧了起来，挑开厚毡帘子，如春的暖气迎面扑来。

她送大长公主入内，看婢女上了热茶后，福身道："祖母既然安顿好，孙女就告退了。"

"阿宝！"大长公主见白卿言要走着急起身。

她沟壑纵横的枯槁大手攥住白卿言的手，将她腕间佛珠挂在白卿言的细腕之上："这是光合大师开过光的，定能佑你平安归来！"

白卿言看着这串祖母常年佩戴的佛珠，没有推辞，福身行礼后道："多谢祖母。"

"阿宝，你可一定要……平安回来啊！"大长公主眸子红得一塌糊涂，克制着不让自己眼泪掉下来。

她浅浅颔首退出厢房，正退到小院，听到院内挑帘的声响她回头看了眼，见大长公主在蒋嬷嬷搀扶下挑起毛毡帘出来，正流泪望着她。

她终是不忍，浅浅对大长公主福身后离开。

白卿言到白锦桐那里时，白锦桐换好了男装，她带着白锦桐从清庵偏门出，让她从山北面离开。

两人刚走至北山竹林，便见到翠绿竹叶翻飞之下立着一队训练有素的护卫。

魏忠匆匆上前行礼："主子，卫队半数十人在此。"

她颔首，侧头对白锦桐道："祖母将她手上一支暗卫队交于我手，这一半随你走！"

白锦桐抿唇想了想道："长姐今日便要去南疆，更需要他们！长姐带走！"

"我跟在太子身边不会有事，可你不同，你隐姓埋名能依靠的只有人手！"白卿言拉住白锦桐的手，送她往山下走，"我母亲已将白家各地排得上名号的铺子放于你的行囊中！所幸天下皆知白家散尽家财，铺子易手旁人也不会引人注目！"

"嗯……"白锦桐颔首，见山路难行扶了白卿言一把，竟摸到了白卿言手臂之上缠绕的铁沙袋。

"如今这世道在变，为长远计，你此次不能只将目光放在晋国，若以你之能可让生意列国遍布，将来收集各国消息便方便上许多。"

世道在变？白锦桐心头莫名重重跳了一拍，心头如破开云雾。是啊，不仅晋国在变，世道也在变！于晋国来说，内，朝中趋炎附势的谄佞奸徒，登高位掌大权；外，大凉东燕联军迫境，朝中无敢去前线之武将。内乱未平，外患交迫，亡国之兆。于世道来说，曾经强盛一时的大晋霸主显露盛极必衰之象，大凉野心勃勃，东燕后起之秀，天下局势将变。目光只在晋国，便只能看到晋国沧海桑田，而目光放于列国，才能看清世道和局势如何变幻更替。时局瞬息万变，谁能掌握先机，谁便可这乱世乱流中立足。

白锦桐深知，长姐所求是护住白家，但若在护住白家力所能及之余，长姐的心志怕已不仅仅只在晋国。白家还未脱险，长姐便已深谋远虑为白家世代所图之大志铺路，所图非小，她亦得调整策略，才能配合长姐步伐。

"长姐！锦桐知晓轻重，长姐放心，锦桐必不负长姐，不负白家，不负祖宗信念。"白锦桐抱拳行礼，"长姐止步，锦桐自行下山！"

她欣慰白锦桐明白了她的意思，颔首："万事小心，你心存良善，但出门在外不可妇人之仁！"

"锦桐知道！"

今日开始，白锦桐便要用他人身份行走。

暗卫悄无声息跟随白锦桐离开，直至肉眼所及已看不到白锦桐的身影。

寒风吹过竹林竹叶沙沙作响，魏忠听到白卿言漠然的声音……

"还有一半暗卫，等忠勇侯府围兵离开后，交于二姑娘白锦绣手中，任二姑娘驱使，不得有误。你年纪大了，从今天开始便跟随在祖母身边伺候，护祖母周全，安心养老，不必跟着我了。"

魏忠闻言没有丝毫犹豫，颔首称是谢恩。一朝天子一朝臣，魏忠在宫中见得多了，主子更替能得一个善终，于他们这些奴才来说便是最好的结果。

出征大军辰时末已时初便要出发，白卿言与太子约定在城外十里会合。

今晨，她来送祖母和三妹，已先一步让肖若海带着明面儿上的护卫与行装在城外十里等候。

她一路下山同董氏同坐一车，董氏揽着女儿的肩膀眼泪直掉，一路皆是叮嘱之语："你记住，千万不能和当年一样认为战局在你掌控之中便去涉险！你要知道阿娘只剩下你了，听到没有？"

"阿娘放心，阿宝知道了！阿宝一定紧紧跟在太子身边保自己周全。况且有两位乳兄相护，阿宝定会平安归来！阿娘为爹爹守白家！我还要活着替爹爹护阿娘呢！"

董氏克制不住哭声，用力抱紧了女儿，心里难过不已。

明明说好的，若是女儿便让她教诗书，让女儿知书达礼，若是儿子便让丈夫教他武艺，让他保家卫国。

可为何，儿子死于沙场，女儿也即将拖着病弱之躯奔赴。

送董氏和诸位婶婶回府，白卿言郑重叩拜后避人耳目悄悄离府。

秦嬷嬷回来禀董氏白卿言已走，董氏泪如雨下，良久她长长叹了一口气，哽咽开口："今日起，大姑娘称病……"

"老奴明白！"秦嬷嬷红着眼道。

"大嫂！大嫂！"

三夫人李氏慌张失措的声音在院外就传了进来，董氏睁开酸胀的眼，侧头朝窗外看了眼，吩咐秦嬷嬷："去迎一迎三夫人。"

三夫人李氏拎着裙摆匆匆进门，手里捏着一封书信，慌得泪流满面："大嫂！小四……小四她……"

秦嬷嬷见状带着外间伺候的婢女退下，三夫人这才忙走至董氏面前，将信递了过去："小四留信出走了！说是要随阿宝去南疆！我就说她这几日怎么这么乖顺，不惹事不说，还每日来我这里叮嘱我要保重身体，照顾好自己……闹了半天她在这给我憋着这么一出！今天早上她说不舒服就不去送祖母了，我还当她是真不舒服！大嫂，这可怎么办啊？"

"你先别慌！"董氏接过信一边细看一边问，"什么时候发现小四不见的？小四身边的人可都询问过了？"

"那几个婆子丫头说今早我们送母亲走后，那小妮子就拎了包袱骑马跑了！"李氏心慌得不行，她的丈夫儿子全都死了，女儿要是出事她可怎么活？

董氏一目十行看完信，道："你别慌，她是去寻阿宝的，我这就命人去将她追回来！秦嬷嬷……"

秦嬷嬷应声挑帘进来："让卢平亲自带一队人马往南，务必快马将四姑娘白锦稚追回来！"

"是！"

李氏一怔，竟然让卢平亲自去？

"嬷嬷等等！"李氏忙唤住转身要走的秦嬷嬷，她上前一步攥住董氏的手，"大嫂，如今咱们府上最得用武功最高的便是卢平，你让卢平去追人，万一大都有变数咱们府上怎么办？"

"除了卢平，又有谁能将小四带回来？放心吧，小四应该走得不远。"董氏对秦嬷嬷道，"去吧！让卢平小心行事莫让人发现了。"

"秦嬷嬷！"李氏又把人叫住，她喉头翻滚着，双眸泛红，眼泪吧嗒吧嗒往下掉，"卢平不能走！罢了！不追了！左右……她是去找阿宝了！小四有一身武艺，若遇危险应当不会拖累阿宝，也好让她在阿宝身边好好学学！"

李氏心中明明不舍，明明担忧，却还是狠下心肠。她虽不如董氏这般睿智什么都了然于心，可也能猜到白卿言之所以去南疆是为了保全白家。大嫂董氏也只剩下这一个身体羸弱的女儿，可为了白家大嫂不得不让白卿言去，她的女儿身体强健自己任性妄为跑了，她还要大嫂遣白家护卫去追，万一大都这边儿有事大嫂手里连个身手卓绝的人都没有！

李氏下了狠心，眼底噙着泪，郑重道："大嫂，劳烦您派个人找到那个不成器的东西，告诉她……护阿宝平安回来，否则我打断她的腿！"

董氏眼眶一热，轻轻握住李氏的手："锦桐去陪母亲了，要是连锦稚都走了，你……"

不等董氏说完，李氏摇了摇头："小四仗着天资不错，任性妄为了这么多年，如今父兄都不在了，她也该去历练历练，该长大了！更何况以小四那个性子就算是把她捆回来了，她找机会还是要跑。"

良久董氏点头，转头吩咐立在门口双眼发红的秦嬷嬷："派个人去，找到四姑娘直接送到大姑娘那里，让大姑娘护好妹妹。"

白卿言的马车到城南十里坡时，出征大军还未到。

已换了一身男装的白卿言还未下马车，肖若海已经快马而来，对马车内的白卿言道："大姑娘，二姑娘来送您了！"

锦绣？

她挑开马车车帘，弯腰下车，见不远处随她去南疆的卫队一侧停着辆马车，披着披风的白锦绣立于马车旁，见长姐一身利落的男装，想起曾经长姐身着银甲英姿飒爽的模样，湿红的眼底有了笑意，疾步朝白卿言方向走来。

"你怎么来了？"白卿言颇为意外。

白锦绣扶住她的手臂，朝卫队方向走去："是太子殿下的安排，他让我来送送长姐，他这是在卖人情给长姐，信王、梁王相继入狱之后，我倒是觉得太子聪明了许多！就比如……这超一品诰命夫人的恩典是长姐换来的，却让太子和皇帝得了好名声。"

"太子身边得了能人，不足为奇。"她握了握白锦绣挽在她臂弯的手。

"只是，太子得了能人，长姐南疆之行怕是更危机重重。"白锦绣脚下步子一顿，红着眼眶望向白卿言，冰凉的手指紧紧攥着她的手，眼中满是担忧，"长姐，真的就……非去不可吗？"

白锦绣怕南疆之行，皇帝不会让白卿言活着回来！

她知道白锦绣的担忧，徐徐道："虽说白家军溃败，可百足之虫死而不僵，我白家真正的根基不在大都，在军中！振臂一挥一呼百应，那是换作任何一个姓氏都做不到的。我去是要告诉仅剩的白家军，我白家骨血与白家军同在！刀山火海生死相托，那，才是我们白家应该经营的地方。"

她用力捏了捏白锦绣的手："乱世当道，军权方为立身之本。"

白锦绣眼泪一下就掉了下来，她忙用手背擦拭。

远处，出征大军已缓缓而来，白锦绣心中不舍，哽咽道："长姐，万事小心，我等长姐平安回来！"

她回头看了眼浩浩荡荡而来的出征队伍，太子精致的榆木马车行于前方，后面跟着两辆规格偏小的马车，两侧皆是护卫兵士。

很快，太子贴身伺候太监快马而来，下马对白卿言行礼道："太子有令，请白大姑娘马车跟于太子马车之后，以护白姑娘周全。"

"多谢。"白卿言浅浅颔首。

"长姐……"白锦绣哽咽。

"好了，回去吧！"

说罢，她松开妹妹的手，上了肖若海备好的马车。

"长姐，定要平安归来！"

听到白锦绣带着哭腔的声音，她抬手撩开湛青色的帘子，对白锦绣颔首。

肖若海亲驾马车，双手勒住缰绳，带着人马缓缓朝出征大军的方向而去。

大军随行传令兵前后传令，让先头部队提快了速度，又缓缓压慢了后面行军的速度，让白卿言的马车借空插了进去，位于太子殿下马车之后。

这辆马车是肖若海选的，虽不如太子殿下马车那般奢华惹眼，可车体宽敞，车厢是用压实了的实木制成，即便是最锋利的箭矢也难以穿透。

此次，皇帝倾全国之力聚齐五万大军出征南疆，沿途官道定然是平坦。肖若海细心，在木案上摆了棋盘，大约是怕路上枯燥让白卿言解闷儿的。车内暗匣里有书本，还有易于存放的点心吃食，煮茶的小炉子，一应茶具，取暖的铜罩火盆，连香炉这样的小物件儿都很齐整，当真是费心了。

如今陛下已先遣议和使臣稳住局势，后命太子亲自率兵出征，再战之心显而易见。太子知兵贵神速不敢耽误，一路车马颠簸抱着痰盂吐了好几次，却未曾叫苦也不曾让队伍减缓前进速度，硬忍了下来。

五万兵士安顿至营地，太子车马被当地太守恭敬请入府内休息，太守宴请被面色不佳的太子推辞了。可宴已设，太子劳累不愿赏脸，太守便盛情相邀太子带来的幕僚，白卿言称病未去。

多年不曾出入过军营，白卿言立在土丘之上望着营地演武场，四周旗帜猎猎作响，高高架起的火盆火舌摇曳将演武场映得亮如白昼，兵士们围着两个肉搏较量的百夫长，起哄声一阵比一阵高，热闹非凡。

寒风席卷而过，白卿言却觉这场景无比熟悉，心中竟有游子归乡之感。

"公子，风大回去吧！"跟在白卿言身后的肖若海低声道。

她手中握着手炉颔首往土丘之下走，问道："小四到哪儿了？"

"四公子尾随大军已在城中客栈住下，公子放心。属下派人暗中护着四公子，必不会让四公子出事。"肖若海压低了声音说。

"明日出发之前，把她带到我跟前来！另外……派人给母亲和三婶送个信，好让她们安心。"

"是！"肖若海应声。

秦尚志带着随行小厮立在不远处，远远看到一身男装的白卿言，含笑长揖到地，姿态很是恭敬。

白卿言含笑与秦尚志相望。

秦尚志专程来这里等白卿言必是有话要说，如今白卿言男装行走，倒也不必太过避讳男女有别。

肖若海备好茶水，起身立在白卿言一侧，余光悄无声息打量着这位曾经客居白府、如今又成了太子幕僚的秦先生。

白卿言与秦尚志相隔一桌，相对而坐。

"初十一别，不曾想今日再见先生已是太子幕僚，言以茶代酒恭贺先生。"白卿言端起面前冒着热气的茶杯。

秦尚志看了眼肖若海，见白卿言没有让肖若海退下的意思，便知此人是白卿言心腹，他举杯轻抿一口茶水，放下茶杯后道："大姑娘可知，此次南疆之行……于大姑娘而言，危机四伏？"

她放下茶杯端坐，握住手中半凉的手炉，望着秦尚志道："先生能来与我说危机四伏四字，言铭感于心。"

"秦某曾蒙大姑娘收留，方可苟活，故而今夜前来打扰，是为了告知大姑娘，此次不论大姑娘胜也好败也罢，今上都不能容大姑娘存活于世！"秦尚志神情郑重，似乎下定了决心一般，"秦某有一计，可使大姑娘在抵达南疆之前脱身。"

身着素白色暗纹左襟长衫的白卿言，望着秦尚志缓缓道："先生，我一人荣辱性命何足道哉？南疆我必去。"

秦尚志没有问为何，看着眼前身形清瘦的男装女子，陡然想起那日有兵士家眷在国公府门前闹事，白卿言字字铿锵之语，她说前线艰险总须有人去！因那里数万生民无人护！她手指头顶匾额，称"镇国"二字，当是不灭犯我晋民之贼寇，誓死不还！生为民，死殉国！白家为护我大晋百姓无忧无惧的太平山河，生死无悔！

油灯烛火之下，秦尚志搁在膝盖上的手缓缓收紧，时至今日忆起白卿言那掷地有声之语，心中热血依旧澎湃难抑。白家是真正以"忠义"二字传家，将"为国为民"四字刻进了傲骨里。白家男儿虽葬身南疆，可只要白家精气风骨不灭，白家便能在这世族大家皆如昙花一现的历史长流中，永存不朽。

秦尚志郑重行礼："镇国公府白氏，满门英豪，可叹可敬！"

秦尚志是君子，便以君子之心度白卿言之腹，自是以为白卿言今日赴南疆，如当年的镇国王一般只为护民守国。交浅不能言深，白卿言不欲同秦尚志多加解释，坦然替祖父、父亲受了秦尚志这一礼。

第二日，寅时。

偌大的演武场只有旗帜猎猎作响，皎皎月光之下，白卿言清瘦身影立于靶场，以极为标准漂亮的姿势将射日弓拉了一个满弓，只可惜箭未射出她已力竭，腹腔那口气一散，来不及收势，羽箭射出一小段距离软塌塌跌落在地，她亦是弯腰扶着双膝直喘粗气，双臂肌肉酸胀发抖。

豆大的汗水顺着她的下颌滴答滴答往下滴，衣襟已经被汗水湿了一片，肺部难受得如同快要炸开。

白卿言体虚，力道和从前不能相比，可身体对弓箭的记忆还在，她说是从头再来但到底不是初学者，加上这段时间白卿言日常都缠着铁沙袋，力道还是恢复了些。

扶膝休息了一小会儿，白卿言直起身，从箭筒里抽出一支箭，继续练。

梦里，她为了恢复武艺没日没夜地练，比这痛苦百倍，眼前这点难受算什么，远远不够瞧的，她知道自己一定能一次比一次做得更好。

重新调整气息，搭箭，拉弦……

肖若海立在一旁看着白卿言坚忍的背影，想起白卿言小时候被逼着练弓箭的模样，大姑娘从小到大都是这般，任何事都不轻言放弃！要么不做，要做便做到最好，不论这期间要吃多少苦受多少罪，也从不气馁。

当年都说小白帅天资不凡武艺超群，可无人知道白卿言为了那身武艺吃了多少苦，受了多少罪。如今从头再来，白卿言身上除了当年那股子韧劲儿和拼劲儿之外，少了急躁更多了几分沉着稳健。短短数日，从连普通的弓都拉不开，到一点一点拉开射日弓，白卿言这可以称得上是突飞猛进一日千里了。可白卿言还不满足，她练到全身湿透发抖也只是稍作休息重整旗鼓再来，每日如此不曾间断。

天际放亮之时，全身衣衫被汗水湿透、面颊通红的白卿言，吩咐肖若海收了弓箭，吩咐道："劳烦乳兄加重我日常绑臂的铁沙袋，以后每日加重一次。"

她眼下要稳扎稳打，不能太过急躁从而透支身体，得每日不间断慢慢一点一点加量，否则一定会如同梦中那般提前将身体拖垮，得不偿失。

白卿言回去洗漱换了一身衣裳，正往手臂缠新增分量的铁沙袋时，就从窗口瞧见肖若海派去接白锦稚的赵冉回来，正立在檐下同肖若海说话，脸上有伤。

听到白卿言出来的开门声，肖若海挥了挥手让赵冉退下。

她开口把人唤住："赵冉你过来，四公子呢？"

赵冉忙快步走至白卿言面前，满面愧疚行礼道："属下无能，没有能将四公子带来，请公子责罚。"

"公子，四公子怕是误会了，以为赵冉他们是抓她回大都城的，所以和赵冉他们动了手，逃窜间四公子遇到大魏富商萧容衍，向其求救。那位萧先生命他的人出手护下四公子又拦住我们的人，四公子又称不认识赵冉等人，所以……那位萧先生拒不交出四公子。"

萧容衍？

萧容衍似乎是说过，十五就要离开大都返乡，不承想这么巧竟然和小四碰上了。

"你先下去处理伤口。"白卿言对赵冉道。

"是，属下告退。"

赵冉走后，她问肖若海："大都那边可有什么消息？"

"刘焕章的叛国之罪定是翻不了案了，但刘焕章一死，南疆粮草案大理寺卿吕大人查起来就颇为棘手，田维军的证词又都无法证实梁王并非奉信王之命办事。梁王到现在抵死不认，高升受尽酷刑一概不说，小厮童吉一问三不知，这个案子也是难为大理寺卿吕大人了。"肖若海道。

杜知微死了，刘焕章也死了，梁王的谋臣和战将都没了……如今，白家军必不会被梁王接手，没了杜知微，她倒要看看梁王要如何翻盘。

"左相李茂那边还没有动静？"她又问。

梦中梁王与左相李茂相互勾结参奏祖父叛国，现如今梁王已入狱，李茂倒是坐得很稳。李茂奸滑，她猜李茂此前定然是看透梁王明面儿上追随信王，实际上不过利用信王，怕将来齐王与信王两败俱伤，这位梁王上位的可能性更大，所以才暗中倒向了梁王。可梦里，李茂却在齐王将要册封为太子的关口，弃了这个纯臣的身份，与梁王一同参奏表明立场……杜知微此人，做事一向留后手，既然梦中能让李茂同梁王联手共参祖父叛国，要么是李茂的把柄攥在梁王杜知微手中，逼得李茂不得表明态度！要么……李茂便是铁了心追随梁王，好要那从龙之功。若是前者，李茂现在怕是要急着清理把柄。若是后者，李茂应该会设法救出梁王。可以李茂向来喜欢左右逢源的品性，她笃定是第一种。

肖若海摇了摇头："来人未报，不过临走前按照公子吩咐已派高手将左相府牢牢看住，稍有异动我们的人定会察觉，另外，派去看守左相府的一个小子正巧碰到了个机会混入左相府，只是人才刚进府中，要起作用还需时间。"

她活动舒展了还在不自觉发抖的双手，点头："之后李茂府邸的任何动向，都派人向二姑娘禀报一次，就说是我临走之前交代的，以防我身处南疆鞭长莫及，让她随机应变，谨防李茂此人！"

"是。"肖若海应声。

"乳兄，你亲自去一趟把小四接回来，告诉她我不会送她回大都！记住不要同萧容衍的人发生正面冲突，接到小四尽快赶上大军步伐。"

肖若海抱拳："属下这就去！"

太子临行之前，皇帝再三交代此战必胜的重要性，太子镌心铭骨时刻不忘，虽然昨日在马车上被颠了一个七荤八素，今晨还是强撑着起来，命大军按时开拔。

太子被搀扶着临上马车之前，见白卿言一身利落男装，未披披风，再看白卿言脚下易于步行的防滑鞋履，颇为诧异问了一句："白大……公子，这是打算步行？"

"马车颠簸，走走也好。"白卿言道。

没有那么多时间给她慢慢训练恢复体力，她便周身缠着加了分量的铁沙袋，以步行代替训练。如今是急行军，为不拖累行军速度，她必须跟上，也算是对自己的一种鞭策。只希望在到达南疆之时，至少她能够重新将射日弓练出来。

昨日在马车里窝了一整天，骨头都快被颠散的太子听了这话，命人给他拿了双易于行走的鞋履："昨日坐了一日马车，骨头都僵了，孤也走走。"

"殿下，我们是急行军，殿下与白公子不同，不是少入军旅，步行恐耽误时间。"秦尚志劝道。

太子摆了摆手只道："白公子走得，孤也走得。"

话说出口，大军出发。

然，走出不到两里太子已经跟不上速度，三里时……为不耽误行军速度太子被扶上马车。

行至十里之时，白卿言发丝被这寒风吹得略有些散乱，脸和鼻尖通红，汗水顺着下颌滴答滴答向下掉，缠着铁沙袋的腿如同灌铅一般酸麻到抬不动，马车近在咫尺，她随时可同太子一般上马车，舒舒服服坐车而行。

可她只要一想到祖父、父亲、众位叔父和弟弟的死，心就如同油煎火烧，一口气沉到腹腔咬牙前行。到南疆最快一个半月便可到达，那个砍了小十七头颅、剖了小十七腹部的云破行就在南疆。难道，她要拖着一副肩不能扛手不能提的身子去同云破行较量不成？她这些年体弱，因由不是病重不是寒症，而是她认同了大夫的话，亦自认病弱而不勤勉练习，夏药膳冬进补，整日卧床休养，将自己越养越弱。

呼吸间白雾袅袅模糊了她发热的眼睛，耳边只剩下大军整齐行进的一致的步伐声。

她调整呼吸，目视前方，紧紧攥着拳头，胸口如同火烧火燎一般难受。

祖父、父亲谁不曾受过重伤，哪一个有她这么娇气了？他们教了她一身的本事，难道就是为了让她自怜自惜的？小时候学武千般苦都吃了，荒废了这么多年，如今想把武艺再捡回来,难道想想就能回来吗?苍天公平,人生苦甜对半。这些苦都是她这些年落下的,她得补齐了才能拿回原本属于自己的武功,都是应该的。

肖若海快马追上行军队伍时,见白卿言未坐马车一跃下马,疾步走至白卿言的身边道:"公子,属下没有能接回四公子。四公子拒不同属下走,口称不认识属下。那位萧先生说,他此行亦是往南,四公子是公子的幼弟他必会好生照顾,若公子实在不放心可亲自去接人,只有见到公子,他才相信我等是公子的人,才能将四公子交还。"

白卿言脚下石子一滑,僵硬的身形险些摔倒,幸而肖若海一把扶住:"公子!"

她脚步若停顿,身后队伍步伐必然都得跟着乱,她不是没有行军经验的深闺女儿,立刻借肖若海的力挺直腰身,疾步向前:"知道了!"

她重新找回呼吸和步伐,思索萧容衍的意图。让她亲自去接人?白卿言在心中嗤笑,她要离开行军队伍去接人,必得和太子说明缘由。萧容衍怕是有所图谋想与太子同行又怕刻意,这才想借她的嘴传话,让太子去请他吧。毕竟,太子身为皇子,在繁华热闹的大都城享乐惯了,这一路马车之中枯燥乏味,有个能谈天说地的知己相伴,便不那么难熬了。皇亲贵胄的公子习性和做派,萧容衍倒是明白得很。

她不免又回想起她发热昏睡那两日,期间太子与祖母密谈的半个时辰,她再想到临行前祖母几乎是明示她一言一行都必须在太子殿下眼皮子底下,不要离太子殿下身边。她想,应当是太子答应了祖母她此行只要不生异心,不离他视线做有碍皇室之事,便保她性命。

肖若海没有劝白卿言回马车休息,他深知白卿言的秉性,劝也无用,索性牵马护于白卿言身旁一路随行。

天黑透之时,大军终于赶到曲沣。

白卿言亦险些脱力,她人坐在营房内,颤抖着手解开缠绕在身上的铁沙袋,沙袋已能滴出水来。

静坐时,汗比行军途中出得更多。

肖若海命人给白卿言提了水亲自在门口守着,让白卿言可以好好沐浴解乏。

太子看着灯下为他脚上药的小太监,皱眉问:"白家大姑娘,真的一天都走下来了?"今日他不过走了几里路,脚上便磨出泡来无法再前行,这白卿言一个姑娘家,竟然随军走了一天?

太子的贴身太监全渔替太子穿好罗袜,笑道:"这也不奇怪,白家大姑娘自小同国公爷出征,想必是习惯了,真是个有福不会享的,偏要自己折腾自己!"

"话不能这么说，她病了这些年，那身体可大不如前了……"太子看着摇曳的烛火，心中颇为不甘心，他竟连一个女人都比不过了？

"太子殿下金尊玉贵，可千万不能自降身份和那些耐劳之人比。"全渔净了手给太子送上一碗温度刚刚合适的燕窝，"殿下用了燕窝早点儿休息吧！明儿个还要赶路呢！"

太子小口用燕窝粥之时，全渔已经命人点了助眠的熏香铺好床铺。

待太子漱口后，他扶着太子上了床榻，眉目间尽是崇敬："殿下为国为民如此操劳辛苦，百姓必都铭记殿下恩德，等南疆大胜归来，殿下定会更得人望。"

"少拍马屁！"太子嘴上这么说，眼底却尽是笑意。

大军卯时末便要开拔。白卿言日常训练结束从演武场回来，更衣洗漱后卯时便去见了太子，将白锦稚之事告知太子。

"小四年幼莽撞怕被送回大都，便谎称不识在下身边护卫，萧先生也不敢贸然将小四送走，故在下想烦劳殿下身边的公公将小四从萧先生那里接来。"

说着，白卿言朝全渔的方向颔首致礼，全无清贵人家轻贱太监那高高在上之态。

全渔受宠若惊，连忙还礼。

白卿言一身男装，身形瘦削却挺拔，一派英姿飒爽的男儿姿态，言语间也无女态，倒是让人辨不出雌雄，只觉是个相貌比女儿家还漂亮的少年郎。

"对啊，容衍有事要先往平阳城再归国，与我们同路！"太子突然笑着转头看向全渔，"你去客栈将四姑娘接回来，再问容衍……是否愿意与大军同行，速去速回不可耽误开拔时辰。"

白卿言垂着眸子不吭声，太子殿下在车内坐得定是相当乏味了，听到萧容衍同路竟这般高兴。

"殿下放心，白大……公子放心，奴必不会耽误时辰！"全渔领命，对太子殿下与白卿言行礼后匆匆出门。

白卿言身边的人去了两次都没有把人带回来，太子殿下身边的奴才去了不过半个多时辰，在大军整装出发之前，萧容衍一行人连同白锦稚便到了。

白卿言立于太子身后，见身披狐裘大氅的萧容衍骑马踏着破晓晨光而来，他身后跟着一队二十多人的带刀护卫，排场十分煊赫。

极为儒雅温润的男子从容下马，身后清晨初升的辉光为他周身镀了一层熠熠金色。

他遥遥向太子行礼，嘴边噙着淡淡笑意，举手投足间尽是腹有诗书的风雅气度。

跟在萧容衍身侧一身男装的白锦稚亦是跟着萧容衍向太子行了一礼，便飞速朝白卿言的方向跑来，她跑至白卿言面前怯生生看着自家长姐，乖乖立在白卿言身侧，低头用手指一个劲儿扯衣摆。

"容衍，你莫骑马了！与孤同坐马车，孤也有个说话的人！"太子笑着唤了他一声。

萧容衍将手中乌金马鞭递给护卫，走至太子面前又躬身一礼，通身温醇厚重的儒雅气质。

他含笑的幽邃眸子朝白卿言看去，平静的目光极为内敛高深，似能洞悉一切。见她一身男装，倒像清贵人家样貌惊艳如画的翩翩公子，不免想起大蜀皇宫她战马银枪的飒爽英姿。

他朝白卿言躬身一礼："白公子。"

白卿言姿态洒落还礼："有劳萧先生对舍弟照顾。"

看到白卿言脚下鞋履，萧容衍温声询问："白公子不坐马车？"

"听闻步行可强身健体，试一试罢了。"白卿言沉着道。

"走吧！要出发了！"太子对萧容衍说了一声，又对白卿言道，"白公子坚持不住便上马车，急行军速度极快，切莫逞强。"

白卿言对太子行礼："言谨记。"

太子拉着萧容衍上了马车，随行将军安排萧容衍的人跟在后面，大军准备开拔出发。

"四公子上马车吧！"肖若海对白锦稚道。

白锦稚将随身携带的银枪长鞭和包袱丢进马车里，又小跑回白卿言身边："我同长姐一起走路。"

随着号角声响起，军队出发，白锦稚不安跟在白卿言身边："长姐，你别生气，我就是害怕你让肖若海把我送回大都！以前祖父不让我去战场，是觉得我定性不够，可如今情况不一样了！我不能眼睁睁看着长姐去南疆涉险，自己窝在大都城享福。"

见长姐目视前方只顾前行，白锦稚眼眶发红："长姐我有一身武艺，不求去南疆建功立业，只求能跟在长姐身边，以肉身护长姐一个周全！长姐是我们姐妹的主心骨，而小四是我们白家最无用之人，此行万一有难小四愿为长姐舍命！"

她听着白锦稚哽咽之语，心底情绪翻涌，感怀万分。

"小四出息了，宁跟在旁人身边也叫不回来！当真是一出门就野了？"白卿言压低了声音。

"率性于外，沉稳于内……长姐说的小四都记得！"白锦稚说着朝太子马车的方向看了眼，将声音压得更低了些，"不是小四使性子不回来，而是小四觉得这个萧先生有些古怪，想留在他身边详细查证罢了。"

白锦稚陡然说出这样的话来，倒是让她觉得意外。

同太子坐于马车中的萧容衍眸子陡然一眯，侧头轻轻撩开随车身晃动而摇曳的马车帘子，看向正凑近白卿言说话的白锦稚，目光又忍不住落于身形修长、容貌清丽的白卿言身上。

白卿言似有所感地抬眼，四目相对，见萧容衍只是静静凝视着她，她心头一跳，猜到萧容衍怕是听到了白锦稚的话，快了几步将妹妹挡在身后。

她知道萧容衍厉害，一粒花生米都能成凶器伤人，练家子听力出奇也不是什么新鲜事，可她却没想到白锦稚如此小声，周围又都是车轮声、步伐声，萧容衍竟然还能听到，可见此人身手何等厉害。

萧容衍看着白卿言的动作，缓缓放下帘子，笑容温润对太子道："白大姑娘本就体弱，这样步行恐怕撑不住吧？"

太子摇了摇头，歪在软枕上："昨日白大姑娘走了一天，到底是从过军的。"

见长姐快了几步，白锦稚怕长姐以为她无的放矢，忙追了几步道："真的长姐！那个萧先生身边的人个个身手不凡也就罢了，竟没有一个偷奸耍滑怠懒的，且言行十分齐整，自律性极高，令行禁止！这……可不是普通商人能做到的，倒像是训练有素的军旅者。"

她既然不能明着告知小四萧容衍的身份，又不能让萧容衍以为小四已知他身份准备告密，便没有阻止小四说下去。

"而且，我昨晚想偷偷去看他们这次押送往平阳城的货物，发现这批货物竟然有身手极好的暗卫把守，他们说这批货物是普通香料，香料多为草植，药物也多为草植，多种味道混在一起，分得清楚吗？再者装满草药的马车车轮压过可留不下那么深的车辙印子，我怀疑他们这数目巨大的货物，是草药和兵器！长姐，你说这萧容衍会不会是大凉或者东燕的密探？"

"出门在外，你能留意这么多这很好！"她欣慰一向大大咧咧的白锦稚竟也会观察这些了，"但在商言商，如今南疆战场以天门关和凤城为界，多处于丰县、黑熊山、骆峰峡谷一带，属于南疆以东，南疆以西的平阳城几郡则相对安稳，可草药与护身兵器价格奇高，萧容衍运送草药兵器过去有利可图，有何奇怪？"

"那他为什么要掩人耳目？大大方方又有何不可？"白锦稚不解。

"商有商道，隔行如隔山，里面门道你若想知可去请教萧先生。"

白锦稚听出长姐这是没有怀疑萧容衍之意，便道："其实小四也明白，萧先生在白家困顿之时出手相助，这份恩情至少能容萧先生一次解释的机会，小四是准备查清楚了后，告知长姐再去询问萧先生的，这是义……小四没忘。"

她欣慰颔首："小四长大了。"

"长姐……那你不怪我了是不是？那你不会送我回大都了是不是？"白锦稚兴高采烈凑上前问。

"这一路直到归来，你就在我身边，寸步不可离，否则我立刻让乳兄捆了你八百里加急将你送回三婶儿身边去。"

听到长姐这话，白锦稚开心得不得了，连连点头，规规矩矩跟在白卿言身边前行。

可这一路越走到后面，白锦稚心里越难受。她看到长姐一身衣衫被汗水沁湿，仍不上车坚持步行，步伐坚定不曾拖慢队伍一分。等入夜到达白沃城之时，长姐解开缠绕在衣衫里的铁沙袋，都已可以拧出水来。

白卿言沐浴时，白锦稚一语不发从屋内出来，忍不住问肖若海："长姐，这两天就是……缠着这么重的铁沙袋走一天的？"

"今日大姑娘已能适应了，明日还要增加重量。大姑娘欲在到达南疆之前拿起射日弓，时间紧迫才用了此等方式。"

肖若海垂眸看着个头要比白卿言低一些的白锦稚，见小姑娘眼眶通红，他低声安抚道："大姑娘心中有分寸，四姑娘放心。"

铁沙袋白锦稚并不陌生，白家诸子练武的时候都用过，可这么重的铁沙袋白锦稚从没用过。长姐身子那么弱，吃得消吗？

寅时末。

寒风呼啸，白沃城飘起了三三两两的雪花。

演武场内，被高高架起的火盆中，熊熊火光迎风热烈摇曳。

万籁俱静中，有箭矢划破空气的声音不断响起，跌落，再响起，碰到草靶，又跌落。

汗水顺着白卿言下颌滴答滴答向下掉，她胸前和脊背的衣衫已经湿透，整个人如同从水里捞出来一般，在这寒气极为逼人的黑夜中蒸腾着热气。

她调整呼吸，沉着如水的目光一瞬不瞬凝视火光之下的草靶红点，再次拉开一个满弓，绷着劲儿，咬牙将一张弓拉到极致，弓木发出极为细微的声响。

她的骑射都是爹爹手把手教的，爹爹是大晋国无人能敌的神射手，她也是！

零丁雪花落在她极长的眼睫上，她松手……

"咻——"

肖若海忍不住攥紧拳头，克制着激动的声音，道："公子，中了！"

正中红心！

准头，白卿言一向有这个自信，只是力道还是欠缺得厉害，毕竟草靶的距离是被肖若海挪近了的。

白卿言喘息休整了片刻，又重新从箭筒里抽出一根羽箭，刚搭上弓……眸色一沉，猛地转身，不留余力，箭指来人，弓木紧绷到极致一触即发。

不到十丈，仅带一个护卫的萧容衍立于风雪之中，沉静黝黑的眸子望着那搭箭拉弓身姿极为利落漂亮的纤瘦身影。

迎风剧烈摆动的火光，将她那双锋芒锐利的眸子映得忽明忽暗，极为骇人的杀气在那一瞬呼之欲出，箭矢寒光毕现。

"白公子……"萧容衍远远朝着白卿言行礼。

她收了箭势："萧先生起得好早。"

萧容衍不动声色，缓缓朝她走来，看着她鬓角汗水顺着曲线优美纤长的颈脖没入衣领中，错开眼，温淡笑道："白公子手中的射日弓可否借萧某一观？"

她将手中射日弓递给萧容衍。

萧容衍借着火光细细看过射日弓之后，感慨道："这射日弓出自大燕已故大司马、大将军唐毅之手，曾经乃是大将军唐毅送与姬后所生的皇长子十五岁的生辰之礼，皇长子弃之不用，不承想这射日弓最后在白公子手中出了名，若唐毅将军泉下有知定然欣慰。"

白卿言当年随祖父出征得了"小白帅"的称号，其最有名的便是三样，疾风白马、红缨长枪和这箭无虚发的射日弓。只是，疾风护主已死，红缨长枪和射日弓也随着白卿言受伤被束之高阁。

萧容衍双手将射日弓奉还，她接过递给肖若海："萧先生是否为小四昨日那番话而来？"

"小四公子聪慧倒是超出萧某意料。"萧容衍眸底是温润浅淡的笑意，谈起小四如同长者般带着几分欣慰之感。

"萧先生于白家有恩，小四知道分寸。"

萧容衍回头看了眼跟随他的侍卫，那侍卫抱拳行礼后退下。

见状，白卿言亦转头对肖若海颔首，肖若海亦颔首退下。

"萧先生有话直说即可。"她道。

萧容衍望着她的目光柔和深邃，解开身上大氅披在白卿言的身上，垂眸帮她系带，略带薄茧的指腹刮过她下颌，她本能地躲了躲，却见萧容衍垂着眼睫十分专注，动作温和又轻柔。

"萧先生……"

她抬手阻止，却被萧容衍本能地攥住了手。

四周寒风呼啸，雪花七零八落，火光灼灼熠熠，她耳边只剩演武场四周旌旗猎猎作响的声音。

错愕之余，她整个人已被陌生男子的气息包裹，鼻息间淡雅低敛的稳重男子味，像沉香又似乎有区别。

她想抽手，可被萧容衍大手包裹住的指尖纹丝不动。

四目相对，男人犹如刀斧雕刻般的五官棱角硬朗，眼睑深重，高挺的眉骨令他的轮廓更显深邃，在这火光摇曳的黑夜竟似有倾倒众生的沉稳魅力。

她耳根滚烫，呼吸凝滞片刻，才惊觉自己手臂已起了一层鸡皮疙瘩。

如果不是因为练得太久她脸早已热得通红，此时她定然露怯。

萧容衍极为安静地注视着她，火光映在他暗黑的瞳仁里，没有轻薄放浪，亦没有戏弄之意，目光尽是温柔敦厚。

"怕我？"萧容衍沙哑的嗓音里，暗藏随时欲破茧而出的某种情绪，可想到大燕国现状……又似被迎头浇了盆冷水，眼底的炙热之色沉入谷底。

与其说她怕他，不如说忌惮更贴切。这位大燕摄政王在梦里留给她的印象太深，行事手段堪称毒辣，他对白卿言来说……如果是对手，那绝对是最让她顾忌的对手，比十个杜知微加起来还要有威胁。

她稳住心神，坦然回答："男女有别。"

萧容衍这才缓缓松开她的指尖，温醇的声音坦然："我运送的货物，的确不是香料，而是草药、盐和铁兵器。"

"是年前，大燕向大梁高利借的那批？"她反应极快。

年前大燕水患旱灾来势汹汹，让本就贫瘠的大燕雪上加霜，大燕曾向各国求援，却只有双方土地不接壤的大梁愿意高利借与大燕。

萧容衍没有瞒着，颔首："东西原本分六路送回大燕，一路粮资兵器已被大戎截获，如今大燕式微不能与大戎较量，各国虎视眈眈恨不能大燕就此灭亡分之后快，萧某这才不得已将六路归一，铤而走险从大晋境内而行，由萧某一人送回。"

若是寻常时候也就罢了，如今南疆战况胶着，粮食五谷还好说，兵器与盐铁这类官府禁止百姓私自商贩之物，越是靠近南疆盘查得越是严苛，必定不好通过。萧容衍这是想借太子的势，随同大军一路将粮资兵器送至与大燕接壤的平阳城。

好算计！他此行同太子和出征大军一道，谁吃了熊心豹子胆敢盘查？且此次出征是急行军，行军速度极快，各府城门大开。更何况与太子同行，可堂而皇之走官道，一路省下的时间就是大燕能救下的性命。今时的大燕的确艰难，谁又能想到就是这样一个摇摇欲坠的大燕国，十年之后会灭四国，成为军事实力令列国闻风丧胆的大国？

"萧先生，言是晋国人，先生与言说得如此详细，就不怕坏了先生的事？"

若说这个世上有哪国最不愿意见到大燕强盛起来，那必然是晋国。

"连白家小四都能看出的事情，以白大姑娘聪慧，不会看不出……"萧容衍瞧着她笑，"与白大姑娘坦白，无非是想告诉白大姑娘，至少眼下萧某并无与晋国为敌之意，只为救大燕百姓罢了。"

那日折柳亭一叙，萧容衍已知白卿言并非愚忠大晋之流，且心怀仁义慈悲，故而坦然告知，让白卿言心安，不必过多防备做出什么举动来。倒不是萧容衍害怕与这位心智无双的白大姑娘交手，而是此次事关大燕百姓性命，萧容衍不能拿大燕百姓的命来赌，大燕赌不起。

"太子那里有一幕僚，名唤秦尚志，萧先生以为以秦尚志之才看不出蹊跷？"

萧容衍声音越发轻柔："秦先生高才，可秦先生并不知萧某与大燕关系，萧某身为商人，在商言商……借太子威势于平阳城谋利，又有何不对？"

萧容衍果然算计得很明白，她垂眸解开大氅系带，将风毛极为厚实的大氅还与萧容衍："言一身是汗，怕弄脏了先生大氅！先生既是救人言绝不多事。"

"出了汗，着风易受寒，披上吧！"萧容衍轻轻将大氅推了回去。

和白卿言同住一屋的白锦稚突然惊醒，见长姐的床上已经没了人影，就追了出来。谁知道竟然看到长姐和萧先生在一起，还亲眼看到长姐解开了大氅还给萧先生，小丫头眯了眯眼，想到今日她说萧容衍押送货物有问题时，长姐还替萧容衍辩白了几句……

小丫头眼睛一亮。老天爷呀！她这是发现了什么？她们家长姐，红鸾星动了！长姐对这个萧先生动心了？也对……这个萧先生堪称玉树临风儒雅随和，就连皇子都没有这位萧先生身上雍和从容的气度！也没有这位萧先生长得好看！嗯……长相和气度配得上长姐！而且长姐定然是要招婿上门的，这个萧先生……商人的身份低了些，可对白家有恩又是第一富商，勉勉强强配得上她家长姐吧！她以为她家长姐这辈子都不会对谁动心的，没想到长姐竟然喜欢上了这个萧先生！

想到萧容衍将来要入赘白家，别人见了他称一声白萧氏，小丫头突然缩着脖子捂嘴偷笑。

"谁！"萧容衍猎鹰般的目光朝黑暗处望去。

白锦稚屏住呼吸，将自己往树后缩了缩，不会是说她吧？

不容白锦稚多想，只觉眼前一道寒光，萧容衍的护卫同肖若海的剑锋齐齐朝她而来！

"哎呀哎呀哎呀！是我是我！"白锦稚利落躲开萧容衍护卫的长剑，忙对肖若海道。

肖若海忙收了剑势："四……四公子？"

白锦稚瞪了萧容衍护卫一眼，撒腿朝白卿言的方向跑去："长姐！"

白锦稚跑到白卿言眼前，顺势从白卿言手中拿过大氅给白卿言披好："长姐，萧先生说得对！着风易受寒！披上！多谢萧先生了！"

萧容衍含笑对白卿言和白锦稚行礼后，道："大姑娘保重身体。"

望着萧容衍同那侍卫走远的身影，白锦稚直冲白卿言傻笑："长姐……你和萧先生约好了啊？"

她转头望着白锦稚，脱下肩上大氅放入白锦稚怀里，叮嘱道："以后出门在外，说话小心些，隔墙有耳。将这狐裘还给萧先生。"

白锦稚张了张嘴，想到刚才那么远的距离，她只是偷笑了一声，便被萧容衍听到，顿时只觉脊背发凉。

白锦稚忙抱着狐裘追上往营房走的白卿言："今日我同长姐说的那些话，萧先生都听到了？"

"在外说话不知顾忌，若这位萧先生真是大魏密探或有意搅乱南疆战场，你小命就保不住了。且不说萧先生能耐如何，萧先生身边那个护卫便是一等一的高手。人外有人天外有天，尤其出门在外，做事说话都要慎之又慎。"

白锦稚抱紧了怀里的狐裘，点了点头，这个在向萧容衍求救之时，她便看出来了。

"小四记住了！"白锦稚认真道。

第八日，大军达到崇峦岭，在崇峦岭内设营驻扎。

白卿言让肖若海备了纸钱和一壶酒，告知太子殿下之后，携白锦稚出了军营，祭奠为白家护送战事记录竹简而丧生的猛虎营营长方炎。

幽谷深静，夜黑风高，万籁俱静。

一簇极为微小的火苗在谷口平坦之地蹿起，映亮了跪于朝南方向的一对姐妹。

白锦稚将手中纸钱散开，一张一张放入火堆中，眼眶发红。

白卿言倒了一杯酒，高举过头顶，第一杯……谢方炎将军为民血战之功。

她将酒洒于火堆周围，酒液将烧纸的火舌压灭片刻，火舌复又蹿起，比刚才燃烧得更为热烈。

第二杯酒，谢方炎将军为白家舍命之恩。

第三杯酒，敬告方炎将军刘焕章已死，将军尽可安息……

皎月从层云中缓缓露出，清冷的月光落地成霜，将这静谧谷口映亮。

她抬头看向高悬于空中的皎月，喉头哽塞难言，眼眶发酸。

拨开云雾……终可见明月。

"长姐，等从南疆回来，我们给方炎将军立一块碑吧！"白锦稚声音嘶哑低沉。

"好！"她应声。

姐妹两人朝着那堆即将燃灭的火堆叩首后，随肖若海翻身上马，离开谷口回营。

过崇峦岭后，一路坦途，行军速度要比之前预计更快。

白卿言让肖若海每日增加铁沙袋分量，以图增加自身力量，至第十日途经钰青山时白卿言开始负重练习射箭。

第十五日大军至障城之时，白卿言手持射日弓，一箭便将草靶射倒在地。

肖若海一路所见，白卿言为捡起射日弓所做努力，眼眶发红："公子……"

她用肩膀拭去脸上黄豆似的汗珠，抽出一支羽箭，眸色沉着对肖若海道："草靶拉远……"

肖若海颔首，急奔于草靶之前将草靶扶起，往后挪出五丈，增加草靶底盘之重。

满脸是汗的白卿言搭箭拉弓，尽显幽沉锋芒的眼仁直视草靶红心。

"咻——"

悬在极长眼睫上的汗水随着她放箭的动作，也跟着滴落。

箭矢破空之声，与十五日之前相较，充满了力量与肃杀之气，长箭尾翼嗡鸣声在这寂静之夜格外清晰，一声极重的闷响后，被肖若海加了重量的草靶剧烈晃了晃又堪堪重新站稳，箭无虚发依旧正中红心。

不够，还是不够……

她又抽出一支羽箭，再搭箭拉弓。

白锦稚站在白卿言身后，环视已经出现在演武场的诸位将军和兵士。这几日军中已经传遍了长姐每日寅时准时练箭之事，随军出征的石攀山将军、甄则平将军和张端睿将军都来了。她心中略略有些担心，害怕太子知道长姐能耐，等此次大胜之后……不给长姐活命的机会。

甄则平静静凝视着白卿言挺拔漂亮的身形，从眼前坚忍刚强的女儿郎身上，恍若看到了镇国公白岐山的身影。甄则平此生从未见过比白岐山射箭姿态更为潇洒之人，也从未见过比白岐山射箭更为精准之人，而白卿言相比其父毫不逊色……

"真是，虎父无犬女啊！"石攀山不免感叹。

"不是说镇国公府嫡长女当年受伤之后武功全废，是个废人了吗？"有人问。

"大概是在祖父、父亲和叔父弟弟们去世之后，想重新将那一身本事捡起来吧！"张端睿握紧了身侧佩剑，想起那年随国公爷出征的灭蜀之战。

这位人称"小白帅"的女娃子，一手银枪使得出神入化，一把射日弓箭无虚发，无人能出其右，每每出战带着她那一支女子护卫队必为前锋，勇破敌阵，何其张扬！比起那时，此时的白卿言已无年少倨傲的那股子劲头，竟沉下心来日复一日练习这枯燥乏味的动作，进步神速逐日追风，让人胆战心惊，称之为一日千里毫不夸张。

都说镇国公府白家，从不出废物……果然！即便是身受重伤武功尽失，可经历丧亲剧痛之后，即便是个女娃子亦能振作起来，沉下心拼尽全力要成长为能扛得起镇国公府满门荣耀的好儿孙。

对曾经与白家军并肩作战过的张端睿来说，他更能体会白家那种百折不挠的精神、顶天立地的风骨。

大军拔营出发之时，太子看向已经连着走了十几天的白卿言，目光里已不仅仅是敬佩，而是叹服。白家不出废物，就连女儿郎都是这般坚忍！也难怪，父皇会忌惮镇国公府……太子望着白卿言叹了一口气，终还是上了马车，全渔说得对，他是天潢贵胄是储君，他不是一个征战杀伐的将军，不必与这等心志坚忍的将军比拼谁能吃苦。

他要学的是治国御下的权衡之术。

白卿言抬脚往南，今晚必到宛平，近了……离云破行越来越近了。如今大凉东燕联军大破天门关，因为议和之事军队止步于此，不曾往前。五万大军若到宛平，和天门山便只隔了瓮城。她拳头紧紧攥着，压下心头沸腾的杀意。

跟在她身侧的白锦稚悄悄握住她用力到泛白的手，低声道："长姐，近了……"

从障城往宛平这一路，目光所及都是背着行囊，从宛平方向与他们擦肩往障城而去的流民。有富裕一些的，赶着牛车前行。也有推着独轮车带着自家婆娘孩子的壮汉，也有拄着拐杖颤颤巍巍追上队伍怕被落下的老人家，还有哭哭啼啼喊饿的孩子！

有人衣不蔽体，有人蓬头垢面，可无一例外，各个满面沧桑，脸色灰黄。乱世征战，手无缚鸡之力的百姓为活命，只能被迫离乡，颠沛流离。

白卿言双手紧握，短短一个月时间，一向富庶安稳的大晋竟让人有种山河破碎、民不聊生之感。这些活下来的百姓，都是她的父亲、叔父和弟弟们，还有白家军，用命换回来的！

他们见到浩浩荡荡的军队连忙往两侧避开，停下脚步，瞩目凝望，窃窃私语。

"这是朝廷派来的军队吗？"

"是镇国公府白家哪位将军来救我们了吗？"

"这是要出征夺回咱们的丰县吗？我们能回家了吗？"

"哎，有什么用，镇国公府满门的将军都死在了南疆，白家已无将军了！那云破行太厉害了……打不过的！"有老者叹息。

"这是哪家将军啊？"有大胆的汉子问。

全渔忍不住替自家太子爷吆喝："太子爷亲自领兵出征！必斩云破行首级！"

可出乎全渔意料，百姓并没有高呼太子爷英勇，竟出奇一致地沉默了下来。

"走吧！没有白家将军是赢不了的！还是逃命去吧！"牵着十岁稚童的老者摇头叹息，拄着拐杖向前。

满身大汗稳步向前的白卿言视线深沉看向那老者，四目相对，那老者脚下步子一顿，凝视与他擦肩而过的白卿言，忽而想起什么转身朝大军行进的方向追了两步。

那个清瘦挺拔的身影他见过！四年前，东燕来犯，守城将军坚守丰县不敌，就在东燕大军破城门之时，高举白家军黑幡白蟒旗的骑兵极速逼近，将军与百姓热血沸腾奋起反击，能拿锄头的拿锄头，拿铁锹的拿铁锹，纷纷与东燕大军拼命！白家军急先锋杀入城中，一位人称"小白帅"的白家将军一杆银枪，将他唯一的孙子从敌军大刀之下救出。

老者顿时热泪冲涌眼眶，牵着自己的小孙子跟跄追着速度极快的大军，大喊道："是小白帅吗？是白家军的小白帅吗？"

再次听到小白帅这个称呼，一阵酸涩之气冲上头，她眼眶酸胀，死死握着拳头，咬紧了牙，步伐沉稳向南。她武功尽失，已不是当年那个小白帅。她自重伤之后只知娇养，还怎配被人称做小白帅？

老者一手拐杖一手牵着孙子竭力在后面追赶，高声道："老朽是丰县一教书先生！四年前是将军将老朽这唯一的孙子从敌军刀下救出！四年后是白家将军和白家军以血肉护我等百姓逃生！将军可是……镇国公白家后人啊？可是来南疆为我等小民夺回家园丰县的吗？"

白锦稚眼眶泛红热泪险些冲出眼眶，她心中情绪澎湃。原来，在边民眼中白家军就是希望。

她侧头望着双眸直视前方的白卿言："长姐，长姐，那老人家在身后唤你。"

大约是听到白家将军四字，百姓接二连三停下脚步，朝着老者追赶呼喊的方向驻足，也有人听闻白家之名跟上了老者的。

"小白帅？是镇国公府那个白家的后人吗！"

"不是说太子来了吗？有白家的将军随行怎么没说？"

"是哪位白家将军啊？"

"那清秀公子袖戴黑纱，是在服丧啊！定是镇国公府白家的小将军！"

眼见军队越走越远，老者追不上便忙将自己的小孙扯到跟前，按住小孙跪下："快！春儿跪下磕头，那位就是你的救命恩人！"

被唤作"春儿"的懵懂幼童跪地朝着大军行进的方向重重叩首，老者也扶着拐杖颤颤巍巍跪下，高呼："白家诸位将军同白家军为护我等边民而死，我等铭记于心！小白帅，白将军您一定要将我国土丰县夺回来，为诸位将军……同枉死于贼寇刀下的晋国之民报仇啊！"

"真的是白家将军？"

"白家还有将军吗？白家诸位将军不是都已经战死了吗？还有哪位将军还敢来南疆！算了吧……天门关已破，我们还是早点儿逃生吧！否则大凉大军一到，我们就都没有命了！"

"呸！你那什么话！白家将军各个都是顶天立地的汉子，你以为和你一样贪生怕死！"

抱着包袱和孩子的妇人已然泪流满面，随着老者一起跪下，高呼："白将军，我男人被大凉人杀了！求白将军为我等复仇，为我等夺回家乡啊！"

"白将军！"

"白将军，一定要赢啊！我们不想背井离乡啊！"

边民情绪受那妇人哭声感染，纷纷跪下，他们高喊着凤城或丰县的土话方言，一声高过一声地呼喊白将军，请白将军为国收复失地，为民收复家园，为战死的白家将军复仇。民逢大难，白家诸位将军前赴后继奔赴南疆为民舍命，这样的恩德怎不让人感怀在心？

坐于车内的太子挑开车帘探出头向后望去，端坐车内的萧容衍视线看向双眸通红的白卿言，又看向远处接连不断跪下的百姓，心中难免感怀。如此得人望的白家，被边民视作救世之主，若得幸遇明君，自是可以建一番旷世伟业，可若遇庸主，忌惮功高盖主，落得如此下场已算是不错了。

肖若海并非头一次见到百姓跪送大军的情形，以前是欢欣鼓舞！可如今，百姓哭喊跪送视白家将军为希望，便是将重担压在了白卿言的肩膀上。

白锦稚忍不住扭头，看着那些衣衫褴褛、面黄肌瘦跪地送行的百姓，红着眼眶伸手扯白卿言的衣袖："长姐，你真的不回头看看？！那些百姓都跪下了……"

白卿言死死咬着牙。

随老者跪地哭喊的百姓泪雨滂沱，只见那位身量单薄却挺拔、臂弯戴黑纱孝布的"少年"转过身来，对着他们长揖到地一拜，一语未发便转身随大军而去。

跟随白卿言身后的白锦稚与肖若海，亦是对百姓一拜。

这一拜，谢百姓没忘白家，没忘白将军。她会带着他们的期望，将他们的家园夺回来！为枉死的百姓与白家军，为她的祖父、父亲和叔伯弟弟们复仇！

跪地的百姓，沸腾起来。

"白家将军！真的是白家将军啊！"

"有救了啊！我们有救了！"

"白家将军来救我们了！我们不用逃亡当流民了啊！"

随着大军行进，越靠近宛平流民便越多，大多是不愿离开家乡却又因战事不得不离家之人，生怕议和不顺，两国开战，他们这些平头百姓性命不保。

见五万大军前来，流民纷纷驻足，心底盼望着此次国之锐士能帮他们夺回故土。

当夜，大军抵达宛平大营，宛平城中已不复往日热闹，郡守说，百姓听闻镇国王与白家诸位将军悉数战死惶恐不安，实在惧怕大凉铁骑，富庶人家已经拖家带口离开宛城避难去了，城中余下的也都是些老弱。

安顿之后，白卿言请太子召集此次所有随行将领议事。

府衙内，烛火通明。

太子带诸人立在展开的巨型地图之前，道："如今已到宛城，明日一早开拔，马不停蹄深夜便可到瓮城，一到瓮城，我们明里议和暗地调动兵马之事必然藏不住，大战一触即发，我等面对的是大凉东燕联军，此战只许胜不许败！诸位将军可有取胜良策？"

"大凉已占天门关，东燕盘踞丰县，依我看，只可分而击之！"石攀山双手抱臂看了地图良久，转身抱拳对太子道，"东燕不可惧，大凉的军队才是真正的剽悍之师，甲兵强健！尤其是云破行这位大凉名将，除了在镇国王手中吃过败仗之外，可以说战无不胜，只能智取！"

"说了和没说一样！"甄则平性子急，他抱拳对太子道，"殿下，只需给我一万精兵，我绕开天门关从平阳城出直捣他大凉老巢！我就不信他大凉皇帝老儿不召回云破行守他们老巢！只要云破行带强兵一走，我们熟悉天门关地形，由张端睿将军领兵，必能一举夺回天门关！"

张端睿想了想，略略点头："可行……"

太子见白卿言立于明亮灯火之下一直未发一语，目光似乎盯着瓮山方向，他朝白卿言走近了两步问："白公子可是想到了什么？可是在看瓮山？"

白卿言恭敬对太子行一礼后才道："言在想，太子领兵出征的消息，想必密探早已经告知大凉与东燕，为何到今日他们还迟迟没有动作？"

"此次急行军速度如此之快，想必他们还未反应过来，或者是……没有摸清楚我们的意图？"甄则平说得十分不确定。

"五万大军从大都开拔，大凉同东燕的密探不是个瞎子，密探报信，多为千里快马，日夜兼程，若能多人换骑日夜不休，想必只需六七八日便能将信送到，也就是……"张端睿朝着地图上看了眼，"我们到崇岙岭之时，怕大凉和东燕就已经得了消息。"

她点了点头："即便是他们十一二日才得到消息，既知要再战，为何不出先兵攻打瓮城？难道要等到我们五万援军到达再开战吗？大凉人……可没有这样的君子之风！"

张端睿很快明白白卿言的意思："白公子的意思，是大凉与东燕两国对继续征伐还是要点好处就走，意见不合？"

她点头转过身来望着几位神色凝重的将军："东燕不如大凉兵强马壮，之前因刘焕章与东燕勾结，东燕在白家军中有位高权重的内线细作提供消息，便敢与大凉一同出兵！一方提供消息，一方派兵遣将，这是平等交易！而如今刘焕章一死，东燕消息来源被断，不能提供大晋兵马布置信息的东燕便不再与大凉处于平等位置。那与大凉土地接壤的东燕，还如何再敢妄动？"

石攀山想了想点头："东燕不动，大凉不想让东燕不出力只占便宜，也怕东燕背地捅刀子，所以也不动。"

她又点了点头："如今五万大军已到宛平的消息，哨兵已快马前往瓮城告知退守瓮城的将领，而大凉东燕的细作定然也已前去报信！东燕暂时的确不足畏惧，可怕的是雄心勃勃的云破行！"

她抬手指向瓮城与宛平之间的九曲峰山路："我若是手握重兵的云破行，此时得知大晋五万援兵到达距瓮城一日之距的宛平，便会分出一部分兵力绕过瓮山，抢先在九曲峰山道设伏！随后再带小部兵力佯攻瓮城，引五万大军急速驰援瓮城，驰援大军贵在神速，不能绕行便只能走九曲峰弯道！前去驰援的援军奔驰半日，必然精力不济，大凉的伏兵便可将大晋援军截断斩杀于此！"

张端睿在地图上点了点九曲峰弯道，转过头来："从宛平到瓮城，要快……必经九曲峰山道！"

她颔首，又指了指瓮城："已退守瓮城的白家军，再加上瓮城原本驻军守兵，兵力不到两万。瓮城易守难攻，若瓮城将士得知大凉大军将五万援军困于九曲峰，正在攻城的大凉大军又突然不再攻城，朝瓮山直线奔袭，意图过瓮山大峡谷同大凉大军会合，斩杀这五万援军！那么退守瓮城，以骁勇著称的白家军程远志将军，必不会龟缩于瓮城，定率白家军驰援九曲峰弯道！大凉大军设伏于瓮山，便能将余下白家军一举屠尽。"

石攀山面色惊恐，望着地图细看，指着瓮山："瓮山又称旋风山，高处勘望，其山脉走势如旋风由低到高拔地而起，瓮山大峡谷处于山脉缝隙之中，若由瓮城方向入九曲峰弯道，入时谷口平地宽广，而出时两侧山势极高出口极小，十人一排方能得出！果真是极好的伏击之地！"

"所以……"白卿言郑重看向太子，"言斗胆，请太子今夜便派张端睿将军率五千精兵赶往九曲峰弯道抢先设伏，若见大凉伏兵前来不要声张，探明其兵力来禀，按兵不动！再派石攀山将军率一万五千兵士赶往瓮山峡谷九曲峰出口设伏！与明日可能从瓮城驰援的白家军两路夹击！甄则平将军率两万兵力前往丰县攻城，务必要让东燕无法出城！再请殿下派人前往平阳城，调三万平阳城驻军强夺凤城，阻断大凉援军！命五百兵士带引火之物直扑大凉大营后方烧毁其粮草！再于骆峰峡谷设卡阻断大凉粮道！"

女子干净沉着的嗓音又快又稳，一席话让人备感紧张，仿佛大战之机已刻不容缓。府衙内灯芯高耸的烛火轻轻摇曳，安静无声。

"大凉知道我们五万大军驰援，要还是担心东燕背后捅刀子，或者不想让一份力都不出的东燕占便宜，就是窝在天门关不动呢？"甄则平皱眉问，"又或者要是大凉集合全部兵力攻瓮城呢？再说了……平阳城接壤大燕，那里的驻军可不能轻易动啊！虽然白大姑娘与国公爷出征过，箭也射得好，可到底年纪小，这些也只是白大姑娘的猜测之语，我还是觉得我带兵奇袭大凉老巢为好！"

"两国交战，兵将以帅为首，所以要想胜，便必须知道一军之帅想要的是什么。这些年云破行有战无不胜之名，他率领的军队号称攻坚铁骑，可唯独面对白家军从无胜绩，云破行视此为生平最大耻辱！直到同东燕联手，一举灭了镇国公府满门男儿，白家军险些被屠戮殆尽，他才胜了这么一次！

"可白家军到底还有一万余兵力在！人人都说云破行畏惧白家军如小儿畏父，他如鲠在喉！云破行想洗刷耻辱！想扬名天下！想让列国惧怕！所以，他便必定要将以不败之名闻名天下的白家军，在此次大战彻底结束之前消灭！让这世间从此再无黑幡白蟒旗！"

"末将深觉白大姑娘说得有理！"张端睿对太子道。

太子心里有些没底，他承认白卿言的确厉害，可白卿言也确实如同甄则平说的那般年纪小，她又并非是镇国王那位作战经验丰富、老谋深算的元帅。

"待……待孤想一想！"太子眉头紧皱，十分头疼。

其实她心里清楚，纵然她是白家之后，镇国王白威霆的孙女，也曾手刃敌国大将军头颅，但太子与诸位将军始终觉得，她再厉害以往行军打仗也都是听从长辈安排行事而已。

故而，这第一战，太子未必会听她的。她之所以把对大凉大军的所虑所谋藏在心中，拖到宛平才请太子召集随行将军来议，其目的，一是在于让太子和诸位将军看到她的能耐，为争取日后军中话语权铺路！二是不给太子和诸位将军更多谋划的时间，在明日大战突至之时，争得一个与余下白家军会面的机会。三是找到白家军有可能在宛平的虎鹰营。

白家军虎鹰营是骑兵又善于山地伏击作战，能以绳索于峭壁而行如飞鹰直下，极为骁勇剽悍，故称作虎鹰营。她知虎鹰营还在，是因在梦中她为梁王效命之时，听说刘焕章有两支奇兵，号称天降奇兵，她虽然未曾见过，但笃信那两支奇兵营的前身便是虎鹰营。虎鹰营乃白卿言五叔白岐景创立，直属善于山地战的白岐景，行军记录中祖父派五叔白岐景率两万大军绕过丰县突袭大凉军营，以五叔谨慎的个性，必不会将全部虎鹰营带走。若虎鹰营还在，白卿言猜不是在瓮城，就是此时她所在的宛平。

她深知，此次南疆之行，太子要用她也要防备她，不到万不得已必然不会让她用白家军。可若今夜太子不用她的计策，明日瓮城战报传来，太子再探知九曲峰山道有埋伏，届时，战局大变，太子未能占得先机，瓮城战况紧迫，太子要么用她，要么失瓮城。

可偏偏，太子输不起！

她平静俯首，假意劝道："殿下，机不可失时不再来！望殿下速速决断！"

"劳累一天，诸位先去休息吧！孤想一想！"太子道。

她从府衙里出来，见宛平城已被冰凉的月色笼罩，除却府衙门前亮着两盏大灯笼之外，也只有依稀两三商户的灯还亮着。

"长姐！"白锦稚应了上来，"说好了吗？太子出兵吗？"

白卿言摇了摇头。

"太子不就是请长姐来出谋划策的，怎么不听长姐的？"白锦稚一脸着急，"我们白家军瓮城的最后一万将士决不能再出事！长姐既然猜虎鹰营可能在宛平，不如……"

"白公子！"张端睿追了出来，对白卿言一礼，白锦稚将未说完的话音收住，退至一旁同肖若海立在一起。

张端睿道："今夜殿下应当不会按照白公子所言对大军调遣安排，不过，我一会儿还会再去劝谏，但若是真的失去良机，不知白公子可还有对策？"

白卿言还礼后，直起身道："张将军若能如实告知言，白家军虎鹰营何在，言或许还有对策。"

白锦稚听到"虎鹰营"三个字，一双发亮的眼睛看向张端睿，心潮澎湃。

张端睿面对白锦稚的目光，不由得心头一紧。

临走前，张端睿与太子被陛下唤至御前，陛下再三叮咛，允许白卿言献计，但决不能让白卿言再见白家军。如今，虎鹰营损失大半，仅剩不足两百人。白家军的虎鹰营的训练方法一直由白威霆第五子白岐景掌握，旁人不得其法，陛下之意是不论如何要保住虎鹰营，探寻其训练方法，将来这些人会再为大晋训练出一批如虎鹰营般骁勇的锐士。

望着白卿言沉稳平静的目光，张端睿心虚迟疑良久，还是摇了摇头："不知。"

张端睿不说，白卿言也并非全然没有办法知道。

白家创立白家军，其自有一套秘不外传的联络方式。

她对张端睿行礼："既是如此，还请张将军好好劝一劝太子殿下！"

白锦稚憋了一肚子的话，一直忍着同白卿言回到房中关了门，这才开口："长姐，白家军骨哨传信，试一试吧！或许能找到虎鹰营呢！"

白家军军营中，每一营设有十人配骨哨，能传密令。此法，是为了避免战场上临近交战时敌军探知我方布置，骨哨哨声令人不可知其意，是比旗语更为隐秘的手段，但骨哨非千钧一发之时不可用。

"你去联络，不必碰面。"白卿言心底隐隐盼着明日到来，她打开那口放着她银甲的木箱，"只要查清虎鹰营是否在宛平即可，千万小心些。"

"知道了！"白锦稚兴奋无比地出了房门。

白锦稚嘴里咬着个哨子，提着灯在月色皎皎的宛平城中看似吊儿郎当闲逛，时不时吹几声，如同一个无所事事的稚童。

临街正上门板准备关门的酒肆老板瞅见白锦稚一个小女娃在街上逛，喊了一声："女娃子，快回去吧！宛平城不比平日，别在街上闲逛了，小心让人拐走了！"

白锦稚眼睛一转，想同商户打听消息，便乖巧对商户行礼。

不多时，白锦稚从酒肆老板那里沽了一壶酒，走出酒肆还抿了一口，辣得只吐舌头。

她将酒壶一甩搭在肩上，吹着哨子优哉游哉往回走。

正走着，白锦稚突然听到了一声极为短促的哨响，她喉咙一紧，脚下步伐不停，又吹了一遍："虎鹰营可在？"

哨声回道："在！"

白锦稚又问："所剩几人？"

哨声回："一百六十三人。"

白锦稚眸底发亮，吹了"候命"二字，哨声便不成调子随白锦稚飘远。

心情愉悦的白锦稚回来时，正巧碰到从郡守那里陪太子下棋回来的萧容衍。

见气度雍和儒雅的萧容衍正下马车，白锦稚心情愉悦，拿开咬在唇角的骨哨喊了一声："萧先生！"

萧容衍侧头，看向朝他跑来的白锦稚，眼角眉梢尽是温润笑意。

白锦稚跑至萧容衍面前，笑着问："萧先生从太子那里回来？"

"正是！"萧容衍说着转过身朝护卫伸手。

那护卫立刻将手中的黑漆食盒放入萧容衍手中，他接过食盒亲自递与白锦稚："这是太子赏的点心，偏甜，你应该喜欢！"

见白锦稚迟疑，萧容衍又道："放心，点心用的素油。"

只道白家恐怕还在守孝，萧容衍才提了一嘴。

白锦稚正要推辞的话到嘴边又收了回来，反正萧先生以后就是自家姐夫，姐夫的东西不吃白不吃。

她毫不客气接过食盒，一边同萧容衍往里走，一边打开看了眼："呀！是宫里的梅花酥！多谢萧先生！"

白锦稚拿出一块尝了口，眼睛一亮："嗯……这是御厨的手艺，还是新出炉的！殿下出征还带厨子了？"

萧容衍笑了笑。

白锦稚心里对这位太子的作风不满，想了想将自己手中那瓶酒递给萧容衍："来而不往非礼也，这新沽的酒就送给先生了！"

萧容衍身后护卫忙接过酒。

"那就谢四姑娘了！"萧容衍声音温醇，极为好听。

"萧先生还是叫我小四吧！"白锦稚回头看了眼萧容衍的侍卫，凑近萧容衍压低了声音道，"萧先生，我长姐不喜欢甜食，你切记啊！"

萧容衍看向白锦稚微怔，白锦稚却冲萧容衍眨了眨眼，拎着食盒跑了。

萧容衍停住脚步，望着白锦稚跑远的身影，半晌才反应过来，抿住唇垂眸低低笑了起来。

跟在萧容衍身后的护卫略有些意外，视线朝着白锦稚消失的方向瞅了眼，心中惊骇……原来他们家主子喜欢白家四姑娘这种性子跳脱野蛮的姑娘啊！难怪主子不愿意同他们大燕集美貌与才气于一身的第一美人儿亲近！

萧容衍的护卫拎着酒瓶上前一步,问:"主子,既然已经向太子辞行,明日何时启程?"

"城门一开就走,让我们的人今晚做好准备!"萧容衍道。

太子已经同宛平郡守打过招呼,明日萧容衍出城不会受阻,此行已然要比萧容衍预计的快太多,为稳妥计,萧容衍打算绕过平阳城回大燕,但求能赶得及多救一些百姓。

想到明日便要走,萧容衍不知怎的,竟想同白卿言说一声。

已至夜半,白卿言房中的灯还亮着,窗扇被敲了敲,她抬头收了桌上地图:"谁?"

"是我。"

听到萧容衍朝门口走去的脚步声,白卿言举着油灯走至门前,将门拉开。

萧容衍刚走至门前,没有料到白卿言开门如此之快,两人反倒离得极近。

"白大姑娘。"萧容衍对白卿言颔首行礼。

她不曾踏出门槛,只问:"萧先生深夜前来,有事?"

油灯烛火因风剧烈摇晃,昏暗的柔光也在两人间忽明忽暗,大约是风太大一瞬便将油灯熄灭,唯余悬空之皎皎明月映着男子棱角鲜明的五官轮廓。

"你走之后,太子殿下便招了三位幕僚议事,那位秦先生倒是据理力争请太子今夜排兵,可另外两位太子幕僚觉得这些都是大姑娘凭空猜测,不足为信!秦先生争不过,最后只能建议,先派哨兵去九曲峰弯道和瓮山峡谷九曲峰出口打探是否有伏兵。"

秦尚志之能白卿言知道,他能据理力争请太子出兵,白卿言并不意外,太子未全听秦尚志之言,白卿言更不意外。在那个梦里,秦尚志便是如此在太子麾下郁郁不得志的。

萧容衍见白卿言未语,波澜不惊的深邃视线凝视向她白皙惊艳的脸庞,又落在她唇上,望着她的眸子:"明日,我便走了……"

他低醇的声音,内敛又稳重,极为动人。

与他对视,她略感心悸,举着已灭油灯的手收紧:"萧先生,一路平安。"

古怪的沉默,在两人之间悄然滋生。

许是夜色惑人,又见她耳根渐红,让一向克己自控的萧容衍,心中情动翻涌难以抑制,朝白卿言迈近了一步。

萧容衍从不是一个沉不住气藏不住事的人,只是想到白卿言宫宴前给他送信,想到她明知他身份却不曾告发。宫宴上,见他离席更是全身紧绷,见他平安归来便微微放松。再到此次大军出征南疆,她即便猜到他想借她之口向太子传信,意图与大军同行有所图谋，她还是在太子面前做了这个传话人。

这种种过往，在萧容衍的脑中反复盘旋，精准无比地让萧容衍感受到了白卿言对他的某种在意。抛开两人身份，就论男女，白卿言对他的这种过分在意，是否便是她对他萌生的好感与情愫？

因为心中有所猜测，所以萧容衍的动作算是一种小心翼翼的试探。

男人身上沉深幽邃的气息逼近，高大挺拔的身躯将月色隔开，将白卿言笼罩于他高大阴影之下。

萧容衍又靠近了半步，两人仅隔一拳之距，呼吸的热气扫过她额头，她攥着油灯的手越发用力，眼睫轻颤，心脏也跟着剧烈跳动了起来。

萧容衍低头凝视她脸上的表情，却再无下一步动作，只是目光深深望着她。

她唇瓣动了动，喉咙却似被什么堵住发不出声音，因为她似乎隐隐知道了萧容衍眼中深藏又未说出口的是什么。然，他们之间身份天壤之别，且白家未曾平安脱险，她无暇也没有那个心力去顾及男女之爱。她已立誓此生不嫁，只求能尽余生之力保白家诸人平安，继承祖父遗志。

"萧先生，早些歇息。"白卿言垂眸向后退了一步。

萧容衍眼底明灭的灼灼之色凝滞，沉了下去，半晌才缓缓退了半步，又是那副儒雅从容之态含笑道："白姑娘也早些休息，告辞。"

萧容衍转身，眉目间雍容笑意如云雾般消散，不免自嘲失笑。

寅时末，有哨兵骑快马入城直奔府衙。

白卿言如旧在校场练箭，没有丝毫懈怠。

很快，府衙内灯火通明，太子一边穿衣一边命人去请诸位将军前来议事。

白卿言大汗淋漓射完箭筒里最后一根箭，已有传令兵前来唤她："白公子，太子紧急传召！"

臂弯里搭着披风的肖若海心头一紧，知道白卿言所期盼的见白家军的时机到了，他将擦汗帕子递给白卿言："公子！"

手握银枪练得气喘吁吁的白锦稚也凑到白卿言身边，难耐心头激动，眼睛都是亮的："长姐！"

白卿言看了眼白锦稚示意她沉住气，接过肖若海递上的毛巾擦了把汗，解开缠绕在手臂之上分量十足的铁沙袋，拿过披风往身上一裹，道："走吧……"

白卿言进府衙大门之时，石攀山拽着正在扣战甲披风的甄则平紧随白卿言身后进来。

她回头对石攀山与甄则平行礼，两人亦是抱拳还礼。

"这大半夜的，难道是大凉大军偷袭了？"甄则平还没进门粗犷的声音先进门。

太子与他的三位谋士还有张端睿将军立在地图之前，正在细说什么，听到甄则平的声音回头。

太子见白卿言、甄则平与石攀山，三人正对他行礼，视线落在白卿言身上："不必多礼，哨兵来报，大凉大军正于九曲峰弯道还有瓮山峡谷九曲峰出口东面设伏，此时正往山上运送木头、石头，还有火油！九曲峰兵力约有两万之众，瓮山埋伏多少尚不知道，只是尘土飞扬旌旗招展，怕是藏有上万兵士！"

甄则平睁大了眼，竟然让白家大姑娘给猜对了！他猛然回头朝白卿言望去。

一身白衣身着披风的清瘦身影，立于通明的摇曳烛火之下，白皙惊艳的五官没什么表情，目光幽深沉稳，既无将大凉军此战部署全部料中的欣喜，亦无因太子不听她所献计策而失去战机的恼火，镇定从容又冷静自持。

"大凉军在这两地部署，等于切断了我们前往瓮城最快之路！若绕行九曲峰与瓮山，此刻马不停蹄出发，急行军到瓮城最快也要到申时！"石攀山咬了咬牙，献计，"若瓮城守兵能坚持到申时，我们或许能绕开九曲峰与瓮山，在瓮城与守军里应外合歼灭大凉大军。"

"不可！"白卿言摇头。

她抬脚朝地图方向走去："若此时大军开拔绕开九曲峰与瓮山急行军赶往瓮城，到达之时五万大军人困马乏，如何一战？更何况五万大军不是五个人，移动行踪难不成大凉大军的探子是个瞎的看不到？一旦云破行知道五万大军绕开他设伏的地点，那么大凉伏兵便可通过九曲峰山道与瓮山峡谷，先我们几个时辰到达瓮城周围，重新排兵布阵！那我们这五万援军便如羊入狼群，被大凉铁骑团团围住！以退守瓮城的白家军血性，必然不会眼睁睁看着五万援军在他们眼皮子下被屠戮，定然救援接应！云破行的目的同样可以达成！"

昨晚白卿言已精准无误预测了大凉大军今日布局，此时不论是甄则平还是石攀山抑或是太子，都无法再存轻视白卿言之心，沉默了下来。

秦尚志思索片刻抬眼："或者殿下可先派人去平阳传令调三万兵力驰援，再命单骑直奔瓮城传令，不许瓮城诸将出城救援，死守瓮城！云破行既然想要埋伏，伏兵看到快马单骑并非大军必不会拦截！"

秦尚志上前点了点地图："只要瓮城守将死守，我等分兵两路，一路前往丰县阻止东燕出兵！一路避开云破行锋芒缓缓绕九曲峰与瓮山行军，让云破行摸不清我们大军的意图，再命一队骑兵快马直奔大凉大军大本营！点上他一把火！只要大凉大军大本营一乱，云破行就得重新部署！我们就有机可乘，再根据云破行布置随机应变！"

"不稳妥！"不等白卿言开口，太子属下年纪最大的幕僚已经先行道，"大凉东燕联军之兵力胜于我晋国数倍，你这边点了人家大营，难保云破行不会怒火中烧围剿我们这五万大军！秦先生所言根据云破行布置的行动随机应变，那更是将主动权交于他人之手，我们太过被动，太冒险了！"

太子点头也赞同老幕僚的话。

可白卿言倒对秦尚志刮目相看了。

都说最好的防守是攻击，可等别人出手了再接招，看起来被动，却给了将结果往你所期望方向操纵的机会。虽然秦尚志深谙其道，但到底其中带了赌博的成分，对于只能胜不能败的太子来说，的确是欠缺稳妥。

"白公子！"张端睿朝着白卿言的方向抱拳长揖到地，"白公子昨日说，若殿下昨晚未按照白公子所言布局，今日还能有对策，请白公子直言……"

愁眉不展的太子忙看向白卿言："白公子有对策？"

石攀山亦是看向白卿言。

急性子的甄则平急得不行忙道："白公子昨日是我不好轻看你了！如今大敌当前你就别卖关子了！快说吧！"

白卿言沉住气，语气平稳道："昨日言是曾对张将军说有对策，但言也明言……若白家军虎鹰营在，言才有对策！"

她话音刚落，府衙外哨兵高呼："报……瓮城方向来报，云破行率大军突袭瓮城！"

"什么时辰突袭的？"张端睿上前一步问。

单膝跪在门口的哨兵道："丑时便在攻城！"

太子一怔，藏在袖中的手悄无声息收紧，想起临行前父皇叮咛，不过片刻，太子紧攥的手又松开，道："虎鹰营在……就在宛平！"

白卿言没有露出任何激动的神色，转身望着地图，沉默片刻，沉稳而迅速的语声响起……

"此次大军可分为四路！张端睿将军率一路为鱼饵，带一万三精兵与两千强弩手前往九曲峰山道，放大凉密探前去报信，切记缓速慢行以两个时辰达到九曲峰为准，不得入九曲峰山道！石攀山将军一路，率一万精兵绕至九曲峰山道东侧之后，杀大凉伏兵一个措手不及！"

"一旦开始交战，大凉大军知无法伏击我军，必然全力同石将军交战，但九曲峰一战，石将军只许败不许胜！"她望着一脸错愕的石攀山，手指绕着地图上九曲峰走至乌丹河，"石将军切记，装作慌不择路引大凉大军绕九曲峰，去乌丹河方向！"

"乌丹河连接瓮山峡谷地势最低且最为宽广也是唯一的入口，追赶石将军的大凉大军知峡谷内有大凉伏兵，又知峡谷入口宽广九曲峰方向出口幽窄，必然想方设法将石将军赶入瓮山峡谷九曲峰出口方向，以图在瓮山峡谷将石将军所率部众全歼！"

"张端睿将军！"白卿言又看向张端睿。

张端睿颔首称在，静候白卿言安排。

"在石攀山将军与大凉大军交战开始，张端睿将军便带大军往宛平方向急速撤离，奔袭半个时辰之后，兵分两路，张端睿将军带两千强弩手与一千近战兵掉头重回九曲峰设伏！命副将率一万二千兵士奔赴瓮山峡谷乌丹河入口隐蔽埋伏，放谷内大凉军派哨兵前去同云破行报信，但却不许大凉大军退出来！一旦见到云破行大凉主力全部进入峡谷山，便立刻将出口扎死！

"甄则平将军一路，率两万精兵绕九曲峰东侧长途奔袭瓮山峡谷，斜面登上峡谷东侧，与瓮山峡谷大凉伏兵交战，依旧许败不许胜，随后兵分两路，一路伴装溃兵由甄则平将军将部分大凉军引入瓮山峡谷，一路反方向引大凉军远离峡谷至瓮山瓮中凹，我亲率五千人于此处埋伏。"

"石攀山将军、甄则平将军，两位一旦在瓮山峡谷会合，便立即设法带兵从瓮山峡谷九曲峰出口而出，将大凉军引入九曲峰张将军伏击之处！"她转向看向张端睿，"张将军可用大凉军帮着运送上山的木头、石头，还有火油，与石攀山、甄则平二位将军竭力将大凉大半兵力斩杀于此！大凉军发现埋伏必要回退，张将军、石将军、甄将军尽力能杀多少是多少，随后带兵守住幽窄通口，截断大凉大军往九曲峰方向之路！

"云破行得知大凉伏兵皆被引入瓮山峡谷，粗算兵力云破行必会认为除张端睿将军所带一万五千援军之外，其余三万五前兵力已倾巢出动来偷袭大凉伏兵，以云破行急于扬名天下，誓灭白家军的心性，加上白家将军皆亡，他无所畏惧必然仗着自己兵强马壮，兵力又胜于大晋几倍之数，欲将这三万五千援军与白家军全部斩杀在瓮山峡谷之中！那他只能按照原计，带主力部队奔袭瓮山，将白家军也拖入瓮山峡谷之中！

"接下来就是白家军虎鹰营，虎鹰营有一能，可在悬崖峭壁之间拉起索道供急行军通过！"她指着九曲峰与瓮山之间的那道深渊，"太子可命虎鹰营即刻出发，在九曲峰与瓮山万丈悬崖之间的悬崖拉起索道，时间紧迫能拉几条拉几条！"

"石将军、甄将军与张将军合力将大部分大凉军斩杀后，石、甄二位将军堵住瓮山峡谷九曲峰出口！九曲峰山上的张将军立即带强弩手和近战兵，从虎鹰营在九曲峰与瓮山之间拉起的索道而过，隐藏于大凉军设伏的峡谷西面，以防大凉军登上西面峡谷侧援峡谷内的大凉军！

"我带兵埋伏于峡谷东面，以防大凉军登上东面！只要云破行带着大凉主力一进瓮山峡谷，前是石攀山与甄则平将军，后是白家军与隐藏在峡谷乌丹河入口处的一万两千精兵，左右乃是峭壁，上方是大晋兵士与强弩手，云破行遁地无门，称之为瓮中捉鳖也不为过。此一战，我等务必将大凉大军主力斩杀于瓮山峡谷和九曲峰之间！让大凉至少三年没有能力来犯！如此才能让东燕与大凉惧怕！"

安静的府衙内，摇曳的烛火中，女子沉稳笃定的声音，急促且稳健。

秦尚志听完只觉心潮澎湃，头皮发麻，以目前的兵力，白卿言这一番安排，他寻不出丝毫破绽！秦尚志敢断定这一战，定会是以少胜多的旷世之战！此战若白卿言让功于太子，必会让太子一战成名！

眼前这位镇国公府白家嫡长女，到底是昨夜便想好了这样的计策，还是今日根据云破行的安排随机应变？秦尚志思及昨夜白卿言谏于太子的计策，再想到今日的计策，心中对白卿言只剩叹服。曾经白威霆称他这个嫡长孙女是将才，他只以为是镇国王白威霆夸大其词，不承想白卿言小白帅之称，的确非浪得虚名。

"这是要用云破行的计来对付云破行！"张端睿听完白卿言的作战安排，心中大振，全无刚才担忧之态，"反倒是辛苦了云破行命人将那些东西送上山，便宜咱们大晋军队了！"

"的确是好计策！"石攀山也忍不住赞了一声，"若是云破行知道，他的大军是折损于他自己在九曲峰与瓮山峡谷设伏弄上去的东西，大概会气死吧！"

太子身边年老的谋士摸了摸自己的山羊须，点头："如此……确实是良策，只是石将军和甄将军十分危险，尤其是从瓮山峡谷九曲峰出口处出来时，那里宽只能容纳十人一排而出。"

"打仗哪有不危险的！"石攀山对白卿言已经一脸服气，他道，"此计已将我军的损失降到最低！否则，正面迎战我们这五万大军还不够云破行塞牙缝的！就算石某死在那里也不惧！"

白卿言望着张端睿："此战之中，最重要的便是张将军所带的两千强弩手与一千近战兵，张将军需在九曲峰一战灭敌后，立即过瓮山峡谷守好峡谷西侧不让大凉有机可乘，方能保万全！"

"明白！"张端睿颔首。

"殿下！"她看向太子殿下，"若觉可行便下令吧！"

太子紧紧抿着唇，似乎还是有所迟疑。

出征之前，太子只指望白卿言为他出谋划策，可没有想过让白卿言带兵啊……

张端睿单膝跪下抱拳道："殿下！昨日我们已经失了先机，今日不可再错过了！殿下下令吧！"

石攀山与甄则平也都跪下请求太子殿下下令。

"白公子体弱，实在是不适合带兵！换一个人吧！"太子道。

张端睿颇为诧异抬头望着太子："殿下，白公子这一路以来每日不停歇，其箭术……"

不等张端睿说完，太子已经上前亲自将白卿言扶了起来，郑重道："此次之战，全盘皆由白公子谋划布置，只有白公子坐镇宛平，遇到突发情况，孤才不至于慌乱，白公子还是留在孤身边，孤才能放心啊！"

太子此言情真意切，若不是顾及白卿言是女儿身男女有别，定要用力握一握白卿言的手以表真情。

她明白太子在防她，所以，哪怕是目下无可用之将太子也不愿让她领兵，更不愿意让她与白家军会面。虽说这是在意料之中的事情，可白卿言对太子还是不免失望。今日他们所面对的是号称几十万雄师的大凉大军，以弱胜强本就艰难，在无将可用、此战又只许胜不许败的情况下，将士性命家国山河竟还大不过他的疑心。

她闭了闭眼强压下对皇室的灰心之感，垂眸恭敬道："既如此……那便请太子殿下速做安排，言先回去换身衣裳。"

刚才白卿言直接从演武场过来，披风之下的衣裳早就被汗水浸透湿答答地贴在身上。

太子没想到白卿言竟答应得如此干脆利落，心里着实松了一口气，连连点头道：

"好好好，辛苦白公子了，快回去更衣吧！"

秦尚志见白卿言要走，心里着急："太子殿下，此次引大凉部分兵力进瓮山瓮中凹，我等无法提前预知大凉兵力几何，也不知是谁带兵！白公子之前随镇国王南疆征战过，熟悉瓮山地形，只有白公子令五千人设伏才能保万全！"

"殿下！"张端睿站起身来道，"末将愿以项上人头替白公子做保，殿下……让白公子领兵吧！"

此次出征，能用的将领无非就是他张端睿一个！甄则平一个！石攀山一个！再就是……曾经的小白帅白卿言！张端睿深知陛下与太子对白卿言的防备，可是此战紧迫，想要以少胜多便一步都不能出错！白卿言谋划兵分四路，由他们四人带兵，只要不出差错，那此战必胜，可如果少了对瓮山情况最为熟悉的白卿言，变数就更大了！

太子见白卿言正用沉静从容的深沉目光望着他，仿佛能够看到他心中对白家、对白卿言的惧怕，他心脏不受控地跳了两跳，沉住气道："白公子乃此战统筹全局之人，怎可去瓮山舍命冒险？只有白公子坐镇宛平，遇突发情况孤才不至于措手不及。"

甄则平脑子简单，赞同地点了点头："太子殿下这话有理啊！"

张端睿紧紧咬住牙。

秦尚志还想再劝，白卿言已经行礼告辞。他望着白卿言的背影长长叹气，只求此次在瓮山瓮中凹设伏的将军能灭了大凉军才好！

第十章 传奇之战

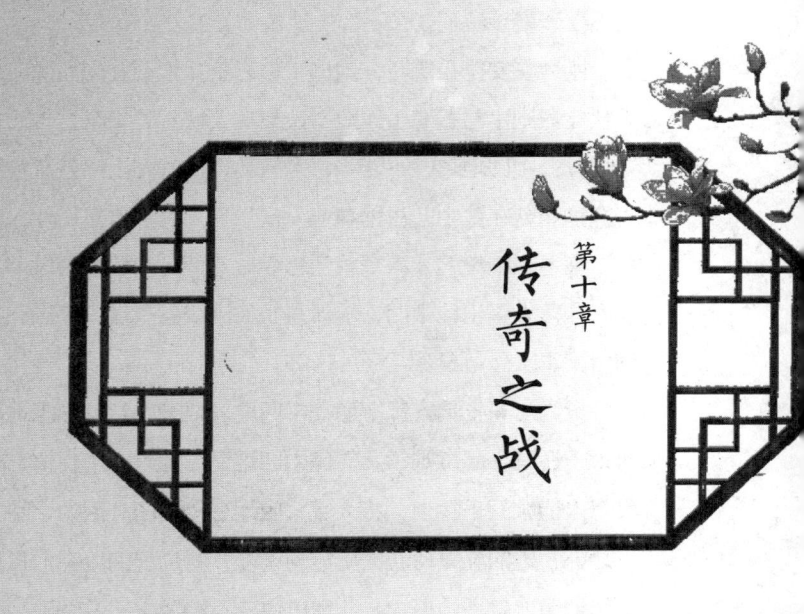

一直在府衙外等候的白锦稚与肖若海，见白卿言出来，忙迎了上去。

"长姐！怎么样？"白锦稚问。

白卿言裹紧了披风，跨出府衙门槛，立于灯下望着依旧漆黑一片的宛平城，道："一如所料，太子殿下让我留在宛平。"

白锦稚怒火中烧，都要冲进去找太子理论了，想到长姐说一如所料这四个字，她眨了眨眼，茫然问："长姐有安排？"

虽然不出她所料，可到底是要拿无辜将士的性命来搏，她心情沉重地走下府衙台阶，往兵营方向而行，半晌才垂着眸子对白锦稚说了句："回去好好休息！最晚到今日下午，就该我们了……"

刚才在安排布置时，她选了带五千兵士于瓮山瓮中凹埋伏，并非是因为在瓮中凹设伏比甄则平与石攀山诈败引大凉兵入峡谷要安全！相反，瓮山瓮中凹才是真正凶险之地，瓮中凹地形并不陡峭，大凉兵设伏的瓮山峡谷东侧一般都是斜坡，较为平缓易于登顶。若在瓮中凹占据高地设伏，兵力对等自然稳胜，可若是对方兵力多于伏兵数倍，被逼入绝境的大凉军将领想活命，便可命敢死者以肉身挡箭杀上去！大凉军哪怕只有一营人杀出瓮中凹，重新占领瓮山峡谷东侧，那么在瓮山峡谷之中兵力弱于大凉的晋国军队恐危矣！

秦尚志与张端睿都知道瓮中凹地形复杂，若非熟悉地形的将领带兵，恐有闪失，可太子还是不愿意她领兵。瓮中凹这里，她有这个自信，随军出征的将领中除了她，没有人能领五千兵士，将大凉军困死在瓮中凹。因为，除了她曾经在瓮山与敌军交战过之外，她的乳兄肖若江早已到南疆，将这里的所有地形摸透！此时，肖若江奉上的瓮山地图，就在她手中！此图以白家军绘图之法，细致到标出山脉地形，内容详尽世上绝无仅有。并且，肖若江已将云破行麾下所有将军的脾气秉性全部摸清楚，在她来南疆的路上，分批送于她面前，故而她对大凉大军内将领的行军偏好一清二楚！

知己知彼百战百胜！这便是白卿言的底气！

她让甄则平诈败遁逃，分为两路而行……

一是为了给大凉慌不择路的感觉。

二是为了将齐整的大凉军队先于瓮中凹吞掉一部分！

三是为了减少从幽窄谷口而出的晋军数量。

四则是为了竭力保全，甄则平诈败溃逃分出的一万兵力。

可如今太子既然不让她领兵，那这一万兵士与大凉军一同涌入瓮中凹，能否保全已不做考虑，甚至一旦大凉兵将设伏的大晋五千人杀干净占据高地，很快就能将这一万人屠戮殆尽。到那个时候太子只要不想输，不想瓮山峡谷里的晋军全军覆没，就必须让她出战！

她算得很清楚，所以才给虎鹰营安排了拉绳索任务之后，就不再做安排！虎鹰营完成任务撤回，休整后正好与她一道出战！她还得多谢太子殿下的防备给了她这么一个机会。

白卿言回营时，巧遇萧容衍正欲上马车出发。

遥遥相望，雍和从容的萧容衍朝着白卿言的方向行礼。

白卿言脚下步子停下，亦是对萧容衍还礼，目送萧容衍登上马车。

今日一别，不知何日才能相见，也希望再见时……两人不会是敌人。

"长姐，你不和萧先生说几句吗？萧先生要走了！"白锦稚低声问。

她摇了摇头。

卯时末，大军按照白卿言的安排出发之时，白卿言已经睡下养精蓄锐。

太子立在城墙之上，目送他带来的五万大军一批批出城，奔赴疆场，在心中暗暗祈求上苍庇护此战必胜！虽然太子从不曾挂帅出征过，却也知道，自从镇国公府白家一门将领全部丧生之后，晋国士气大挫，只有此战以少胜多才能大振士气，威慑东燕大凉。

送最后一批大军离开之后，太子侧头问身边的贴身太监全渔："白大姑娘此时在做什么？"

"回殿下，听说白大姑娘回去之后就睡下了。"全渔笑眯眯道，"白大姑娘定然已经是胜券在握，否则怎么敢睡下！殿下放心，此战必会大胜！从此殿下就会扬名四海了！"

太子藏在袖中的拳头紧了紧，但愿吧……

太子想了想叮嘱全渔："一会儿派人在城门口候着，若白家军虎鹰营回城，切记拦住，让虎鹰营暂时在城外候命，不得进城！"

秦尚志一听，便知太子这是为了防止白家大姑娘与虎鹰营碰面。

"殿下！秦某以为，殿下可按昨夜白大姑娘提出的建议，调动平阳城守军一小队去突袭大凉大军粮草，一路赶往丰县威慑东燕！"秦尚志抱拳行礼，郑重道。

"不可！"太子身边的老谋士摇了摇头，"平阳守军是为了威慑大燕，若是调走平阳守军，大燕若知道我晋国正与大凉东燕联军激战，难免不会跳出来分一杯羹！所以平阳守军万万不能动！"

秦尚志心生烦躁，据理力争："大燕本就已经被晋国赶到了贫瘠之地，去年大燕先是水患后又是旱灾，水患旱灾之后颗粒无收，大燕国民能否熬过这个冬天都难说，年前还向各国求援，哪里能有余力来分一杯羹？"

老谋士摸着自己的山羊须，倨傲的视线扫过秦尚志，从容淡然开口："大燕其主胸心壮志不可小视，而且这还是秦先生您三番两次提醒过殿下的！如今怎么又称大燕能否熬过这个冬天难说？秦先生所言前后矛盾，到底是年轻啊！"

秦尚志咬紧了牙，只看向太子："殿下！您来做定夺！"

太子沉默半响之后，才对秦尚志道："秦先生是为了孤好，孤知道！可秦先生年轻……还是要同方老多多学习啊！"

秦尚志无言以对。

午时白卿言醒来时，前方不断有战报传来。

白锦稚急不可耐，想去前线查看战况，却硬是被白卿言压着好好用了午膳。

申时，宛平城门。三个全身带血快马入城的兵将直奔府衙，跌落下马，府衙门口的差役立刻将人拖扶进府衙内。

一看到太子，那浑身是血的将领便哭喊道："太子殿下！属下无能！瓮中凹五千伏兵与引大凉入瓮中凹的一万精兵，全部……全部被大凉斩杀！大凉悍兵已知中计，嘶吼着要重新杀回瓮山峡谷东侧伏击点，要将我晋国援兵杀尽啊！"

太子听到这话，整个人跌坐在椅子上，面色煞白对太监全渔喊道："快！快请白公子！"

"若江派人传信，虎鹰营回来之后，被太子殿下身边的人拦在了城外不许进城！想来……是为了防止虎鹰营与大姑娘碰面！"肖若海弯着腰压低了声音在白卿言耳边耳语。

"长姐！"白锦稚急吼吼冲进来，因为跑得太急直喘粗气，"领兵在瓮山瓮中凹伏击的那个王将军回来了，败了！大凉悍兵正杀回瓮山峡谷东侧伏击点。"

她扶着座椅扶手的手一紧，抬眼，眸中暗芒肃杀。

她紧紧咬着牙，站起身道："小四、乳兄，换甲！"

时机到了！他们白家的白家军，决不能改名换姓！皇帝不是惧怕白家将白家军当做自家私兵吗？从今日始，白家军便只能是白家私兵！

"是！"白锦稚抱拳一礼，又匆匆冲了出去。

肖若海喉头翻滚，心潮澎湃，肩膀不可察地颤抖着，他从屋内出来用力握紧了拳头，眼眶发红，今日他定要一雪前耻，让在天有灵的世子爷白岐山看到，他回来了！

全渔带着一队护卫骑快马从府衙奔赴营地，太着急险些从马上跌下来，疼得脸色煞白，被营地门前的兵士狼狈扶起。

"快！殿下急召白公子！快去喊人！"全渔忙推搡着扶住他的兵士，"快去啊！"

"不必了！"

白卿言沉着的声音传来，全渔抬头朝着营地门内望去。只见，手握银枪、一身银甲戎装的白卿言英姿飒爽，红色披风猎猎，步伐敏捷稳健，迎面而来，滔天杀气骇人。

全渔眼中白大姑娘，一向温和有礼，他从未见过白卿言周身杀气的模样，今日乍见白卿言战甲加身，被霸行天下的杀气镇住，头皮发麻。

跟随白卿言身后的是已穿戴铠甲的白锦稚和肖若海，两人目光沉着，眼中燃烧着欲战的斗志。

白卿言跨出营地，一跃骑上全渔来时骑的红马，居高临下，单手勒住缰绳，眸色冷肃道："借马一用！"

不等全渔点头，白卿言已调转马头绝尘而去，肖若海与白锦稚骑上护卫队来时坐骑，追随白卿言而走。

被扶起来的全渔望着白卿言的背影，心跳速度极快，忙道："快快快！快扶我上马！"

坐于府衙内惶惶不安的太子来回在地图与门口之间走动，迟迟不见白卿言来，他回头问三位谋士："你们可有计？"

"殿下应立刻派白公子率宛平两千守军，快马直奔瓮山峡谷东侧伏击点！"秦尚志抱拳道，"只要白公子能拖住大凉大军，不让他们援助峡谷内的大凉军，我军或可一胜！"

年龄最大的谋士方老，摸着胡须的手一顿："峡谷之间，东侧是大凉军，西侧是张端睿将军，大凉军被我军夹于峡谷之中，我们晋军也未必是输啊！"

"此战，只有如秦先生所言，我军方能一胜，别无他法！"

闻声，太子转身朝门口望去，身披战甲的白卿言踏入府衙内，正抱拳对太子行礼。

太子瞳仁轻颤，白卿言戎装而来，怕非要出战不可了！

白卿言直起身，语声极快："大凉大军胜于我军数倍，若大凉悍兵杀回瓮山峡谷

第十章 传奇之战

· 443 ·

东侧伏击点，见西侧张端睿将军带兵伏击，难道不会分兵击之？！一旦张端睿所带强弩手被大凉悍兵拖住，此一战我军必全军覆没于瓮山与九曲峰！"

听到"全军覆没"四个字，太子脊背汗毛都竖了起来。

如果此次，五万援兵全部死于瓮山，那大晋便只能成为大凉与东燕的砧板之肉，任其宰割！可此战要是赢了，他的太子之位稳固，他将扬名四海！

若是输了，那他这个太子也就别当了！

"殿下不可迟疑了！"秦尚志跪地高声劝道。

白卿言亦是抱拳单膝跪地，郑重道："此战，殿下允许我去！我要去！不允许我去，我还是要去！此战之计是我出的！我不能看着数万将士因为瓮山瓮中凹的失误丧生！也不能看着仅剩的白家军被云破行屠尽，背负污名！"

太子拳头紧紧地攥着，想到昨晚与今晨白卿言两次献计，想到白卿言是战无不胜的镇国王白威霆称赞过的将星，他一瞬下定决心，让白卿言去！

他扶起白卿言，将手中兵符递给白卿言："那便……辛苦白公子了！孤这就派人去召集宛平两千守兵，瓮山战场之上的所有晋军，听凭白公子调遣！"

"太子殿下不必麻烦，言从营地来之前已让守兵将领集合兵士，以备太子调遣！不过太子乃是储君，国之本，宛平守军不可尽出！须留一千护太子殿下。"白卿言漂亮话说完，这才拿过兵符道，"请太子命白家军虎鹰营随我奔袭瓮山峡谷，此战不胜……白卿言提头来见！"

"太子殿下！白公子所言有理！"老谋士方老道，"殿下乃是国之本，不可无人护卫！"

太子咬了咬牙，战事已迫在眉睫，的确是没有时间再耽搁，就算是要防备白卿言也……先等胜了这一仗之后吧！

"虎鹰营就在城外半里坡候命，你带走吧！"太子道。

"白卿言必不辱命！"

说完，白卿言转身疾步朝外走去。

太子望着那英姿勃发的身影忍不住跟了两步出来，见白卿言疾步出门将手中兵符丢给白锦稚后一跃上马，沉着道："白锦稚速带兵符前往军营，调一千兵力随我上瓮山峡谷死战杀敌！"

"白锦稚领命！"白锦稚一把抓住兵符，快马疾驰而去。

"公子！"肖若海将手中银枪抛给白卿言。

她单手接住银枪，背挎射日弓，一夹马肚飞速冲了出去。

太子喉头翻滚剧烈，这就是白家将军战场上的杀伐之气吗？

威风凛凛，一身凛然之气，所有调令经她嘴中说出，竟让人满腔激昂，恨不能随她一同上阵杀敌！

秦尚志跟于太子身后，拳头紧紧握住。

秦尚志头一次上战场，看到白卿言英姿不免想到，若是今上能深信白家忠心，能容得下白家，白家儿郎在战场上应该是何等英姿勃发！别说大凉大军，就是吞下这个天下怕也只是时间问题。

百年将门镇国公府，至白威霆手中已是白家最为辉煌荣耀鼎盛之时，儿孙满堂无一人是庸才废物，志向远大，数代人同心同德，只为一统天下而战！可他们的主上，却没有一吞天下的雄心壮志，所以皇帝才会如此惧怕白家！

这才是白家必死的因由所在！

可惜！可叹啊！

肖若海紧紧追随白卿言背影，朝城门疾驰而出，朝半里坡快马而去。

半里坡，虎鹰营两个骨哨传令兵凑在一起，刚说起昨夜听到骨哨传令让他们候命之事，就听哨兵说有快马飞骑前来。

虎鹰营众人都站起身来，手里牵着缰绳朝远处眺望。

嘴里叼着一根稻草坐于枯树下的虎鹰营副营长沈良玉站起身来，眯眼朝远处眺望，骏马之上的少年郎，一身银甲，手持红缨银枪！

沈良玉只觉那身影无比熟悉，他吐出嘴里稻草向前走了两步，似想起来在哪里见过，却又想不起来，直到快马飞驰到近前，马上之人猛地拽缰勒马，激得战马前蹄高抬，沈良玉这才睁大了眼："小……小白帅！"

虎鹰营几年前的旧人听到沈良玉呢喃，认出白卿言，激动高呼："是小白帅！小白帅回来了！"

高马之上的白卿言紧紧拽着缰绳，待战马前蹄落地，锋芒骇人的视线扫过仅剩不到两百人的虎鹰营锐士，高声道："我乃白家军副帅白岐山长女白卿言，今日我军与大凉一战于瓮山峡谷，战况危急！敢随我杀敌救我同袍兄弟者，立即上马随我奔赴瓮山！"

说完，白卿言调转马头与肖若海疾驰而去。

沈良玉在看到白卿言身影的那一刻，早已热泪盈眶，热血翻腾直冲百会穴，他一跃上马，声嘶力竭吼道："末将沈良玉誓死追随小白帅！虎鹰营！上马！"

训练有素的虎鹰营锐士，一跃翻上马背，挥马鞭直追白卿言。

快马奔袭向瓮山的白卿言与领命带宛平守军一千驰援瓮城的白锦稚，在通往瓮山的路上会合。

白锦稚快马追上白卿言："长姐！"

"旗都带了吗？"她侧头看着追上前的白锦稚问。

"长姐放心！一面都没有落下！"白锦稚保证。

"沈良玉！"白卿言回头高呼。

沈良玉听到白卿言唤他，挥鞭提速上前，激昂应声："末将在！"

"命你带虎鹰营登瓮山峡谷与九曲峰出口山顶，于高处射杀大凉兵掩护我等！将我白家军军旗立于最显眼处，壮我军声威！"

白卿言话音一落，肖若海便将怀中瓮山地图抛给沈良玉。沈良玉接图，单手抖开地图，乍看到一幅无比详尽的瓮山地图，已然眼仁发热，似觉有这地图和小白帅在必然胜券在握，不敢迟疑高声道："末将领命！"

沈良玉领命后带虎鹰营离队而去，准备从侧方抢先登山，为白卿言所带一千兵力掩护。

"肖若海！"

肖若海闻声提速上前："属下在！"

"命你带一队二十五人，扛白家军战旗以最快速度冲上东侧峡谷，让白家军旗展于东侧峡谷，威慑峡谷内大凉军！"

肖若海咬牙颔首："属下领命！"

"白锦稚！"

听到长姐唤她，白锦稚顿时热血沸腾，立刻快马上前准备领命："白锦稚在！"

"此战，不可离我超两步！若违军法处置！"

白锦稚微怔，随即追问："长姐！怎么他们都领了军令，就我得跟着长姐？长姐小看我！"

小四这是第一次真真正正上战场，而此时，她也懂得了父亲曾经对她的那份担心，不论她多么骁勇，父亲都想把她护在身边，如同此时她对白锦稚。

"时间紧迫，如今我只重拾了射日弓，你在长姐身边，近战能护长姐周全！"她这话除了要把白锦稚紧紧捆在身边护住之外，也确实不假，时间紧迫，她重新捡起的只有射日弓，虽她手持红缨银枪，却无法像曾经那样靠着一杆银枪所向披靡，只是这杆红缨银枪她不得不带，这只是一种象征，烈马银枪射日弓，白家军看到才能知道是她来了！

就如同白家军军旗，只要立在那里，便能壮所有白家军将士的胆魄声威。

听白卿言这么说，白锦稚又振奋起来："是！白锦稚领命！"

说完，白锦稚摸了摸怀里偷偷揣着的那面军旗，不承想摸到了怀里的兵符，她忙拿出兵符还给白卿言："长姐！兵符！"

那份地图白卿言早已烂熟于心，她带兵抄近路疾行，要以大凉军想象不到的速度赶到瓮山峡谷。

瓮山峡谷上方，云破行出征必带的猎鹰盘旋嘶鸣。

峡谷之内，厮杀声震天，血流成渠，泥浆飞溅，断矛、碎裂的盾牌，还有早已堆积无数的尸体、断肢到处都是！

将士们踩着敌军或战友的尸体，手持大刀长矛，个个杀红了眼。

峡谷西侧，张端睿带着强弩手瞄准谷底大凉军射杀，一千近战兵于强弩手身后布防，以防大凉悍兵从西侧而上偷袭。

峡谷东侧，大凉悍将带着弓箭手瞄准谷底晋军放箭，只可惜他们送上峡谷东侧的火油、石头、木头都在大凉军这一头，这一头晋军少大凉军多，他们束手束脚，不敢往下抛石、木、火油。

瓮山峡谷与九曲峰出口，甄则平、石攀山以极大的代价与张端睿将一部分大凉军斩杀，已按照原定计划将出口封死，甄则平又带兵冲入峡谷之中，与大凉军近身肉搏。

而埋伏在瓮山乌丹河峡谷入口的一万二精兵，与程远志将军所带一万白家军封死了大凉军乌丹河方向退路，杀成一片。

头戴孝布的程远志刚砍下一名大凉悍将头颅，峡谷东侧之上一支大凉羽箭呼啸而来，直直扎进程远志肩膀里，力道之大竟射得程远志从尸山上向后栽倒进血水之中。

混着泥浆带着腥味的血溅在脸上，遮挡住了程远志的视线，一阵混乱之后他被高喊着"将军"的将士扶了起来。

他用大刀撑起自己的身子，抹去脸上血水，双眸猩红咬着牙折断羽箭尾部，看向东侧峡谷之上正举箭瞄准他的大凉悍将，高声嘶吼："不必管我！白家军听令！此役死战！必斩云破行头颅！为白家诸位将军与兄弟们复仇！"

"复仇！"

"复仇！"

血战之中的白家军个个血气翻腾，拿出死战之态，杀红了眼，杀得大凉大军直往后退。

被大凉诸位将军护在正中央盾牌之下的云破行听到程远志要取他头颅的话，大笑出声："连白威霆都不能奈何本帅，程远志不过白家军小小一末位将军，竟敢口出狂言要斩本帅头颅！我大凉倾全国之力出兵七十万大军！虽然我等在峡谷之内被围，可我大凉军骁勇，兵力又强你晋国不知几何，只要本帅能撑到天黑，大凉大军必会前来驰援，到时候就是踩都能把你们这些残兵败将给踩死！程远志……我要是你就速速遁走逃命！"

云破行话音一落，上方峡谷东侧面忽而杀声震天，原本举着弓箭射杀谷内晋军的大凉军一脸惊骇，纷纷调转后方射箭，可还不等大凉弓箭手搭箭拉弓，突然箭矢从九曲峰与瓮山出口山顶接踵而来……

虎鹰营弩箭齐上，下面大凉军惨叫一片，有中箭的大凉士兵不断从峡谷上坠落，突如其来的变故让峡谷之内的大凉军顿时乱了心神。

大凉弓箭手瞄准九曲峰与瓮山相接的山顶放箭，却因低处射箭无法奈何高处的虎鹰营。

只见沈良玉咬着牙凭借绳索急速狂奔冲上山顶，取下背后所背的白家军战旗，双手握紧旗杆，嘶吼着用尽全力将军旗插在山巅！

在所有人都能看到的位置，黑幡白蟒旗迎风一瞬展开，猎猎作响！

"是黑幡白蟒旗！是白家军！"

"是白家军！定是虎鹰营的兄弟来了！"

山谷内白家军将士欣喜若狂，高呼之后斗志昂扬，如同打了鸡血一般，奋力举刀杀敌："我白家军锐士，剑锋所指，披靡无敌！杀啊！"

就连带兵占据峡谷西侧高地的张端睿亦是热血奔腾，嘶吼道："放箭！"

白卿言按照地图抄近道从瓮山峡谷东侧中段杀出，瓮山峡谷东侧因为整体地势高，坡度十分缓和。

兵贵神速，白卿言为快速登顶打大凉军一个措手不及，命兵士骑马而上。

等大凉军发现这一千晋军时，虎鹰营以弩箭掩护晋军快马急速冲上瓮山，已与大凉军展开近战肉搏。

白卿言骑快马奔行，锋芒毕露的眸子凝视远方峡谷上方高空盘旋的猎鹰，抽出一根羽箭搭弓，瞄准那只猎鹰！

带兵伏击在此的大凉悍将身体紧贴峭壁躲于峭壁之下，阴沉锐利的眸子一扫，精准捕捉到了骑于马背之上搭弓射箭英姿飒爽的白卿言。

见白卿言正在瞄准云破行的猎鹰，他大惊，那只猎鹰是云破行的象征，这些年除了晋国白家军，可以说但凡见到这只猎鹰的军队都会吓得丢盔弃甲，此猎鹰是大凉军的士气，绝不可被射下！他立刻搭弓。

白卿言鬓角已有细汗，她沉下心，紧咬牙关。

谁料，还不等白卿言放箭，只听得箭矢急速破空而来，她胯下战马亦是发出凄厉嘶鸣，连同毫无防备的白卿言一起摔了出去。

"长姐！"

"公子！"肖若海一跃下马朝白卿言冲去，"公子接枪！"

肖若海将白卿言的银枪丢了过去，白卿言接枪后本能转身全力一刺，一大凉士兵顿时毙命。

肖若海抽出长剑，护在白卿言身旁，白锦稚亦下马冲至白卿言身边将她护住。

"肖若海去立军旗！"白卿言吼道。

"是！"肖若海领命。

大凉悍将再次举箭瞄准白卿言，战场上天生的敏锐，让白卿言提前感知到危险正飞速逼近，她用力将银枪插入地缝，一把按住白锦稚的头将她压下护在怀里俯身躲避，羽箭擦着白卿言脸颊飞过，瞬间鲜血淋漓，可这恰恰也让白卿言一眼找准朝她射箭的大凉悍将。

白锦稚顺着白卿言目光看过去，见那大凉悍将又在搭弓瞄准白卿言，她立刻捡起射日弓扔与白卿言："长姐接弓！"

她一手接弓一手抽箭，转身躲过飞来羽箭，顺势拉弓，利落放手。

那是比大凉悍将速度更快更具爆发力的一箭，直中大凉悍将咽喉，一箭封喉毙命！

"将军！"大凉军大惊。

大凉军最善于骑射的主将，竟被人一箭封喉，瓮山东侧还在拼杀的大凉军军心松动。

眼看肖若海马上要带着扛旗兵士，冲到峡谷峭壁边缘。

一匹无人驾驭的战马受惊朝她飞奔而来，她立刻将射日弓挎于身后，拔出银枪，一跃上马，对白锦稚高呼："小四！"

白锦稚抓住白卿言朝她递来的红缨银枪借力上马，烈马飞驰，坐于白卿言身后的白锦稚一手握枪刺穿大凉士兵心肺，拔枪反手一挑又杀了一个。

"拿着！"白卿言将手中红缨银枪递给白锦稚，双腿紧夹马肚，抽箭搭弓，箭锋所指正是峡谷高空盘旋的猎鹰。

快马一跃跳起，越过正在搏杀交战兵士，向上猛冲。

精准她从不在话下，唯怕这些日子加紧训练之后力量仍是不够。

她将射日弓弓木拉得发出细微声响，还在全力向后拉弦，全身紧绷，鬓角全是汗水。

瞄准，放箭……

箭矢急速穿破空气，带着呼啸的哨声，直直朝高空之上那只活物冲去，一瞬穿透。

高空之上一声凄厉尖锐的鸟鸣声后，被一箭贯穿的猎鹰迅速从高空坠落。

就是现在！

她紧紧拽着缰绳，举起银枪厉声高喊："展旗！"

肖若海死死咬着牙用尽全力将白家军战旗插入高地，高呼："展旗！"

"展旗！"

"展旗！"

刹那间，二十多面白家军军旗接连迎风招展，占据峡谷东侧上方高地。

急奔颠簸的战马之上，白锦稚耳边全都是咆哮风声和嘶吼声，她咬牙从胸膛盔甲里摸出一面叠好的军旗，套在她的长缨枪之上。

在快马冲至崖壁边白卿言急速勒马之时，白锦稚银枪撑地借力侧翻下马，疾行十步狂奔至崖壁最边缘，将白卿言曾经用过的黑幡红蟒旗高高举起，含泪嘶吼摇晃！

这面旗是白锦稚偷偷带来的，黑幡红蟒旗是长姐头一次随祖父出征之时，她们艳羡长姐的众姐妹一起将白蟒涂成红蟒的。二姐说，长姐是女子，当为红妆将军，该用红蟒旗！

后来，这黑幡红蟒旗二姐出征时用过，三姐出征时也用过！

白锦稚将这面旗带来，就是为了让尚存的白家军都知道，哪怕白家儿郎已经全部身死，可白家女儿郎只要还一息尚存，就绝不会苟存于世，定当同白家军诸位兄弟同袍，同祸福，共生死！

天已半黑。

瓮山峡谷之内，象征着云破行的猎鹰跌落，随之而来的便是占据峡谷东侧的白家军猎猎招展的军旗！

被大凉众将士护于正中的云破行脸色骤变，仰头看着那让他惧怕胆寒的黑幡白蟒旗，大吼："不可能！这肯定是那个大晋太子的奸计！哪里还有什么白家军，白家的血脉早就被本帅杀光了！"

就连谷内的白家军都怔住，不知道这是哪一路白家军。

激烈刺耳的战马嘶鸣声在峡谷上空响起……

程远志抬头，一瞬便锁定了坐于战马之上背挎射日弓手持红缨枪的身影，再看到白锦稚用力摇晃的黑幡红蟒旗，程远志睁大了眼血气瞬间涌上头顶，一把推开扶着他的将士！

黑幡红蟒旗，烈马银枪射日弓！那是曾经与他们同战同袍所向披靡从无败绩的将军小白帅！

堂堂七尺男儿，被利箭穿胸都不皱眉头的程远志，激动得热泪夺眶，声嘶力竭："小白帅！是小白帅回来了！"

程远志忍不住大笑两声，中气十足含着热泪怒吼道："奶奶个云破行！睁大你的狗眼看清楚，那便是我们元帅的嫡长孙女儿，曾经手刃大蜀大将军庞平国头颅的小白帅！云破行你他娘的今天死定了！"

看到黑幡红蟒旗，本已有些力竭的程远志抡起大刀指向云破行的方向，全身斗志澎湃："白家军众将士！小白帅回来了！我等誓死随小白帅杀敌！今日必斩云破行头颅！杀！"

谷内立时杀声震天。

瓮山九曲峰相接高山之上，近两百的虎鹰营锐士嘶吼着凭借绳索飞奔直下，如展翅雄鹰，其剽悍程度看得大凉军心头发麻。

放眼天下，除却白家军骠骑将军白岐景，无人能训练得出如此强悍的猛士！

谷上东侧，白卿言带来的一千兵士各个血气蓬勃，奋力与军心溃散的数倍大凉兵殊死搏杀。

"白锦稚！骨哨传令，命程远志率白家军与我晋军速撤谷外，死守瓮山峡谷乌丹河入口，静待截杀溃逃大凉军！"

"是！"白锦稚血液沸腾不敢延误，立刻吹哨传令。

谷内白家军骨哨传令人闻讯，直冲正举着大刀与大凉大军血战的程远志身边，喊道:"将军,骨哨传令,命将军带领白家军与晋军将士速撤谷外,死守瓮山峡谷乌丹河入口,静待截杀溃逃大凉军!"

对于小白帅白卿言的命令,程远志没有任何怀疑,大刀一举:"撤!"

"撤!"

"撤!"

谷内白家军与晋军将士纷纷得令,掉头直往谷外方向冲去,倒让一众正举着大刀长矛拼死搏杀的大凉军士摸不着头脑。

"不好!"云破行率先反应过来,峡谷东侧之上有他们大凉军昨日运上去的木头、石头、火油,那个小白帅是要用这些对付他们大凉军!

云破行满脸惊悚地前后看了看,他此时身处大凉军护卫圈正中心,后面是瓮山与九曲峰弯道出口,可那里幽窄不说,大半大凉兵力堵在他身后,不等他杀过去,怕已经葬身火海。

而往瓮山峡谷乌丹河入口方向越走越宽阔,那里才有生机,可白家军与一万晋军在那里!

前有狼后有虎,已没有时间让云破行犹豫。

他声嘶力竭喊道:"快撤!往乌丹河峡谷入口撤!"

谷内大凉军人数实在是太多,从云破行命令传至最前方的兵士,再开始行动撤出何其困难!

白卿言看着下面已经开始传令撤退的大凉军,喊道:"传令!砍断拦木绳和拦石网,上火油,备火!白锦稚紧跟肖若海不得离身!"

语罢,白卿言调转马头,沿着峡谷断崖边缘朝乌丹河方向奔袭,顺手从一刚准备好火把的晋兵手中夺过火把,疾驰而去。

已经从山上下来的虎鹰营锐士得令,纷纷砍断拦木绳和拦石网,将火油朝谷内砸去。

深谷之中,立时一片惨叫哀号。

护在云破行身边的大凉军立刻举盾,将云破行护在其中。

云破行闻到火油味道,急得直骂:"他奶奶的!快!杀出去!杀出去!"

之前被铜墙铁壁护于中间的云破行,此时简直是寸步难行,晋军已经用了火油,再耽误下去一旦晋军放火,他就要死于火海之中了!

云破行目眦欲裂,抽出腰间佩剑,怒吼道:"给我杀出一条血路!快!"

云破行亲卫也知要是不迅速出去，必将死在这里，抽出长剑斩杀了将后背交于他们、用血肉之躯护着他们的大凉兵士，高举盾牌一路向外飞奔。

那些死于大凉自家人手中的将士，死前皆目瞪口张，难以置信。

西面山谷之上的张端睿一见东面峡谷之上的战士开始砸火油，点火堆，双眸放亮，心潮澎湃高喊："备火！"

天色已越来越黑，东侧高崖之上可以看到一个手举火把、驰马迎风而行的身影。

风声呼啸的峡谷内，刚才还令人胆战心惊的杀伐声，被从天而降的巨石、巨木与火油攻击的惨叫哭号声所取代，大凉军恐惧不安。

白卿言快马驰骋，本欲奔至乌丹河瓮山峡谷入口与白家军会合，不承想竟然看到大凉大军固定在东峡谷之上为拦截大军退路而设的大型拒马。

狂风带来火油浓烈的味道，那拒马竟都是被火油浸透了的！

她向峡谷内望去，见白家军大旗与大晋军旗已撤出拒马拦路的位置，不再迟疑，将手中火把朝那拒马丢去，一瞬火光冲天，竟将这瓮山峡谷上方的天空映得通红发亮。

她沉住气，抽出羽箭，一箭又一箭，射断了所有捆绑着拒马的绳子……

轰隆隆声响不断，被铁链结结实实扎在一起的粗壮木拒马，顿时从东侧高崖滚落，两端削尖的带火木栏，有的直直扎入土中拦住大凉大军去路，有的砸在大凉兵身上让大凉兵一命呜呼。

大凉大军慌不择路，靠近瓮山与九曲峰弯道出口的大凉军，拼死同甄则平与石攀山所带晋军厮杀，企图杀出一条生路。

刚还在谷内血战的甄则平退出峡谷，与石攀山死守幽窄出口，大凉军想活着出来难如登天。

"点火！放箭！"

无数带火的利箭朝谷内冲去。

箭矢之火与火油撞在一起，火苗如伏地巨蟒般急速蔓延开，又在一瞬拔地而起，声势浩大似要直冲天际！

滚滚热浪冲天，火光猛烈燃烧摇曳如鬼魅，吞噬一个又一个大凉兵，温和又不见血的杀戮，残忍又迅速！

云破行被盾牌护在正中央急速朝谷口行进，余光可见盾牌之外高低火光跃跃欲试朝他扑来，惨叫声让云破行的脸色更难看，再不出去，这峡谷之中的遍地尸体被点燃，届时火势不能阻挡，他云破行就得被活活烧死在这里。

盾牌发烫，将士们用衣袖包裹，疾步往外冲，外面全是惨叫和箭矢呼啸的声音，让人心惊肉跳。

他云破行可不想死在这里，他这辈子最大的梦想就是赢白威霆，如今终于将白威霆儿孙屠尽，可不能死在白威霆的孙女儿手里，尤其还让白威霆的孙女儿以少胜多，那他这辈子打不过白家军的名声就再也甩不脱了。

已经退至瓮山峡谷出口的晋军将军王喜平正双手扶膝喘着粗气，脸上身上全都是泥浆血水，他回头看着还不断往外奔袭的晋军与白家军，他们个个全身狼狈血泥分不清楚黏在身上盔甲上。

突然，他见谷内突然火光冲天，忙挤到白家军程远志将军身边，抱拳问：“程将军，我等撤出峡谷之后呢？”

"在这里守住瓮山峡谷出口，与溃逃出来的大凉军决一死战！"程远志握紧了手中大刀，双眸比那火光还要灼人。

还不曾冲至谷口的白家军斩杀了第一拨逃出来的大凉兵，这才赶来会合，同程远志禀报情况。

"晋军领兵将军何在？"瓮山峡谷右侧高坡之上，跨坐于战马之上的白卿言高声问道。

王喜平握紧手中剑锋已破损的长剑，高声问道：“来者何人？”

她克制着疾驰而来的喘息，举起手中兵符，声音又稳又快：“兵符在此，吾命你率晋军将士急援峡谷东侧宛平一千守兵，务必将大凉军队全歼于瓮山之中，不留活口！违命斩！”

王喜平收剑，还没来得及回答，就被膀大腰圆的程远志一把推开，毫无防备的王喜平险些跌倒。

程远志将手中大刀入鞘，冲到最前，激动得肩膀直颤，红着眼哽咽喊了一声：“小白帅！”

被程远志推开的王喜平幽怨看了程远志一眼，莽夫急个甚？

王喜平看向高台之上的白卿言，抱拳："末将领命！"

王喜平奉命带晋军驰援离开之后，她收了兵符，望着眼前脸上带血身上带伤，戴着孝布的白家军将士，想到刚才峡谷之中，他们高呼要为祖父、父亲、叔叔还有她的弟弟们复仇时，声音里藏不住斗志高昂，骨子里不怕死的决心与热血。

她心中辛辣的情绪翻涌，双眸猩红，这就是白家世代率领的白家军！忠勇、无畏！

同生共死！

"小白帅！"程远志泪水奔涌而出，抱拳单膝跪地，哽咽高喊，"请小白帅带我等为元帅，为副帅，为诸位白将军和白家军兄弟复仇！"

"请小白帅带我等复仇！"

"请小白帅带我等复仇！"

白家军将士齐齐跪地，抱拳高呼，情绪激昂，声震九霄。

她眼中热泪再也藏不住，紧紧攥着缰绳，下马对白家军将士抱拳："诸位皆是我白家军铁血男儿！是当之无愧的威勇锐士！受言一拜！对不住，言……来迟了！"

她下马对白家军将士长揖。

"小白帅！"程远志已哽咽不能言语。

白卿言从高坡上一跃而下，扶起程远志："程将军请起，诸位将士请起！"

程远志忍不住低低哭了一声，咬牙切齿道："末将无能！没有护住副帅！让副帅头颅被挂在大凉军营中，至今无法夺回！末将苟且偷生至今，不是贪生，末将只想斩云破行头颅复仇，如此才有颜面去见副帅！"

"我白家军将士个个骁勇无比，何来偷生一说？"她望着白家军仅存的这些将士们，难耐满胸的悲愤怒火，对诸位将士喊道，"祖父、父亲倒下了，可我白家女儿郎还在！我白卿言还在！只要白家有一人一息尚存，便必不会让白家军的黑幡白蟒旗倒下！只要白家有一人一息尚存，必将与白家军将士同战共死！"

"誓死追随小白帅！"程远志举剑高呼。

"誓死追随小白帅！"

"誓死追随小白帅！"

肖若海与白锦稚快马而来，老远便听到白家军誓死追随白卿言的高昂呐喊声，澎湃情感在胸口翻涌。

"长姐！"白锦稚一跃下马，高声道，"云破行带人杀出来了！"

闻言，她高举背后射日弓，用力攥紧，咬牙高呼："白家军将士们！此一战，乃我白家军雪耻之战！复仇之战！白家军血性男儿，谁敢随我舍命杀敌？"

"杀敌！"

"杀敌！"

"杀敌！"

白家军三呼杀敌的洪亮吼声，震撼人心。

死里逃生的云破行刚从火海狼狈逃生，惊魂未定，便听到谷口传来强大浩瀚的喊杀声。

他头皮发紧，推开扶着他的副将，阴沉暴戾的眸子凝视谷口前方，拔出腰间弯刀，粗犷的声音喊道："浴火重生的大凉勇士们！晋国不败神话白威霆被我们斩杀！他的儿孙被我们砍头！现在他的小小孙女竟敢在谷口叫嚣斩杀我大凉最勇猛的勇士！我们堂堂大凉勇士能死在女人刀下吗？"

"不能！"

"不能！"

"不能！"

从烈火中逃生的大凉悍兵嗷嗷直叫。

"是绝对不能！"云破行双眸猩红，声如洪钟，"我大凉天神只庇佑战场上最为勇敢的战士！本帅要你们拿出狼的勇气！拿出猎鹰的精神！斩尽最后一支白家军！将白威霆的孙女儿变成我们大凉勇士的胯下玩物！为死在白家军刀下的大凉锐士复仇！"

逃出生天的大凉军热血澎湃，拔刀高呼。

"复仇！"

"复仇！"

"复仇！"

"无坚不摧的大凉勇士们！冲啊！"云破行声嘶力竭嘶吼，弯刀直指谷口。

谷口。

白卿言听着深谷之中大凉军的喊声，语速急促，吐字清晰，吩咐："白锦稚，传令虎鹰营沈良玉，带六十虎鹰营锐士快马绕过天门关，直扑大凉大营后方，照地图标示，火烧大凉军三处粮库、兵库，不得有失！"

"白锦稚领命！"本就站在高坡之上的白锦稚一跃上马，快马而去。

"肖若海！"她将怀中兵符扔给肖若海，面沉如水，"你持此兵符，速命哨兵快马回宛平报信，命宛平五百守军趁夜色押送干粮补给兵器前往丰县方向，待晋军清扫瓮山峡谷东侧大凉大军后，命石攀山与王喜平各率一万部下于奔赴丰县途中补充体力，更换兵器，而后攻下丰县！你带一百虎鹰营锐士趁夜色潜入丰县火烧东燕粮草，与晋军里应外合，务必在明早之前拿下丰县！"

今夜瓮山幽谷火光冲天，想必东燕探子早已回报瓮山军情，兵力是晋军数倍的大凉军被悉数歼灭在瓮山峡谷之中，东燕怕是胆子都要被吓破了吧！

此时，若晋军直攻丰县，拿下必不在话下。

"肖若海领命！"肖若海翻身上马，持令而去。

峡谷之中，狂风刚劲，呼啸之声如鬼哭狼嚎。

白家军严阵以待，以手持射日弓的白卿言为首，封死了瓮山峡谷出口，锐利沉着的目光死死盯着峡谷深处。

她握紧了手中的射日弓。

听着呼啸的风声和峡谷深处传来的呐喊，她闭上眼耳边响起幼时祖父抱她于怀中教她下棋时的一番话。

"为将者，若敢身先士卒，则能激发将士方刚血性，战必胜！攻必克！"

如今的她早已不复当年身手，可她要扛起白家军大旗就必须舍身，必须站在最前端的位置，身先士卒率白家军奋勇杀敌！

只有她站在这个位置，一马当先，才能激励白家军锐士心中无惧。

深谷之中大凉军嘶吼的声音逼近，她睁开眼，举弓搭箭，拉至满弓，瞄准那狂风大作的漆黑幽谷。

父亲说，国若有战，民若有难，白家儿女责无旁贷，皆需身先士卒，舍身护民，此乃白家气节风骨。

从今日起，她便继承祖父与父亲的气节风骨！

不战死，不卸甲！

杀声逐渐逼近，她如炬视线捕捉到深谷弯道中第一个冲出来的大凉兵，咬着牙将弓箭拉至圆满，放箭。

箭矢逆风破空，直直穿透那大凉兵的喉咙，一瞬白家军军心大振！

热血澎湃激昂的白家军勇士只听白卿言高呼："活捉云破行！杀啊！"

"杀啊！"

拔剑举矛的白家军随白卿言朝深谷奔袭，正面强硬迎敌，势如破竹，锐不可当。

奔袭中她接连抽箭搭弓，直指大凉溃军中背带披风的大凉将军们，射日弓箭无虚发。

大凉逃生残兵，见白卿言但凡搭弓，必死大凉将军，不由心中生寒，再看满腔热血澎湃飞速冲杀如虎狼一般的白家军，顿时心惊胆战生了惧怕退意。

第十章　传奇之战

· 457 ·

尽管程远志护在白卿言的身边作掩护，可白卿言肩膀上还是挨了一刀。

她的箭射光了，便从身边尸体上拔箭，然后再射出去！

远远看到被三个盾牌护在中间的云破行，她踩住一旁大凉军将军的尸体，用力抽出羽箭，箭头滴答着鲜血的羽箭带风呼啸朝云破行扑去，速度快到让人无法拦截，一箭穿透云破行厚厚铠甲，力道之大将云破行击倒在地。

"元帅！"

"元帅！"

大凉军大惊失色，慌张惊呼。

闻声，大凉残兵已经军心溃败不成样子，不过片刻，竟如同手无缚鸡之力一般，被斗志燃烧所向披靡的白家军悉数斩杀，云破行也被白家军团团围住。

此时，云破行的身边只剩不到十人。

云破行紧捂着临近心口的羽箭，鲜血汩汩冒出，他咬牙强撑着被大凉兵士扶了起来，环视将他围住个个杀意十足的白家军，心中不服，难道老天爷非要他今天死在这里？

他云破行不惧死，可他不想死在白家军的刀下！不想死在白威霆的孙女儿手里！他活一世只为一个千古留名而已，哪怕让他回大凉之后再死也成啊！他才好不容易屠尽白威霆儿孙，好不容易才摆脱"畏惧白家军如小儿畏父"的名声，苍天为什么要这样待他啊！

"闪！"

程远志浑厚如钟的声音从后面传来，个个杀气十足，摩拳擦掌蓄势待发要将云破行撕了的白家军士兵让开一条路。

云破行抬起猩红的眸子，望着从白家军中走来的银甲女儿郎。

在这狂风怒号的黑暗幽谷之中，那身着战甲的女儿郎脸上带伤，身上染血，手握射日弓，一双眼沉着又锋芒毕露，如白威霆，如白岐山，周身尽是骇人的杀伐之气，步伐铿锵有力逆风而来，被鲜血浸透的红色披风猎猎，束发的发带与长发翻飞，气势同杀神临世般让人脊背生寒。

云破行听说过白威霆的嫡长孙女，虽然外面都在传曾经灭蜀大战中白威霆的嫡长孙女亲斩一代悍帅庞平国头颅，可云破行只当是白威霆为了神话白家血脉故意放出来的传言，这传言不过是白威霆为了让列国知道他白家的种不论男女都所向披靡的伎俩而已。

后来，云破行听说白威霆的嫡长孙女身受重伤武功全废，他就更加肯定这是白威霆的计谋，怕被人识破他的孙女儿是个废物。

可谁知道，在他杀尽了白家男儿以为晋国再无可战之猛将之时，白威霆这个嫡长孙女儿居然悄无声息就冒了出来。

他行军多年，仅观她一身狠戾锐气和她眼底冷冽凌人呼之欲出的锋芒，便知此女乃是比白威霆还能狠得下心肠的人物。就如同草原狼群的新任狼王，总是比老狼王更矫健更狠辣。

天要亡他啊！

被大凉残兵团团护在中间，满脸狼狈的云破行心中凄怆，抬手拨开护着他的大凉勇士，上前一步，紧咬着牙看向已距他不过两丈的白卿言，紧咬着牙故作镇定冷笑："没想到，白威霆竟然还有这样一个如花似玉的孙女儿，不是说你武功尽废吗？怎么？来这男人的战场，是为了给我们大凉勇士做玩物的吗？"

这是白卿言第一次见到云破行，四十九岁正值壮年，有着大凉人粗犷的嗓门和高大的身形，那双眼充满杀戮和沧桑，十分老辣。

"你！"程远志欲拔刀，却被白卿言按住。

她压下满腔熊熊燃烧的仇恨，狂风带来的焦灼味和血腥味让她保持着一份不被怒火击溃的清醒。

她恨！恨不得生啖云破行血肉，他斩首剖腹辱她十七弟，他将她父亲头颅斩下，挂于大凉军营威慑挑衅白家军，她怎么能不恨？

原本只要一箭，她就可以要了云破行的命，可以让他死得干净利落，可以斩他头颅剖他心肺！把他的头丢进大凉军营中！

可是……她还是故意射偏了。

因为，理智告诉她，云破行不能死，云破行死了……皇帝和朝中那些小人便会无所顾忌，再也容不下白家，容不下白家军。

狡兔死走狗烹，飞鸟尽良弓藏。

南疆必要留下一个除她晋国之外，除白家军之外，再无人能战胜的敌国悍将来威慑善于过河拆桥卸磨杀驴的大晋皇帝，皇帝才会诸多忌惮。

她望着云破行充血通红的眸子，强迫自己沉住气。

"是啊，几年前我武功尽废，是个废人！"她凝视已是强弩之末的云破行，"可我听说有一个叫云破行的，惧怕我白家军之名甚深，如小儿惧父！为壮胆纠集东燕这等鼠狼之辈壮声势，又与我祖父副将刘焕章暗中苟且勾结，集结百万大军用尽阴谋手段，才将我白家男儿斩尽！"

"我便想……即便我是个废人拼尽全力定能斩你头颅！只是可惜啊，我这个废人还未曾发力，你已溃不成军成我砧板之鱼要任我宰割了，当真是令人失望至极！"她眉目冷清，"看来没有东燕助阵，没有刘焕章传信，云破行还不如我个女流废人！"

云破行目眦尽裂，死死咬着牙："黄口小儿你辱我太甚！"

"对你来说，阐述事实就是辱你太甚？"她怒目而视，咬牙望着云破行，"你斩我十七弟头颅，剖我十七弟尸身，这难道不是滔天大辱！你虽用阴谋诡计杀我祖父与我白家男儿，但你为敌国元帅，为母国大凉取利，我敬你。可你堂堂七尺男儿，对十岁孩童挥刀，斩其头颅也就罢了，剖腹辱一尸！你不配为人！我瞧不起你！"

云破行想到白家那个临死前亦是傲骨铮铮的十岁小娃娃，他咬紧了牙关，喊道："两军交战，不论孩童老翁，拿起刀剑便是战士！哪来那么多妇人之仁？"

云破行话音刚落，箭矢破空，眨眼间穿透他膝盖而出，快到让人连虚影都看不到，鲜血喷溅，云破行单膝跪地惨叫出声，直冒冷汗咬牙切齿望着白卿言。

"大帅！"

大凉残兵拔刀，可他们在白家军的包围威慑之下并不敢动。

"这一箭，为我十七弟！"她眸色沉冷。

又是一箭，穿透云破行右侧膝盖，云破行狼狈跪下。

"这一箭，是为了让你给我十七弟跪下谢罪！"

"要杀便杀！我云破行不惧！"云破行嘶吼。

"杀你？"她紧紧攥着手中的射日弓，"杀你这样手无缚鸡之力的窝囊废，太侮辱我这把射日弓了。"

"小白帅！用我的刀！我不怕云破行的血辱我宝刀！"程远志表情坚定，将自己宝刀抽出送上，"脏了我洗洗再用！"

云破行不堪受辱，咬紧牙关，拔出弯刀朝自己的脖子抹去欲自刎。

"铛——"

云破行举着弯刀还没有碰到脖子，就被一支羽箭射中手腕，弯刀跌落在地。

"大帅！"

大凉残兵双眼发红，如被逼入穷巷的恶狗，龇牙瞪着白卿言。

"云破行今日我放你走……"她说。

"小白帅！不可啊！他杀了元帅，杀了副帅！怎么能放他！"程远志睁大了眼，他好不容易等到这一刻，恨不能抽了云破行的筋，扒了云破行的皮，砍下他的脑袋当夜壶，怎么能说放就放？

　　她不改口风，只强压恨意望着错愕的云破行，道："我给你三年时间，让你滚回大凉准备，三年之后，尽带你云家儿孙前来叩关，你若不来，我便带白家军直入你国，屠你大凉子民，灭你大凉皇族！宰你云破行九族，鸡犬不留！"

　　疼痛难忍无法站立的云破行抬头，望着眼前戾气沸腾杀气冲天，却能冷静自持的女子，心头竟生惶惶。

　　"闪！"她高举射日弓，命令白家军闪开，给云破行放出一条路。

　　"小白帅！"程远志抱拳跪了下来，"不能放云破行！要为所有白家军复仇啊！"

　　"小白帅！不能放啊！"

　　白家军将士心有不甘，上前一步，做出誓死不让的姿态。

　　她通红的眸子扫过不愿退让的白家军将士，吼道："违命者斩！闪！"

　　军令如山，即便白家军将士不甘，也只能闪开，磨牙凿齿，怒目望着云破行。

　　双腿已不能走路的云破行被大凉残兵架起，他望着白卿言："你真放我走？"

　　"你只有三年！只盼三年后你能强一点，别让我如砍瓜切菜，胜得如今日这般简单！"

　　说完，她侧身让开，白家军将士也愤愤不平把路让开来。

　　尽管有白卿言这话，大凉军还是不放心，举刀护在云破行四周，神情戒备小心翼翼试探着从恨不得生吞了他们的白家军中间穿过。

　　很快，大凉残兵扶着云破行走出谷口，一名身形健壮的大凉兵背起云破行，急速狂奔消失在黑夜中，像生怕白家军反悔。

　　"小白帅，放了他是为何啊？！"程远志忍不住悲愤问道，"虽是军令！可末将不甘心！云破行他斩了副帅的头颅挂在他们军营示威羞辱我白家军！小白帅是副帅长女……怎能放走杀父仇人啊？"

　　白卿言目视那一片黑暗，拳头紧紧握着，直到再也看不到云破行她才转头望着程远志，强压满目恨意，道："我知道程将军不甘心，诸位将士也都不甘心！我祖父、父亲、叔叔和弟弟们死得那般惨烈！我甘心吗？我更不甘心！可今日我若不放云破行走，此次南疆一战，太子必不会留白家军一个活口！"

　　幽谷咆哮寒风中，女子铿锵之声响起："你们以为，为何祖父出征，陛下会让从不涉战场的信王持金牌令箭监军？你们以为为何信王敢强逼祖父出兵迎敌？你们以为梁王如何敢伪造书信攀诬祖父通敌叛国？因为当今皇帝与朝中趋炎附势谄佞奸徒早已视我白家军为卧榻之侧的猛虎，欲除之而后快！为何！因为你们是白家军！因为你们举的是黑幡白蟒旗！因为他们视白家军为白家私兵！因为我白家军太过勇猛！因为我白家军可以一当十！因为白家军之盛名威震列国！因为我白家军之人望，晋国无人能及！

"白卿言今天还能站在这里，与诸位同战同生死，当跪谢方炎将军！跪谢岳知周将军！跪谢白家忠仆吴哲、纪庭瑜！是他们舍生忘死，用命将行军记录送回大都城，才为我祖父洗刷为夺军功刚愎用军的污名！洗刷我祖父通敌叛国之罪！逼得陛下不得不严处信王还我白家公道，不得不留我白家遗孀性命！

"也当谢云破行，若无云破行，朝中奸佞小人与皇帝会想方设法阻我来南疆！太子会千方百计阻我出战与白家军相会！我只能枯坐于大都城，眼睁睁看着我白家仅剩的这一万将士，被小人当做马前卒，一个不留战死南疆！

"白家军上至我祖父，下至诸位冲锋锐士，从无反心，是大晋国最为忠勇之士！我等立誓为天下百姓海晏河清而战！为天下一统而战！可如今皇帝与朝中奸臣只想鸟尽弓藏，兔死狗烹！

"我等不反！可今日我白卿言既然要扛起这白家军的黑幡白蟒旗，便要誓死护我白家军将士，哪怕心机手段有违我白家做事取直的家风祖训！我白家军的骁勇锐士，可死于沙场杀伐！可死于敌军强弩利箭之下！但绝不可死于居心叵测之徒的龌龊伎俩之中。"

头戴孝布的白家军听完白卿言一番话，心口顿时燃起熊熊烈火，全身发烫发麻，眼眶发热。

白卿言双手抱拳，郑重对诸位白家军将士一拜，撩开战甲下摆单膝跪下："我白卿言对战死南疆的白家军诸位烈士起誓，以我白家二十三位英灵起誓！三年之后，我白卿言必带诸位亲斩云破行头颅报仇雪恨！请诸位信我！"

"小白帅！"程远志人高马大个汉子，含泪抱拳跪地。

白家军满腔激昂的热血男儿也都跪了下来。

"我等信小白帅！死生不疑！"

这三年，是她给云破行的期限，也是她给自己的期限。

三年之后，她要整个大晋国再无人动她白家人！

三年之后，她要整个大晋国再无人敢觊觎白家军！

三年之后，她必报仇雪恨！

安抚了白家军将士，白卿言站起身来，郑重道："刚刚放云破行走，等云破行回到已被烧了粮草本就军心大乱的大凉军营，大凉军见云破行十几万大军出，几十人狼狈回，定知今日云破行瓮山一役大败，粮草绝，主帅败！军心必乱！"

她含泪高声下令："白家军将士立即回瓮城修整，一个时辰后，点两千人随我杀进敌营，夺回我父帅头颅！"

"是！"程远志声如洪钟应声后，转身用手指吹了个极为响亮的口哨。

白家军纷纷吹哨，召唤战马。

突然，峡谷之上，张端睿骑快马而来，高声道："白将军！谷内大凉兵见主帅已逃，纷纷称降，要命甄则平、石攀山打开出口，放他们出来吗？"

她抬头望着张端睿，眼神沉着，没有丝毫犹豫："杀！一个不留！"

张端睿一怔："这……"

自古不杀降兵，这是惯例。

"张将军若怕担这千古骂名，我白卿言来担！今日多杀一个大凉强兵，来日我大晋便能少死几个百姓，白卿言手持兵符，此为我一人之令，与张将军无关！"白卿言语气不容商议。

张端睿迟疑片刻，他知太子兵符在白卿言手中，只得抱拳："得令！"

"屠尽谷内大凉兵士之后，张端睿将军、甄则平将军清点人马，前往瓮城休整，等候命令明日一早随我与白家军夺回天门关！"

一听明日便要夺回天门关，张端睿立时热血沸腾！

虽然刚刚经历一场大仗，大家多少都会疲乏，可此战以少胜多，正是士气最旺盛的时候，一夜休整之后，必能夺取天门关。

手举黑幡红蟒旗，背缠白卿言红缨银枪的白锦稚骑快马回来，她举着旗一跃下马，将背后红缨银枪丢给白卿言："长姐，接枪！"

白卿言一把接住红缨银枪："上马！回瓮城！"

"回瓮城！"程远志亦是跟着高呼，他双眸熠熠，对白卿言道，"还在养伤的卫兆年和谷文昌、沈昆阳他们见到小白帅，定会以为是在做梦！"

宛平城内，太子披着厚厚的狐裘立在城墙之上，望着远处瓮山峡谷顶空的一片通红，心都提到了嗓子眼儿。

"还没有哨兵前来回报军情吗？"太子身侧拳头紧紧攥着。

秦尚志跟在太子身边抿唇不语，只在心中祈求苍天庇佑，让白卿言旗开得胜。

远远看到有快马而来，秦尚志忙上前指着远处："殿下！你看……"

太子只觉自己的心跳都要停了，屏息望着那越来越近的身影，拳头也越攥越紧。

快马到了城下，那哨兵勒着缰绳，高声喊道："快开城门！瓮山大捷！瓮山大捷！我军将大凉贼寇全歼瓮山峡谷之中！"

太子只觉血气冲上头顶，赢了！真的赢了！

他脸都激动得发麻，转身急匆匆下城墙，脚踩住狐裘一角差点儿摔倒，多亏守城将军扶了太子一把。

"太子小心。"

那将军说完，便规规矩矩退到太子身后。

"赢了！赢了啊！"太子长长呼出一口气，扶着冰凉的城墙快步走了下去。

那哨兵直冲城中，看到太子立刻下马，喊着大捷扑跪在太子面前激动道："我军大捷，白将军下令不留活口，我军已将大凉十几万大军全部灭于峡谷之中！白将军命五百守军趁夜色押送干粮兵器补给前往丰县方向同石攀山、王喜平将军会合，补给之后，直奔丰县，天亮前必夺下丰县！"

秦尚志一听双眼发亮，他上前一步："殿下！时不我待！快快下令让人准备补给武器啊！"

可太子却脸色发白，颤着声问："全部……杀了？降兵呢？也杀了吗？"

"回殿下，全都杀了！"哨兵道。

太子脸色愈白，此战胜了固然好，可名义上这场仗是他打的！若斩杀降俘的事情传出去，他名声就完了！他原本还想在将来与大凉谈判时用降兵换一点好处！

他心中顿时后悔，那时他就不该为表信任将兵符交于白卿言，真是悔得肠子都青了。

"殿下？"秦尚志疑惑太子为何迟疑。

"造孽啊！"太子身边年纪最大的谋士方老亦是被吓得脸色发白，"自古两兵交战，不杀降俘啊！斩杀降俘的名声要传出去，列国该怎么看我晋国？定当视我晋国如虎狼啊！"

听到谋士方老这么说，太子的脸色愈加难看。

"话不能这么说！我们此次只带了五万援兵，若留下那些降俘，还得花费兵力去看管降俘，以防降俘中途要反水。杀是对的！"秦尚志抱拳再次恳请太子，"太子殿下！速速下令让守城五百兵士运送补给！趁现在东燕正处在惶惶不安中，我军以雷霆之速打过去，必能夺回丰县啊！"

听秦尚志满腔激动说完，方老不紧不慢朝着秦尚志看了一眼，幽幽开口道："殿下，我军战士激战一天，早已疲乏，丰县东燕军队精力充沛，此时攻城……于我军不利啊！"

秦尚志看了眼那位方老，咬着牙又道："殿下！此时瓮山顶空一片通红，那片通红不灭，我军的士气不倒！若不趁东燕军心惶惶之际攻城，一旦明日一早大凉东燕缓过神来再次合兵，夺回丰县就更是难上加难了！"

"殿下……"哨兵抬头看向太子，"白家军让准备的补给和兵器，还……还准备吗？"

"殿下！不可迟疑啊！"秦尚志紧咬着牙，"殿下想想白将军这几次所献计策，哪一次不是正中要害？！哪一次不是将敌军行军布置算得无一错漏？白将军乃是镇国王都称赞过的天生将才！您要信白将军啊！只要此次，我军能一夜间大破东燕与大凉联军，从此之后便再无人敢挑衅我晋国威仪了！"

太子想到大凉埋伏地点都被白卿言算得一清二楚，且他已经将兵符给出去了，除了白卿言如今他也不知道该信谁，他点了点头："快去！按照白将军吩咐，命宛城五百守城兵士……不！去八百！八百守城兵士去运送补给和兵器！要快！"

"是！"

眼看着哨兵跑远，太子才转过身看着自己面前的三个谋士，抱拳一礼道："烦请三位帮孤想想，这杀降俘之名，孤要怎么……怎么挽回？"

"这仗既然是白将军打的，这坑杀降俘的事情也是白将军下的令，殿下只要声称同您无关，再重责白将军将其斩首示众，天下必然会看到殿下的仁义之心！殿下勿忧……"方老从容自若说道。

太子想了想，似乎在认真考虑方老说斩首白卿言之事，道："可……这样这瓮山之战旁人不就知道并非是孤之功？"

秦尚志看着灯下皱眉的太子，心惊肉跳之余，心中一时间竟已不知是何滋味。既不想背负杀降俘之名，又想要瓮山之战功，太子也是太过贪心了。镇国王与白家诸位将军一死，已经是除大晋之甲胄，若太子再杀了白卿言这位百年难得一遇的大将之才，大晋就真的只能任人鱼肉了！

想到太子一向倚重方老，秦尚志头皮发紧，忙上前一步道："殿下，白将军不可杀！此战大捷白将军功不可没！献计不说又与诸位将军浴血奋战才得瓮山大捷，若殿下斩杀白将军，必然会让众将士心冷，以后谁还敢为殿下舍命，谁还敢为晋国建功啊？"

太子又在认真思考秦尚志的话。

"再说了，大凉东燕大军未退，战事未平，白将军虽是女流之辈，可在调兵遣将方面尽得镇国王真传，殿下怎可对出谋划策的战将有杀意？若此次白将军一死，南疆之战不要说夺回国土，怕就是我等脚下之城也保不住啊！"秦尚志双眸发红。

不论是于公于私，秦尚志都想保白卿言。

"秦先生这话可笑，难不成……我晋国竟要指望一个女流之辈才有胜仗可打？"方老难得动怒，吹胡子瞪眼睛瞥了秦尚志一眼，拱起双手朝太子一拜，"秦先生此言，将太子置于何地？将我大晋其他悍将与我等太子府谋士置于何地？"

秦尚志心里堵得发疼，咬着牙厉声问道："此次之战，我等太子府谋士与大晋悍将，哪一位如白将军一般，料准了云破行的兵力部署？又有哪一位在战报传来之后能提出行而有效以少胜多的胜敌之策？又是谁，在瓮山瓮中凹一万五千兵力全部折损的情况下率一千守兵迎战，使我晋军瓮山大捷！"

"老夫早已说过，有守在峡谷西侧的张端睿将军，峡谷之间虽东侧是大凉军，可西侧是张端睿将军，大凉军被我军夹于峡谷之中，我们晋军也未必是输！此战之大胜，难道不是理所应当？"方老气得胸口起伏剧烈，"秦先生领着太子府的俸禄，心思倒是每每都偏到白卿言那里去！真不知，在秦先生心里你的主子是那白将军，还是太子殿下！"

方老拂袖，负手而立，一副不屑与秦尚志多言的清高姿态。

秦尚志胸中怒火中烧，几乎要压不住火几欲拔剑，却又不能真与老者较量，硬是将这股子邪火给压了下去："方老莫不是忘了，这克敌制胜之计是谁出的！方老一口一个'老夫早已说过'，好像这排兵部署全都是方老一手安排似的！"

"秦先生！"太子一双阴沉的眸子看向秦尚志，心中对秦尚志颇为不满，"方老是长辈，秦先生连最起码对长辈的礼仪都没有了吗？还是秦先生真的忘了……谁才是秦先生的主子？"

尽管气得几乎呕血，可秦尚志还是硬生生忍了下来。

目送太子一行人离开，秦尚志立在这狂风呼啸的城墙之上，转头望着瓮山峡谷方向一片红光的天空，闭了闭眼，眼角湿润。

大都城十里坡，白卿言身穿孝衣送他宝马狐裘与防身匕首时，曾说……

"若来日白卿言肩能扛起我白家军大旗，以女儿身在那庙堂之高占一席之地，自当扫席以待，万望先生不弃，与卿言携手同肩，匡翼大晋万民。"

那时，他心中震惊白卿言身为女子，可她的志向竟是匡翼大晋万民！他心中惊涛骇浪，热血澎湃，恨不能再年轻几岁，随这位心怀大志的女子做出一番成就。可冷静下来之后，秦尚志又难免觉得当时，只是被白卿言所言震惊故而一时冲动。

这世道女子想要出头何其困难，更何况他已经年过四十，大都城内白家如履薄冰，他以为他或许等不到白卿言能扛起白家军大旗那一日，等不到白卿言成长到能够与他携手同肩匡翼大晋万民那一日！所以，在他遇到太子之后，选择跟随太子。

不承想，短短时日……白卿言便确如她所言的那般，来了南疆，来扛起了白家军的大旗！悔啊！他后悔轻看了那巾帼不让须眉的白家嫡长女。可他是文人，是谋士！谋士贵在忠直，一旦定主，绝不二心，绝不二侍，否则后世留名，必被天下耻笑！他不能轻贱了作为谋士应有的风骨！虽然他不能如同十里坡承诺的那般，与白卿言携手同肩，可他愿在此次南疆之行拼了性命保白卿言一个平安。

瓮城刚才就已经得到消息，瓮山峡谷大胜！

在瓮城之中养伤的三位白家军将军，听说小白帅白卿言来了，正率瓮山得胜的白家军回瓮城，大吃一惊。

卫兆年、谷文昌、沈昆阳，他们三位全都是军中的老人，他们都知道白卿言当年伤得有多重，隆冬腊月腹部受伤跌进湍急的河水里，那种情况之下能活命他们当初都觉得是上苍庇佑，也曾可惜过小白帅武功尽失。

可如今，小白帅怎么又回来了？

她武功尽失怎么上战场？

此战程远志有没有好好地护着小白帅，有没有让小白帅受伤？

瓮城之内养伤的白家军，登上城墙朝远处眺望。

拄着拐杖，用细棉布缠着伤口的白家军，远远见有大部队快马而来高举黑幡白蟒旗，不知是谁，兴奋高呼："回来了！回来了！我们白家军回来了！"

瓮城城墙之上，顿时沸腾起来，纷纷高呼："白家军回来了！"

拄着拐杖的谷文昌，压抑着心头激动，轻声询问伤了一只眼睛、一身白袍的卫兆年："看到小白帅了吗？"

卫兆年还没有来得及作答，就听沈昆阳指着远处高呼："你们看！那是不是小白帅……最前面手持银枪的那个身影！"

快马越来越近，谷文昌、沈昆阳都看清了驰马在队伍前方的白卿言，就连只剩下一只眼睛的卫兆年也看清楚了。

卫兆年紧紧咬着牙，眼眶发红，呼吸都跟着急促了起来。他以为，白家所有将军战死，白家军便不再是白家军，剩余这一万白家军……怕是也要折损于南疆。他以为今日他没有拦住程远志带一万白家军出城救援朝廷派来的五万援兵，今日便会成为白家军的忌日，他以为……从此往后世上再无白家军！可是，小白帅居然悄无声息来了，得胜之后……将那一万白家军带回来了！

卫兆年胸中血气翻涌，至此他总算相信五万援军的确胜了云破行十几万大军，镇国王的嫡长孙女儿白卿言乃是天生将帅之才，从来都算无遗漏。

卫兆年仰头望着漫天星辰，死死咬着牙……苍天有眼，不绝他们白家军！是元帅、副帅和白家诸位将军，死去的白家军将士保佑着他们这一万残存的白家军，所以将小白帅唤来了！

"果然是小白帅！快！随我出城迎小白帅！"谷文昌热泪盈眶高喊了一声，激动难耐的谷文昌拄着拐杖一瘸一拐往城墙下走。

沈昆阳、卫兆年连忙跟在谷文昌身后往城墙下走。

被战斧砍出痕迹的沉重城门缓缓打开，碎木屑混着鲜血满地都是，这是大凉军攻城之后留下的痕迹，瓮城兵士只清理了尸体，因为害怕大凉军杀一个回马枪，所以还没有来得及清理这些残留的痕迹。

谷文昌、卫兆年和沈昆阳三人，带着伤残的白家军立在护城河吊桥最前端，看着黑夜中奔驰而来的战马，如望着一片漆黑中的莹莹之光，哪怕微弱也让人向往。

"长姐！前面有人！"白锦稚指着瓮城吊桥之前隐约可见的几百人影道。

"那是老沈他们！"程远志抬手，示意疾驰的队伍放慢速度。

白卿言手握缰绳快马到瓮城吊桥之前勒马，看着眼前的白家军伤兵，见他们各个头戴孝布，眼眶胀疼。

她下马，喉头哽咽，还没来得及开口，就听胡子拉碴的沈昆阳一声"小白帅"，白军伤兵便都抱拳单膝跪了下来。

"谷叔、沈叔、卫将军，卿言来晚了！"白卿言眼中饱含热泪，跪地对三位将军一拜。

"不晚！不晚！"沈昆阳情绪激动，他忙冲上前扶起白卿言，见白卿言肩膀上的血已干涸，他努力睁圆了眼睛不让自己泪流满面，哽咽问道，"小白帅还畏寒吗？武功恢复了？这次大战伤得重不重？"

沈昆阳在军营中看着白卿言成长，初入军营的白卿言就在沈昆阳麾下，那时的白卿言天之骄女，年轻倨傲，一把射日弓，一杆红缨银枪，敢于向沈昆阳麾下所有悍兵单挑挑衅，直至连沈昆阳也打赢了，这才得了一个前锋的位置。

在沈昆阳的眼里，白卿言是小白帅，也是他看着长大的一个晚辈。

"小四！"她回头朝着白锦稚唤了一声。

白锦稚应声朝她跑来。

"这是我四妹，我三叔嫡女白锦稚！"白卿言向沈昆阳他们介绍白锦稚。

白锦稚爽朗抱拳向三位将军行礼："白锦稚，见过三位长辈！"

沈昆阳、卫兆年、谷文昌忙对白锦稚还礼。

"四姑娘！"沈昆阳红眼望着白锦稚，"总听元帅说，四姑娘是最像元帅年轻时候的孩子！我们一直盼着能见四姑娘，今天总算见到了！"

沈昆阳说着，声音倒是弱了下来，心中难受不已："可没有想到……是这样的情况下见到的。"

白锦稚亦双眸通红，用力握着身侧拳头，祖父……真的觉得她是最像他年轻时候的孩子吗？

"别在这里说话了！先回瓮城！"谷文昌忍着哽咽，抬头看向远处各个带伤的白家军，"将士们都要处理伤口！小白帅也是！等处理好伤口再说。"

"对对对！小白帅，先进城再说……"卫兆年也点头让开路让白卿言先进城。

白卿言点了点头牵着白锦稚，看向没了一只眼睛的卫兆年——四叔麾下最有谋略的将军。

她对卫兆年郑重颔首后，随众位将军与在这里迎她们的白家军伤兵一同进城。

因白卿言是女人，军医大多都是男人，她的伤口是白锦稚给处理的。

白锦稚处理完白卿言肩膀上的伤口，红着眼端了一盆血水出来就见肖若江正带着洪大夫在门外候着。

"肖若江？洪大夫！"白锦稚惊讶唤了一声，满脸意外，"你们怎么在南疆！你们也是偷偷跑来的？你们……偷偷进的军营？"

替洪大夫背着药箱的肖若江看着白锦稚端着的一盆血水，藏在袖中的手指微微收紧，规矩行礼之后道："是大姑娘遣小的带人先行一步，来南疆打探消息！刚刚赶到瓮山的洪大夫听说大姑娘带白家军回了瓮城便来了，小的正好碰到要进军营的洪大夫，这才能托了洪大夫的福进来。"

"这是……大姑娘受伤了？"洪大夫大惊，"伤到哪儿了？"

"伤到了肩膀，还好伤口不算深，已经止住血了！"白锦稚心里难受，她回头朝着屋内喊了一声，"长姐，洪大夫和肖若江来了！"

"让他们进来吧！"白卿言脸色苍白坐于点着油灯的桌前，将衣裳系好。

肖若江对白锦稚再次恭敬行礼之后，才进去："大姑娘，小的无能……刚退回瓮城，瓮城就封城了，不许进也不许出！小的才没能及时面见大姑娘！"

"大姑娘要不要紧？"洪大夫一进门就拿出脉枕坐下，示意白卿言伸手给她号脉，"来，我看看！"

白卿言毕竟是女儿家，伤在身上洪大夫不能看，只能诊脉。

"我没事，洪大夫！"白卿言依言将手腕放在脉枕上，让洪大夫诊脉。

"还好！还好！"洪大夫长长舒了一口气，眼中带上了几分喜气，"此次给大姑娘诊脉，倒是发现大姑娘体内的寒症似乎好转了不少，看来，以前老夫让大姑娘静养为宜是不对的！"

"洪大夫怎么没和董家死士在一起，反倒来瓮城了？"她放下衣袖问。

"老夫本是想去战场救治我们白家军受伤战士，谁知道等老夫赶到瓮山的时候，大姑娘已经带白家军将士回瓮城了，老夫这才追了过来。"洪大夫将脉枕收进药箱里，"我再去看看白家军其他受伤的将士！"

见白锦稚进来，她道："小四！替洪大夫提药箱。"

"是！"白锦稚十分乖巧跑过来替洪大夫拎起药箱，倒是让洪大夫忙称不敢。

"洪大夫您就别客气了！走吧！"白锦稚背起药箱率先出门，洪大夫这才对白卿言揖手行礼匆匆离开。

屋内只剩白卿言与肖若江，她这才问："可查到我七弟、九弟和沈青竹的消息？"

"回大姑娘，小的没能查到七公子与九公子的消息，但知道沈姑娘独自一人前往大凉国都了，属下已经派人去寻沈姑娘，下令他们若见沈姑娘务必护沈姑娘平安归来。"

肖若江垂着眸子慢条斯理回禀完，从胸前拿出一张叠得齐整的羊皮图纸，躬身递给白卿言："按照大姑娘吩咐，小的已将大凉大营摸清楚，这是兵营分布图。"

她点了点头："乳兄辛苦了！"

见白卿言举着油灯细看大凉大营兵力分布图，肖若江撩开长衫下摆，跪了下来，道："小的听说半个时辰之后大姑娘要点两千人去大凉大营夺回世子爷头颅，小的请命跟随大姑娘一同前往！此次云破行将他的长子和长孙带在身边，却从不曾让两人出战，为的是给他的子孙积攒战功，将来回大凉讨要官职！"

肖若江抬头，红着眼说："小的已经识得云破行长子同长孙面貌，此次必定斩下此二人头颅，也让云破行试试儿孙尸骨无存的滋味。"

除了这个缘由，肖若江亦是想去护着白卿言。

白卿言此次瓮山一战受了伤，且她的身体到底是什么样子肖若江心里再清楚不过。他听说来南疆这一路，白卿言几乎是以凌虐自己的方式捡起了射日弓，可近战白卿言还是不行，否则又怎么会受伤？如果此次闯大凉军大营没有人保护她，再让白卿言受了伤，他便有负白家主母董氏与他母亲的托付，也有负副帅曾经对他与兄长的救命之恩。

白卿言知道，肖若江是想到了她爹爹还高挂在大凉军营里的头颅，想到此次她爹爹并没有能回归大都的遗体。

她喉头翻滚，明白肖若江一片赤胆忠心，点了点头哽咽道："那就辛苦乳兄和我走一趟了！"

整个白家军因为小白帅的回归气势旺盛，纷纷补充体力，叫嚷着要随小白帅闯大凉大营夺回副帅头颅。

就连伤了一只眼的卫兆年亦是穿上了战甲，拿起了长剑，准备同白卿言一同闯大凉军营，他听说洪大夫在伤兵营帐里，便赶过来同洪大夫打招呼。

正赤裸着上身，让洪大夫拔肩上断箭的程远志看着已经穿上战甲的卫兆年，笑道："老卫你就别去了！你这一只眼睛看不见，黑灯瞎火的到时候再从战马上跌下来！"

程远志话音刚落，洪大夫便猛地将箭拔出，鲜血喷溅。程远志死死咬着牙，一张脸涨红，就是不让自己喊出声来。

立在洪大夫身后来帮忙的小军医忙用棉布按住程远志的伤口。

"按住别松手，一会儿给他上药！包扎起来，这伤口伤在肩胛处，得好好养一段时间！"洪大夫说完，用水净了手拿过帕子擦了擦，又去看下一个受伤的将士。

洪大夫跟了白威霆一辈子，虽然只是军医，但在白家军中威望极高，这也就是为什么肖若江跟着洪大夫就能轻而易举进军营。

白卿言来了让洪大夫处理伤兵临时搭建的营帐，撩开帘子进来。

"小白帅！"

不知是谁眼尖先看到了白卿言，喊了一声。

身上带伤的白家军将士听闻小白帅来了，还在处理伤口的白家军将士都坐不住了，又惊又喜地站了起来，朝白卿言的方向看去。

"小白帅！"程远志也跟着站起身，忙将自己裸露的身体用衣裳裹住。

她望着伤兵营内浑身是血的白家军，忙抬手示意大家都坐下："白卿言只是来告知各位，今夜白卿言带两千白家军锐士必将我白家军副帅头颅夺回来！明日一早轻伤者，随我拿下天门关，后再取凤城！诸位安心养伤，好好休息，以备来日之战！"

说完，白卿言对受伤的诸位将士一拜，转身朝帐外走去。

"小白帅！"卫兆年追了出来，抱拳道，"卫兆年愿随小白帅一同前往大凉军营，将我白家军副帅头颅夺回来！"

白卿言望着面色沉着的卫兆年，虽然卫兆年已经失了一只眼睛，可他复仇之心强烈。

她抱拳道："那就有劳卫将军带我四妹白锦稚，与一千八百将士在徽平道提前设伏，待我与二百锐士夺回我副帅头颅从徽平道一过，便拦截大凉追兵！"

卫兆年眼睑一跳，竟然……只带两百人闯营？

"小白帅，只带两百人是否不妥？"卫兆年不放心。

"我心中有数，卫将军放心！"白卿言道。

卫兆年不再争辩，抱拳称是，目送白卿言离开后，想了想立刻转身吩咐人准备火油和箭弩，他打算以大凉兵之道还治大凉兵之身，同样的法子他也用上一用。

两千白家军，趁夜色出瓮城，正巧遇到了清扫瓮山峡谷战场带晋军回瓮城的张端睿将军。

张端睿见白家军出瓮城，忙快马先行而来，看到带头的是白卿言，问："白将军，现在就要出征天门关了吗？"

"张将军带兵回瓮城休整，待我归来天色放亮便出征天门关！"白卿言道。

张端睿抱拳称是，他坐于马上注视着高举黑幡白蟒旗的将士直奔天门关方向，消失在茫茫夜色之中。

已绕过平阳城回到大燕边境的萧容衍，此时立在临川高山之上，看向东方天际亮起的那一片红光，猜测那应该是瓮山方向。

"主子，老叔来了！"萧容衍的护卫从山下上来，对萧容衍躬身道。

"知道了！"

萧容衍应声，朝山下走去。

下山这一路，他都在思考。

如今晋国、东燕、大凉乱成一锅粥，是否该到了大燕动一动的时候。大燕去岁天灾连连，隆冬之中百姓食不果腹，冻死饿死不知几何。可……若不趁此三国混战之际拿下从大燕分割出去的东燕，以后就不知道还有没有这样的好机会。

萧容衍从山上下来，便看到穿着黑色夹袄的白发老者精神奕奕对他躬身行礼，难耐激动情绪："小主子！多年未见，小主子一向可好啊？"

此老翁未曾留须，声音也偏细一些，显然是宫中太监。这位便是曾经在姬后身边伺候的大太监冯耀，姬后葬身火海之时，是冯耀抱着年仅七岁的萧容衍逃生，后来冯耀便跟在姬后的长子，也就是当今大燕皇帝身边，可谓忠心不贰。

"老叔……"萧容衍对冯耀还礼，问道，"兄长身体可还好？晕厥之症可还有犯？"

冯耀叹了口气摇头，眼眶发红用衣袖沾了沾眼角，才道："国无治世能臣，陛下事事亲躬，今年大燕又是这副光景——民不聊生，老奴来之前陛下已经瘦得不成样子了！"

萧容衍袖中拳头紧握，他咬了咬牙："让兄长再坚持些时日，我定将神医给兄长找到！治世能臣……我也会找到！"

"哎！"冯耀应声之后，忙从怀中拿出一枚兵符递给萧容衍，"陛下这次专程让老奴来，是为了让老奴给小主子送这个！谢荀奉命训练的新军已经小有成果，如今小主子在晋国行走，万一要是遇难，可持此兵符调动藏于临川山脉中训练的新军，至少护小主子平安回国！陛下说了，什么都不如小主子的安危重要！"

火把摇曳之下，萧容衍幽邃深沉的眸子忽明忽暗，他望着冯耀捧在手心中的兵符，瞳色愈深，胸中似有情绪翻涌，用力攥着手心中的玉蝉。

这是天意吗？

他刚还在想着可否趁此机会，将东燕收回来，老叔就送来了兵符，且谢荀就在他所在的临川山脉训练新军。

让谢荀这个无名之辈训练新军，是萧容衍的主意，只是他没有想到，他的兄长会让谢荀在临川这里训练新兵。

萧容衍拿过兵符，又问："谢荀在临川山脉训练的新军，有多少人？"

"三万。"冯耀道。

三万……

超出萧容衍预计太多，他喉咙一阵阵发紧，转身对身后属下道："拿地图！"

属下忙拿出地图铺在马车驾车坐板上，接过一支火把举高。

萧容衍垂眸看着地图，他从宛平出发之前接到消息，东燕皇帝下令让已经占下丰县的东燕军队就扎扎实实窝在丰县，等议和之时，东燕会和大凉谈条件，让大凉用凤城换丰县，毕竟丰县是大凉一直想要的地方，可凤城却是大凉和东燕都想要的地方。东燕皇帝已经命国内筹措粮草送往丰县，好让东燕军队过冬。

萧容衍手指挪向地图上遥关的位置，点了点，东燕粮草辎重若想去丰县，欲要快必过遥关！

他将手中兵符递还给冯耀，道："老叔，你带兵符命谢荀率新军，高举白家军黑幡白蟒旗在遥关设伏，夺东燕押送往晋国丰县的粮草！而后三万甲士就地藏于遥关，继续设伏，不出四日东燕攻晋大军必狼狈溃逃回国，依旧要过遥关！命谢荀早作准备，务必在这里将东燕精锐全歼于遥关，不可留活口！"

让谢荀高举白家军黑幡白蟒旗夺东燕粮草，既是为了借白家军的势，暂时遮掩东燕耳目让东燕暂时不防备大燕。也算是……他帮白卿言一个忙吧！若丰县东燕主帅知道东燕粮草被"白家军"所劫，对白家军之惧怕更要上一层楼，必不战自溃。那么，退回东燕的东燕精锐定然会惧怕被白家军追击，也就只能走遥关了。

此次东燕敢倾全国之力与大凉合军攻晋，不过是觉得大燕今年天灾甚多自顾不暇，无力聚兵挑衅东燕。正是因为如此，大燕才要出其不意。这潭水已经被搅混了，大燕若不趁此灭东燕骁勇精锐，等东燕缓过神来必定要吞掉大燕。与其坐以待毙，不如趁机灭了东燕主力，再挥师直攻东燕都城！

一旦拿下东燕，就有源源不断的粮食和兵器运往大燕，大燕的百姓也就有救了。

"小主子，可如今我们大燕的国力实在是……"

"老叔，你只管去下令！信我！"萧容衍一双如姬后一般漂亮坚忍的眸子望着冯耀。

冯耀自知只是一个奴才，因为救过萧容衍所以才显得地位超然了一些，自然是不会忤逆萧容衍的意思。更何况陛下已经将兵符交给萧容衍，其中大有将这支新军交给萧容衍调遣之意！

"小主子，老奴有一虑！"冯耀为尽忠，开口，"藏于临川山脉的新军，原本是为了防止晋国发兵，如果小主子将新兵调走，万一晋国知道我们攻打了东燕军队，会不会掉头来打我们？"

"晋国如今面对东燕大凉联军，自顾不暇！能征善战的白家军，已经被那个无能的皇子尽数折损在南疆！现在晋国巴不得我们和东燕开战！好让他们喘一口气！"萧容衍摩挲着手中玉蝉，慢条斯理道，"此次，乃是我大燕收回失地的最佳时机，一旦错过，明年也必与东燕有一战，且不能如同今日一般收回失地！"

冯耀忙躬身称是："老奴即刻带兵符去向谢荀下令！"

看着冯耀翻身上马，萧容衍又道："老叔，见到谢荀将兵符交于他！告诉他兵符给他，兄长与我信他！只要他能将东燕精锐悉数灭于遥关，东燕对他来说便是坦途任他驰骋！让他务必趁此大乱之际，能夺回我大燕多少失土便夺回多少！待他出征遥关后，请老叔快马回都城，让兄长征调兵马前往天曲河驻防，天曲河一应驻兵听兵符调遣，配合谢荀不得有误！"

天曲河是东燕和大燕的交界，大河以北是大燕，以南是东燕。

姬后死后，晋国攻打大燕，肃王庶子仗着天曲河天险，趁机从大燕分割出去，自称东燕。

萧容衍与大燕皇帝曾在姬后墓前立誓，要将大燕所失之疆土悉数夺回来，一雪前耻。

后来，为使大燕夹缝中存国，萧容衍奔走列国，才悟出母亲姬后以前为何想要一统天下！

姬后少时穷苦出身，深知天下大定方能四海太平。

虽然如今大燕偏处一隅，列国卑视，可萧容衍与其兄长还是想继承母志，一统天下，开创盛世山河，告慰母亲在天之灵。

萧容衍与兄长并非大晋皇帝那般，他与兄长都能做到用人不疑，既然用谢荀，便敢将全国兵力交于谢荀，任他驱使。

大致方略已定，萧容衍目送冯耀带一队人马快马离开，吩咐人将粮食兵器押送回都城，便带着自己的人悄然离开大燕境内，涉险前往东燕，以图与谢荀里应外合。

瓮城离天门关极近，白卿言带两百勇士绕开天门关从山路赶到大凉军营的时候，时机正好。

她带人蛰伏在山林之中，锋芒如炬的眸子紧紧盯着灯火通明的大凉军营，目光落在被大凉大军高高悬挂在军营正中间随风摇摆的那颗头颅，心中热血翻涌，恨不能现在就杀过去夺回父亲的头颅。

她滚烫的泪水盈眶，却不得不强迫自己再等等，等整个大凉军营里传遍云破行大败狼狈归来的消息，她再带人杀进去不迟。

她侧头对肖若江道："乳兄对大凉大营熟悉，就烦请乳兄带十个人悄悄潜入大凉营中，烧了大凉大军的兵器库！"

云破行一行人徒步走了好远，好不容易弄了几匹马，狼狈回营，大凉军营内霎时乱成一团，几位悍将高喊军医。

云破行的长孙哭喊叫着祖父……

双膝中箭的云破行被众将士簇拥回帅帐，他咬住木棍，脑子里全都是那个杀气凛然的女子，粗声粗气让军医拔箭。

云破行长孙跪于云破行床前，用手背抹着眼泪："祖父……"

军医净手给云破行拔了肩膀上和双膝的箭，将膝盖处碎骨头都取了出来，这才让人立刻撒上止血粉按压止血。

云破行疼得脸色通红，颈脖上的青筋都暴了起来，硬是咬着木棍不让自己发出一声惨叫。

因主帅惨败而归，大凉大营已经流言纷纷，人心惶惶。

突然，一支火箭狠狠扎入帅帐门前木板。

霎时，大凉大营内慌张的喊声此起彼伏。

"有人闯营！"

"救火啊！起火了！"

"拿兵器！有人闯营！"

云破行惊得要站起，可双膝处传来撕心裂肺的疼痛，又让他跌坐了回去。

"祖父！"云破行长孙忙扶住云破行。

"父亲安心治伤，儿出去看看！看是谁敢闯我大凉军营！"云破行长子抽出弯刀，率诸位将军往帅帐外走。

云破行的儿子走至帐外，见二三十人骑快马杀入他们大凉大营，喊道："放箭！放箭！把这些人给我射成刺猬！"

"副帅！"一大凉兵狼狈跑来道，"箭已经射光了！我军兵器库被烧，弓箭和弩都在里面，火势太大进不去！外面还有人在放火！"

"他妈的！"云破行儿子爆了一声粗口，"给我用长矛把他们刺下来！"

云破行听到这话，再也坐不住，喊道："扶我出去！"

"可是祖父……父亲让祖父安心治伤！"云破行十七岁的长孙哽咽道。

"哭什么哭！白家十岁儿郎死前眼睛都没眨一下！你已经十七岁了，还要祖父护你多久？我大凉勇士流血不流泪！眼泪擦干！架我出去！"云破行喊道。

"祖父，孙儿知错了！祖父别生气！"

云破行的孙子越哭越厉害，让云破行恼火不已。

云破行刚被两名健壮的大凉兵架出来，便看到骑着匹快马从他主帅营帐之前飞速掠过的白卿言。

云破行睁大了眼，白家军的小白帅？她不是给他三年吗？怎么突然杀到他的军营里来？！

肖若江护在搭弓射箭的白卿言身边，奋力斩杀那些围上来的大凉兵。

她瞄准悬着父亲头颅的绳子，放箭……

箭矢插入木杆之中，羽箭颤动不止。

眼见父亲的头颅从高空之中坠下，她勒紧了缰绳，座下骏马一跃跳出大凉兵的包围直冲过去，她一把接住父亲的头颅紧紧抱在怀中，泪水如同断线。

"爹爹，阿宝来晚了！"她咬紧了牙关，"阿宝这就带爹爹回家！"

她忍着悲愤的泪水，紧咬着牙，单手勒住缰绳调转马头，撕开披风迅速裹住父亲头颅背在脊背之后，一手抽出羽箭将箭头用射日弓瞄准了正举着长矛要刺向肖若江的大凉兵，一箭穿透那大凉兵太阳穴而出，鲜血喷溅竟让围在肖若江身边的大凉军纷纷退后两步。

今日主帅云破行率十几万大军而出，瓮山峡谷上空的一片通红，云破行几个人狼狈回营，不用任何解释大凉兵已经能猜到是怎么回事，五万大军大胜十几万大军，大凉军不禁猜测这样的军队该是多么勇猛。现在他们看到这些将士竟追着云破行直闯大凉大营，这怎么能让他们不心生寒意？

在大凉军营外掩护白卿言的白家军，按照白卿言吩咐快马驰骋火烧大凉营地，纷纷射出带火的弩箭，弩箭落在哪里，哪里便迅速蹿起一片火苗，蹿得老高。

大凉军营内，救火的救火，御敌的御敌，一时间乱七八糟，自己人和自己人撞在一起。

瓮山大火还没有灭,通红一片的天空还在震慑着大凉军,他们现在最怕的是什么?就是火!

眼见大凉军营里乱成一团,云破行的儿子反应还算敏捷,他立刻翻身骑于烈马之上,举着弯刀声嘶力竭喊道:"出营迎……"

云破行儿子的话音还未落,不知从哪儿冲出来的箭矢穿透了他战马的头颅,战马吃痛跃起抬起前蹄,竟将云破行的儿子摔下了马!

"撤!"白卿言收了射日弓一声高呼,命人往大凉营外冲。

此行是为了夺回父亲头颅,不是为了杀敌!已经夺回父亲的头颅,此行已非常圆满,她不欲连累白家军将士在此丧生。

云破行的儿子落地一个滚翻,兵士立刻聚拢将云破行儿子护在其中,可还没有看清楚箭到底从哪个方向而来,就只见一匹烈马从他们头顶跃过,寒刃刀光闪现……

云破行睁大眼望着儿子的方向,声嘶力竭大喊:"阿亚小心!"

"父亲!"云破行的孙子险些晕过去,膝盖一软差点儿跪了下去。

肖若江的快刀已精准无误砍下云破行儿子的头颅,鲜血喷溅在凌空马蹄上,头颅滚出老远,落地之后还是一脸震惊惶恐的模样。

肖若江抽出一根羽箭,挑起地上云破行儿子云渡亚的头颅高高举起,一双发红的眸子看向云破行的方向,大刀指向云破行的孙子。

"咻——"

一箭穿透云破行孙子的胸膛。

云破行的孙子低头看着穿透他胸膛的羽箭,睁大了眼,口吐鲜血,浑身虚软无力跪倒在地:"祖……祖父……"

混乱中,云破行刚要下令,就看到孙子倒地不起。

"阿玉!阿玉!"云破行心如刀绞,甩开架着他的两个兵士,跌跪在地上,一把抱住自己的孙子,"阿玉!没事儿的!祖父在!祖父在!"

已冲至大营门口的白卿言勒马,调转马头隔着猎猎燃烧的大火,那双与云破行对望的眸子杀气震慑人心,她用羽箭挑着云破行儿子的头颅,将其高高举起,那姿态似是在告诉云破行,三年之后她会如同今日这般,将云破行的儿子斩尽。

云破行望着儿子眼睛都没有闭上的头颅怒发冲冠,血气冲上喉咙险些涌出一口腥甜,整个人悲愤欲绝。

"放箭!"云破行目眦欲裂,指着白卿言的方向声嘶力竭喊道,"给我将她乱箭射死！"

"禀大帅！兵器库被烧了！羽箭没了！"

昨日，云破行要在瓮山峡谷与九曲峰弯道设伏，本就运走了大凉军大批羽箭，还剩下少部分羽箭放在兵库帐中，谁知道竟然被烧了。

云破行丧子丧孙，顿时怒火攻心、心口绞痛，喷出一口血来。

"大帅！"

"大帅！"

云破行悲痛难忍，几乎嚼穿龈血撕心裂肺吼道："方中辉，给我带全部骑兵追上他们！务必将我儿头颅抢回来！将他们全部乱刀砍死一个不留！"

"领命！"方中辉抱拳领命，喊道，"骑兵速速集合上马，随我追杀敌贼！"

白卿言一行二百人去二百人回，快马穿过徽平道不曾停留。

见白卿言带人已通过徽平道直奔瓮城，卫兆年所率一千八百伏兵全身戒备，死死盯远处。

追赶白卿言的大批大凉骑兵因要集合出发，早已被白卿言落下一段距离。

徽平道有卫兆年早已在此设伏，她不担心，她只需先一步回瓮城准备带军掉头再攻天门关。

当她带着父亲的头颅回到瓮城时，所有的白家军都不曾入眠，他们都在城内等着小白帅将白家军副帅白岐山的头颅带回来。

沈昆阳命人抬出一口还未盖棺的棺材，里面是木头雕的身体穿着白岐山的铠甲。当初沈昆阳自责没能抢回副帅白岐山的遗体，反让云破行砍了副帅的头颅，又一把火将副帅和其他白家军将士遗体烧成了灰烬。为此，沈昆阳自责得恨不能跟随副帅去了，全无生念。可一想到副帅还挂在大凉军营的头颅，沈昆阳又强撑着爬了起来，想着就算是死也要先给副帅做一副身子，再将副帅的头颅夺回来！所以他便亲自看着木匠为副帅用木头打造了这副身子，以图夺回副帅头颅后，让副帅能安稳下葬。

谁知道不等他行动，小白帅来了！如今小白帅亲自去夺副帅的头颅，必能马到成功。

谷文昌立在沈昆阳身旁，看着棺木中栩栩如生的身体，眼眶发热，抬手拍了拍沈昆阳的肩膀，哽咽道："小白帅一定会将副帅的头颅抢回来！你不必再自责了！"

"小白帅回来了！"

闻声，沈昆阳与谷文昌转过头朝军营门口的方向望去。

只见骑着一匹红棕骏马的白卿言一马当先，手持马鞭冲了进来。

"小白帅！"沈昆阳与谷文昌迎上前。

白卿言一跃下马，将父亲的头颅牢牢地抱在怀里。

"小白帅，末将命木工为副帅做了一副身子！还请小白帅……将副帅放入棺木之中，也好让副帅能……能有个全尸安葬！"沈昆阳哽咽不能语。

她点了点头，紧紧抱着父亲的头颅上前，解开披风……

父亲的面颊已经风干，全部凹陷，看不出他曾经儒雅俊朗的模样，她心痛如刀绞。她恨自己没能早点儿来南疆，让父亲少受一些罪！

也恨自己，明明仇人就在眼前，她明明可以将他一箭穿心，却不能杀他，不能将他碎尸万段！

悲痛烧心的情绪，让她生不如死，死死咬着唇才能抑制住颤抖的哭声。

在那个预知之梦里，父亲的头颅就那样被高悬于大凉军营，到最后都没有能抢回来！

她亲手将父亲的头颅放入棺木之中，双手紧紧扣着棺木边缘，努力睁大眼强迫自己望着父亲惨不忍睹的面容，在心中暗暗立誓，三年之后，她就是粉身糜骨，也必会为白家诸人与白家军复仇！

"长姐……"白锦稚轻轻拽了拽白卿言，"别看了！等我们得胜之后，就将伯父带回家！"

是啊，得胜之后便可以将父亲带回家。

可是白家其他尸骨无存的人呢？她又怎么带他们回家啊？

此时已是寅时末。

只要卫兆年将军带伏击大凉军的白家军回来，她便要领兵奔袭天门关。

云破行定想不到，白卿言在带着两百人探营夺回她父亲头颅之后，还会二度折返带大军杀入大凉大营。

"去请张端睿将军！"她吩咐道。

刚刚眯了一会儿的张端睿将军听说白卿言回来，急匆匆赶过来……

得知白卿言率两百人夺回白家军副帅白岐山的头颅，张端睿对白卿言更是敬佩不已，深深生出一种后生可畏之感。

白家男儿尽数折损于南疆，大都城谁人不道百年将门世家镇国公府从此怕是要陨落了？

谁知，白家嫡长女白卿言却站出来，其风骨智谋堪称白家表率。

白卿言对张端睿说完谋划布置，道："大凉大军必不会料到，晋军会二度袭营！此时的大凉军见十几万大军葬身火海，主帅溃败苟且逃生，本就已经内心惶惶！加上刚才我等一次袭营，军营又被纵火，正是疲乏胆怯之时！这也便是我军进攻天门关的最佳时机！"

张端睿点了点头："白将军说得是！因为瓮山大战全胜，此时晋军士气正旺，若知道要夺回天门关，必定也是嗷嗷直叫！咱们就等拿下天门关之后，再休整！"

"晋军那边的士气，就劳烦张将军了！"白卿言躬身一拜。

"必不负白将军所托。"

卫兆年剿灭了大凉派人追击白卿言的大凉骑兵后，一回城便看到将士们整装待发。

白卿言与张端睿立于旌旗招展、火盆高架的将台之上，似在静候他的归来。

如此肃穆的气氛，让卫兆年身体轻微发麻，他快马上前，抱拳道："末将已将大凉追击的骑兵尽数灭于徽平道！"

"辛苦卫将军了！"白卿言握着手中红缨银枪上前一步，对双眸中皆燃烧着熊熊战火的晋国将士开口，"诸位，我已带二百白家军探过大凉军营，二百人皆毫发无损而归！大凉所谓悍兵并非如传言那般无坚不摧，生死无惧！他们也是人，侵略他国疆土，残杀他国百姓，他们心中有愧，哪敢死战？我白家军不败神话之所以终结于大凉兵之手，乃是因为我祖父副将刘焕章通敌东燕大凉，又有信王手持金牌令箭逼战！白家军之所以有不败神话之名是因为白家军从无侵略他国之作为，白家军从始至终都只为保境安民、护我山河而战！"

她声音高昂："今日！不论是白家军抑或是我晋国的锐士！都是为守我晋国百姓而战！为护我晋国河山而战！我等便都是战无不胜攻无不克的不败之军！晋国之民我等来护！晋国国土我等来守！敢犯我晋国者，我晋军必诛之！"

"诛之！"

"诛之！"

"诛之！"

不论是白家军还是晋军，情绪仿佛被点燃了一般激昂。

白卿言一跃上马，高举手中红缨枪："出发！"

将士们个个嗷嗷直叫，嚷嚷着要杀敌保民。

卫兆年亦是热血沸腾，他望着红马之上的白卿言，知道从此以后，包括他在内的

第十章 传奇之战

这一万白家军，将会至死不渝地跟随将他们从瓮山带回来的白卿言，成为白卿言的战斧，成为白卿言的后盾！只要她剑锋所指，他们必会出生入死冲锋陷阵！

那夜，瓮山峡谷之中，焚化万人尸骨的烈火烧得愈来愈烈。

南疆战火也遍地开花。

大晋长途奔袭南疆的五万援军，先于瓮山峡谷折损大凉十几万大军后，晋军大将一路率兵攻打丰县，一路晋军与白家军合力夺天门关。

正如白卿言所言，大凉军这一夜先是遭遇主帅溃败十几万大军死于瓮山火海，再被白家军袭营到处放火弄得狼狈不堪！主帅派出去追杀白家军两百袭营骑兵的方中辉将军，不但没能带回大凉军全部骑兵营，反倒带来了白家军与晋军。

疲惫不已又军心涣散的大凉军，谁能料到已经偷袭了一次的晋军居然会卷土重来，一夜之间两次攻上门来？

大凉军虽然人数众多，依旧被打得狼狈不堪逃出天门关。

丰县之战，因为有虎鹰营相助，天亮之前东燕军队大败撤出丰县，途中听说大凉大军被击溃正逃出天门关，已失去粮草的东燕大军顿时人心惶惶，东燕主帅当即下令，先往遥关方向缓慢撤军接应东燕送来的粮草，等候大凉打算再做安排。

此战，史称瓮山之战，亦是当世传奇之战。

五万晋国援军，加瓮城一万残余白家军，竟然在一夜之间击溃了号称百万雄师的东燕大凉大军。

其瓮山峡谷之战，更是成为以少胜多的经典之战。

后来，据还留于瓮城的百姓描述，瓮山峡谷的火烧了整整半月都不熄灭，空气中焦肉的味道也是久久弥漫于瓮城。

天门关被晋军重新夺回，晋军士气大盛。

白卿言让人将云破行之子的头颅高高挂在天门关城门之上，当初大凉军如何折辱她父亲、折辱她白家军，她便要如数奉还！

有人提议一鼓作气追上大凉残兵，将他们赶尽杀绝。

白卿言却按兵不出，重新在天门关布防，让激战了一天一夜的白家军与晋军将士好好休息。

将士们吃着馒头喝着肉汤激动不已地说着此次大战，尤其是白卿言带两百锐士冲进大凉军营，取云破行儿子头颅之事，谈起来便让将士们热血沸腾！

大约是此战着实太累，得知白将军让他们今日休整不出战，将士馒头都还没有吃完，竟相互依偎着睡着了。

虽然已经是白日，白卿言让人在将士中间点了篝火，又命人拿出棉被来给将士们披上，防止将士们受寒。

白锦稚双眼熬得全都是红血丝，跟在到处巡视检查的白卿言身后，低声劝道："长姐，你身上还有伤，歇一歇吧！这事我来做！"

"小四去歇着吧，不用跟着我……"她回头对一脸疲惫的白锦稚道。

白锦稚在跟随白卿言来南疆之前，也算是在大都城内娇生惯养的孩子，此次她多久没睡，白锦稚就多久没睡，孩子还正是长身体的时候哪里受得了？

"长姐也一起休息吧！不然我也不去！"白锦稚明明已经困极了，却还是扯着她的胳膊坚持。

一直跟在白卿言身后的肖若江开口："四姑娘先去歇息吧，大姑娘这是照副帅的惯例大战之后巡营，大姑娘必会走完的！"

"回去歇着吧！"白卿言替白锦稚拢了拢披风，压低了声音道，"长姐如今近战都需要你护着，咱们仗还没打完，你就想倒下吗？"

白锦稚摇了摇头。

"去吧！长姐巡营后就回来！"

白锦稚想了想，也实在是撑不住了，最终点头，她得养精蓄锐，往后的战场上才能好好护住长姐！

看着白锦稚走后，白卿言走完全营见连伤兵都已经休息，这才上天门关往远处望去……

"有七弟、九弟同沈青竹的消息了吗？"她问。

等这场仗打完，如果还没有他们的消息，她便打算亲自带人去大凉境内找人了！

"回大姑娘，暂时还没有！"肖若江回答得犹豫。

她点了点头，对肖若江道："乳兄派个人守在营中，虎鹰营知道白家军在天门关一定会来，一会儿虎鹰营回来了，让人转告他们好好休息！乳兄也快去休息吧！"

"小的送大姑娘回去！"肖若江道。

白卿言回营房时，白锦稚已经睡着了，她替白锦稚盖好被子，在白锦稚身侧躺下，很快便沉沉睡去。

或是日有所思夜有所梦，身处天门关，白卿言的梦里全都是她的弟弟们和白家军将士。

他们有人怪她为何不早点儿来，有人叮嘱白卿言一定要为他们报仇雪恨。

声音从四面八方涌来，绞得她心口剧痛不止，她只能闭上眼用双手死死捂着耳朵，不让那些声音入耳。

"阿宝……"

听到父亲的声音，她抬头……眼前一片黑暗。

"阿宝……"

她心头发酸发紧，猛地站起身，四处张望寻找父亲的声音，高声喊道："爹爹！"

"阿宝，爹爹在这儿，别怕！"

闻声，她只觉自己被拥入了一个极其宽厚的怀抱中，抬头便能看到爹爹儒雅英俊的面庞。

"爹爹！"她再也忍不住鼻酸，在爹爹的怀中痛哭出声，"对不起，爹爹！是阿宝来晚了！让爹爹受苦了！"

"阿宝来得不晚！爹爹都看到了，我的阿宝，为了捡起射日弓有多么努力，阿宝再也不是曾经那个娇气爱抱怨的小姑娘了！能受得了多大的苦，我的阿宝就能担得起多大的责任！爹爹以阿宝为傲！白家的列祖列宗都以阿宝为傲！"

她哪里就值得父亲骄傲，哪里就值得白家的列祖列宗骄傲？

"长姐！长姐！"

沉睡中的白卿言睫毛颤动，缓缓睁开酸胀的眸子。

"长姐，你吓死我了！"白锦稚到底是个孩子，忍不住一下哭出了声，"长姐睡梦中一直哭……一直哭！我怎么叫都叫不醒！长姐再不醒，我便要派人回瓮城请洪大夫了！"

白锦稚看样子是被吓坏了，脸色煞白煞白的。

"长姐……只是梦到了白家人。"她坐起身，抬手摸了摸白锦稚的发顶。

白锦稚表情沉痛，她垂下眸子用衣袖抹去眼泪，哽咽道："我也梦到了，我梦到了爹爹……爹爹说让我好好护着长姐！长姐……是可以撑起我们白家的人！"

她听到这话，喉头越发地胀痛，张了张嘴却一个字都说不出来，只能抬手拭去白锦稚脸上的泪水。

"长姐，爹爹说的我信！"白锦稚含泪的眸子灼灼，"祖父曾经说长姐是天生的将才！长姐能以五万之兵胜大凉十几万大军，这样的智谋绝无仅有！我白锦稚发誓——要成为长姐这样的人！要成为能扛得起我白家军大旗的人！绝不再同以往那样使性子耍脾气！凡事三思而后行！"

看着白锦稚坚毅且韧劲儿十足的目光，她知道她原本应该被人护在羽翼之下的四妹，在经历南疆战场之后，心智已进一步成熟，已是可以撑起白家一角的女儿郎了！

她对白锦稚点了点头："长姐信你！"

第十一章 白家七郎

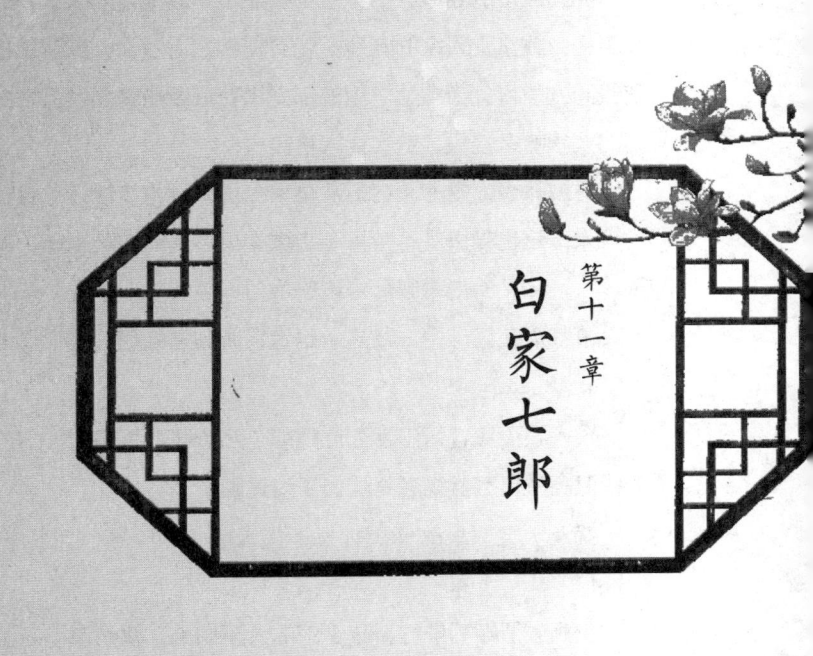

萧容衍以大魏富商的身份乘坐马车光明正大进入东燕境内时，正赶上东燕边城蒙城年初的第一场集市。

清晨辉光透过云层，将一派热闹非凡的蒙城镀上一层金色。

萧容衍的马车马队踏着晨光入城，叫卖的吆喝声便立时从马车之外传进来，萧容衍挑开马车帘子往外看了眼，入目的是全然不同于大燕的市井热闹景象。在这东燕边城蒙城之内，有穿绫罗绸缎的贵族，也有穿破衣烂衫的百姓，更有被关在笼子里叫卖的奴隶。货郎挑着担子同骑马入城的客商吆喝夸耀自己的皮毛上好。早早占据集市中稻草棚顶摊位的老板，怕位置不够显眼，高举自己家上好的货物，嘴里唱着段子企图吸引客商或富贵人家的老爷。还有梳着妇人发髻、臂弯里挎着篮子的妇人，为了一钱两钱同人争得急赤白脸。到处都充满着喧嚣热闹的世俗之感，这是如今在大燕难以见到的繁华嘈杂景象，着实让人艳羡。

身披狐裘大氅的萧容衍从马车上下来，款步慢行，身边十几个带刀侍卫护卫，排场极大，这也吸引了不少怀揣边城少见珍奇的摊贩上前，跃跃欲试想让萧容衍看看自家珍宝，却又惧怕萧容衍身边的带刀护卫。

萧容衍在集市中一路走一路看，所到之处但凡看上了谁家的东西，必定让人收揽一空。

众人眼见萧容衍出手如此阔绰，对于萧容衍身边护卫的惧怕之心倒小了不少，隔着侍卫高举自家货物喊着让公子过过眼。

就连贩卖奴隶的商贩都忍不住上前，叫嚷着："公子买几个女奴回去吧！娇嫩得很！"

东燕遵循姬后推行新政之前的大燕旧治，奴隶市场泛滥，尤其是在这边城更是到了肆无忌惮的地步。

有脖子上戴着链条的孩童被买主看中，丢给商人银子牵着孩童脖子上的绳索要走，被关在笼子里的说着晋国边城土话的女人，哭得歇斯底里，带血的双手用力摇晃着笼子，恳求买主将她一起买走不要让她同她的孩子分离，可换来的却是卖主狠辣的几鞭子，女人只能哭得生不如死，目送自己哭喊不休的孩子被人如同牲畜一般买走。

萧容衍朝集市中专门为买卖奴隶分出的区域走去，奴隶商贩立刻热情起来，纷纷拉出自家奴隶介绍着。

"公子你看，我们家这奴隶身体强壮！"奴隶商贩扯着自家人高马大的奴隶追随萧容衍步伐，隔着带刀护卫向萧容衍介绍，"公子买回去就是一个壮劳力，让他干什么都行！"

还有扯着女奴的商贩高声喊道："公子！公子！我们家的女奴可是相当漂亮的！您别看她一副蓬头垢面的样子，可买回去洗干净就行！最重要的是还没破瓜是个雏儿！当丫头当通房都是不错的！"

"我们家的奴隶才是顶呱呱！公子，我们家的奴隶年纪都小，买回去可以从小培养啊！让做啥就做啥！全听公子的！"

萧容衍仔细听着笼子里奴隶的动静，他听得出这些奴隶都是这些奴隶贩子从晋国和大燕带过来的。

大燕来的奴隶大多都面黄肌瘦，面如死灰。晋国来的奴隶，大多都哭啼不休，一个劲儿地哀求奴隶贩子放了他们。

东燕与大凉联军攻打晋国，晋国的边民就遭了殃！

而大燕，则是因为去年天灾连连，百姓食不果腹，不如卖身给奴隶贩子，好歹能有一口饭吃。

萧容衍直直穿过奴隶市场往马市方向而去，奴隶贩子这才都扫兴地离开，重新回到各自摊位叫卖。

萧容衍老远就看到了一匹白马，那白马身形健硕，看起来桀骜不驯，踢踏着马蹄在原地转圈，几个马贩子都制不住，买主过去牵缰绳竟被那白马甩开，买主不曾防备，狼狈撞在木栏上摔倒，一只手按进了热乎乎的马粪中。

见此马如此性烈，买主爬起来脸色一阵青一阵白，愤怒擦掉手上马粪后连连摇头摆手称不买了。

马贩子忙赔着笑脸："老爷您再看看我们家别的马！我们家别的马都强壮又乖顺，是真的！您看看！您看看……这牙口，这体形！放眼整个马市都找不到我们家这么好又这么便宜的马！我算您便宜点儿！"

"不了，我去别家看看！"

马贩子眼看着拦不住买主，气急败坏，用马鞭狠狠抽了那匹白马一鞭子，激得白马抬起前蹄，鼻子里喷出急促的白雾，险些拉倒了系着缰绳的木桩。

不知为何，萧容衍看到那匹马竟是想起几年前白卿言有过一匹名唤"疾风"的坐骑，疾风马行如疾风，是世间难得一见的宝驹，后来听说那匹疾风为护白卿言而亡，从那以后白卿言似乎就再也没有养过马了。

"你看看！看看！这都第几个买家了？今天要卖不出去你这匹死马……我晚上就

宰了你炖肉吃!"马贩子凶狠瞪着白马道。

"你们家的马……我都要了!"萧容衍开口。

那马贩子转过头,见通身贵气雍容无比的儒雅男子立在晨光之中,眸底淡然含笑。

萧容衍身后的护卫上前,掏出钱袋子丢给马贩子问:"够不够?"

马贩子打开钱袋一看,连连点头:"够够够!当然够!只是……只是我家这匹白马性子烈得很!"

"无碍,我很喜欢这匹白马!"萧容衍说着走至那匹白马面前,轻轻抬手正要抚那白马的马毛,就见那白马向后退了两步冲着萧容衍的方向一个劲儿喷着热气,全身肌肉紧绷抗拒得十分明显。

萧容衍眉目笑意愈深,倒是一匹十分有灵气的马儿。

他不想驯服此马,只是觉得这匹马配得上白卿言……

萧容衍收回想要抚摸马毛的手,侧头对跟在他身边的护卫道:"派个人,将这匹白马送到天门关白大姑娘的面前!"

护卫微微一怔,猜测萧容衍是否因为对人家白家四姑娘心动,所以开始讨好白家四姑娘的长姐?

心中暗暗叹了一口气的护卫,点头:"属下这就派人将马匹送往白大姑娘处,主子可有什么话要带给白大姑娘的?"

带话?

萧容衍望着眼前这匹眼睛如同被雨水洗刷过的白色骏马,想了想道:"就告诉她,谢她这一路照顾吧!"

从曲沣他与晋国出征大军一路同行至他与晋军分开,白卿言未曾向太子秉明他的身份,这难道还不算是一路照顾吗?虽然说,即便是白卿言真的将他身份捅给太子,他也有办法收拾,可白卿言到底未曾这么做过。

"除此之外,还有什么话……要带给白家四姑娘的吗?"护卫小心翼翼试探自家主子。

萧容衍回头看了眼自家护卫一副意味深长的模样,抬眉:"那就烦请四姑娘照顾好白大姑娘。"

护卫心想,他们家主子的话,是不是带反了?

萧容衍回头看着那匹毛发雪白的骏马,想了想道:"算了,让人帮我带一封信给白家大姑娘……"

大凉大军被击溃，云破行一夜之间先是折损十几万大军，后又死了儿子和孙子，气得吐了一口血到现在还没有醒来！

大凉军连凤城都不敢停留，绕过凤城退至骆峰峡谷道，谁知刚刚准备扎营就看到白家军的黑幡白蟒旗逼近，立刻退至两国边界。

一直慢悠悠往遥关退的东燕军队，听说大凉军夹尾逃至大凉晋国交界，东燕主帅章天盛反倒让东燕大军在离遥关不远的凤鸣山驻扎。

章天盛总觉得耗费这么大国力出征一趟，总不能徒劳而归，他想再等等看，等晋国大军都去追大凉大军的时候，他趁机夺下凤城，好歹朝晋国要一点好处，让晋国赔付他们的开拔之资才成啊！

谁知，刚刚入夜，遥关那边便传来消息，由章天盛儿子押送过来供东燕大军过冬的粮草辎重被白家军在遥关所劫！

章天盛一张脸霎时变白，咬了咬牙，心里不免惧怕，又恼恨杀不尽的白家军。

"主帅，这样下去不是办法！我们东燕大军没有过冬的粮草辎重，再在晋国耗下去怕是迟早要跟大凉大军一样，落得个十几万精锐葬身火海的下场！"章天盛副帅提起瓮山峡谷之战，心有余悸，"听说这次这个晋国太子领兵，出谋划策的就是白威霆的长孙女儿，就是曾经砍了大蜀悍将庞平国头颅的那个白卿言！这白卿言虽为女子，可心狠手辣，带兵完全不同于白威霆，简直就是杀神临世，惹不得啊！"

章天盛摸着胡须，坐在帅帐中想了良久，终于还是畏惧瓮山峡谷到现在还没有熄灭的大火，点了点头："我写一封奏疏，你派人快马送回都城，让陛下定夺是否撤军！"

章天盛副将想了想点头："也好！"

可不等章天盛这封奏疏发出去，哨兵便突然来报，说高举黑幡白蟒旗的白家军由凤城出发前往凤鸣山来了。

章天盛惊得站起身来，在营帐内踱了好几个来回，思考是战还是逃。可一想到战，他眼前就是烧到今日还没有熄灭的瓮山峡谷大火，顿觉脊背发寒，副将也是胆战心惊，从旁小心翼翼劝章天盛。

"从凤城到凤鸣山，不过四五个时辰，主帅……拿主意要快啊！要死战便立刻召集将领布置迎敌！要回东燕便得立刻拔营啊！"副将抱拳道。

死战？

章天盛闭了闭眼，想起白家军最先冲入丰县的虎鹰营那百余人，骁勇得简直以一敌百！

他们大军出征之时，陛下交代过章天盛，他们此次随大凉一同出兵，其实也就是为了给大凉壮声势，没打算真的耗费自己兵力，顶多算是让这些战士前来战场好好历练观摩一番。如今大凉都败得一塌糊涂退回两国分界线了，他们东燕一个摇旗助威的，难道还留在这里挨白家军的狠揍吗？

很快，章天盛下了决心道："留得青山在不怕没柴烧，命大军拔营，快马直奔遥关，务必在天黑之前抵达遥关！"

到了遥关就到了东燕与大晋的边界，他们也就不惧怕什么白家军了。

声势浩大的大凉东燕联军，在杀尽白威霆子孙之后，列国皆看好东燕大凉联军，可谁知在晋国太子带五万大军驰援南疆之后，竟然让号称百万的两国大军溃败而逃。

这也让列国的目光一下子集中在了晋国新太子的身上，瓮山之战虽然晋国大胜，可焚杀降俘已然激起了列国对晋国的不满，只觉晋国这位新太子太过残暴，不是个仁君，将来若继承晋国，必定会为祸列国。

这些年表面上与晋国交好的大梁皇帝，向晋国皇帝修书一封，以朋友之名十分婉转提出列国的担忧，建议晋国皇帝惩处太子，以安列国之心。

大晋皇帝读完这封信，沉默了良久，让人将大梁皇帝这封信原封不动八百里加急给太子送了过去。

这封信到太子手中之后，太子看完跌坐在椅子里忙唤来三位谋士。

秦尚志、方老和另一位总是沉默不语的谋士任世杰传阅了这封信。

"这下可怎么办？焚杀降俘……孤残暴之名怕是已经传遍列国了！"太子脸色煞白，手指用力扣住座椅扶手，对于之前将兵符交于白卿言让她随意调度晋军之事追悔莫及。

这几日他坐于瓮城之中，每每听到前方战况传来，都不是白卿言的请示，而是白卿言的先斩后奏！

比如焚杀降俘，比如调平阳城守军驻守天门关、丰县与凤城，比如已经带着晋军与白家军逼向大凉边界。这些全在他掌控之外，他甚至有些惶惶不安，不知此次他带军出征到底是来当主帅的，还是当摆设的。

"焚杀降俘的是镇国王白威霆的嫡长孙女白卿言，并非太子殿下，太子殿下可据实向陛下写奏折，请求陛下下旨将白卿言斩首，以撇清太子！"方老道。

"万万不可！"秦尚志对太子拱了拱手，"殿下，焚杀降俘，列国已然对殿下不满，若殿下再请旨陛下将白将军斩首，列国必会觉得是太子殿下想要推脱罪责，便将罪过全部推于一个女子身上！"

太子几不可察地点了点头，目光若有所思。

"再者……白将军与晋军浴血同战，殿下这么做也会寒了将士们的心！如此便会将殿下变得里外不是人，方老细想是不是这个道理！"

秦尚志知道了方老对太子殿下的重要性，故而这次说这谏言的时候，折节对这位他极为看不上的方老表现得十分敬重，只希望太子能听进去他所言，能保住白卿言一命，那么折节也值了。

方老看了眼秦尚志，摸着自己的山羊须，大约是觉得一向宁折不弯的秦尚志竟然也学会了服软，目光中带着几分高高在上的轻视之意，慢条斯理道："秦先生所言，也……有那么几分道理。"

"在下有一计！太子可上表陛下为白将军请功，力陈白将军此次大战之功，为白将军请封，且明发书文于天下，力证白将军焚杀降俘乃是因为我晋军五万兵担心大凉降俘反水！如此一来，列国便尽知我大晋在镇国王之后，还有智谋无双用兵如神的白卿言白将军镇守！二来，殿下也可得一个用人不疑疑人不用的美名！将来何愁无人追随太子殿下！"秦尚志躬着身子对太子长揖到地，"国之战将，邦国利器，必悍勇铁血手段狠辣，方能震慑列国！国之储君，邦国基石，必德行仁义端方磊落，方能安邦定国！所以殿下不应该争军功，而该争品性，争仁德，争人心！"

方老眯了眯眼，细细想了秦尚志所言……

是啊，殿下已经是太子，又不是储位尚未确立之时需要军功来增加夺储的分量。放眼陛下诸皇子，信王和梁王废了，威王不过是五岁稚童也不见得多聪慧，罗贵妃肚子里那个还不知是男是女，目下来说太子的储位是稳当的。并且，尽管方老不愿意承认，可秦尚志的计策的确尚佳，与其杀了白卿言向列国认错，还不如以此方法将功过全部推于白卿言一人之身，届时殿下再出面为白卿言做保，必能将白卿言收于麾下，如此以来，名利双收，又可得一骁勇悍将效忠。

"殿下，老朽以为，秦先生之法……可行！"方老徐徐道。

见方老都这么说，太子心中大定，尽管拿不到军功心中有所不甘，可若能用此换来白卿言这样的将才忠诚追随，倒也不算太亏。

太子点了点头："孤也以为秦先生说得十分对，孤是储君不是战将，军功无用……

应夺人心才是！"

秦尚志听太子如此说，终于在心底长长舒了一口气，如此……白卿言的命算保住了吧？

白卿言率三万晋军与一万白家军加虎鹰营于大凉边界扎营，两军相隔一条荆河而望，却都迟迟没有再战。

大凉军是怕对面大营中随风招展猎猎作响的黑幡白蟒旗，白卿言则是在等她七弟、九弟和沈青竹的消息故而不曾妄动。

太子打算将军功与焚杀降俘之罪全部推于白卿言身上之事，秦尚志已书信一封派人快马送到了白卿言手中。

当然，秦尚志所书的内容，为避免被太子的人看到，都是站在太子的角度上，阐述太子如何大度，自觉不能强占她军功，又详说了太子如何信任她，且会在皇帝面前力保她无罪。

此乃秦尚志为保她性命努力得来的结果，她心中有数，秦尚志的这份人情，她领受了。

白锦稚从她手中接过信纸一目十行看完，心中恼火不已，道："这太子好不要脸！要是没有瓮山峡谷焚杀降俘一事，他定是要夺军功的！可现在出了这事儿，他竟然恬不知耻说什么不能强占长姐军功，分明就是害怕担焚杀降俘之责！"

"意料之中的事情，有什么好生气的？"她心里看得开，皇家人一向如此，这种事情做得还少吗？

她白卿言虽然不是个君子，但也不是言而无信的小人，此次南疆之战说好了军功让与太子，她便是真心实意想要将军功让与他，毕竟她已经提前用军功换了白锦绣的超一品诰命夫人。

所以，瓮山之战，她敢焚杀降俘，就有在焚杀降俘之后替太子脱责的对策和说辞。

但既然太子如此沉不住气，她便也正正经经领了太子这份情，回头好生谢谢太子……表表所谓忠心吧。

她立在荆河岸边，望着隆冬仍然不曾结冰、湍急奔腾的水流，心中牵挂着有可能还活着的七弟和九弟。

不多时，肖若江突然骑马朝荆河而来。

肖若江不等马停稳，便一跃下马，抱拳道："大姑娘！沈姑娘刚刚派人送了口信，说刘焕章派人设伏，七公子和九公子还未到达大凉都城就被半途截住，她已查到两人受了伤后在白家军的掩护下逃走，只是目下还是不知所终，沈姑娘正在寻找。"

几天前，肖若江接到消息，七公子和九公子所带突袭大凉的白家军全军覆没，他一直强忍着没敢同大姑娘说，幸亏那日大姑娘追问时他担心大姑娘撑不住便只字未言！今日这消息……这简直是柳暗花明！

闻言她猛地转过头来，心脏剧烈跳动着，逃走了？这也就是说……七弟和九弟，极有可能还活着！

别说她，就是白锦稚一听都差点儿跳起来，一双眼睛发亮："七哥和九哥逃走了！那就是说……还活着？真的吗！"

肖若江藏在袖中的手收紧，难以克制心头大喜之情，用力点头："真的！"

她压下欣喜若狂的情绪，追问肖若江："七弟和九弟在哪里被截的？沈青竹如今人在何处？传信的人呢？需要派人去帮忙吗？"

"回大姑娘，沈姑娘派来传信的人未曾说，且传信的人已经走了！"

肖若江说话时激动得声音都在发颤："不过，兄长让我禀大姑娘一声，他来不及禀报大姑娘，便带人擅自离营追赶那人，说是想去给沈姑娘帮忙，早日找到七公子同九公子！"

得到两个弟弟逃生的消息，白卿言难得一次喜形于色，紧紧攥着拳头点头："我知道了，乳兄若是派人回来送信，你直接将人悄悄带到我跟前来！"

"小的明白！"肖若江点头。

此次，也实在是事出突然，肖若江被这个消息冲昏了头脑没有来得及将人扣住，还是兄长肖若海听说之后率先反应过来，找借口说去周围探探大凉军营布置，便带着一直暗中跟随白卿言的董家死士去追了。

她又转过头交代白锦稚："此事你心里知道就好，不要让旁人知道了……否则传到太子耳中，再传回大都，祖母如今在皇家清庵……白家怕是要遭殃！"

白锦稚如何能不知道轻重，皇帝对白家的敌意，在宫宴之上的时候就已经表现得十分明显了。

"长姐放心！此事尘埃落定之前，我一定沉住气，就是烂在小四肚子里也不能往外说！"白锦稚神情激动，终于明白长姐来南疆的目的，除却经营白家在军中势力之外，怕还是要来接七哥和九哥吧！

虽然白锦稚嘴上说着沉住气，可还是忍不住红着眼问白卿言："长姐，我这不是在做梦吧！七哥和九哥真的有可能还在？"

白锦稚到底还是个孩子，眼泪不停在眼眶里打转，能强忍着不落泪已经让她刮目相看了！

她点了点头，捏了捏白锦稚的小手，幽幽道："荆河这里没有旁人，想哭就哭一场，有人问起就说思念祖父、父亲！"

白卿言话音一落，白锦稚的眼泪就吧嗒吧嗒往下掉，太好了……七哥和九哥还活着，要是四婶知道七哥还活着，一定不会如同行尸走肉般一心求死，一定会为了七哥好好地活着！

在荆河旁哭了一场，白锦稚同白卿言刚回到军营，便得了消息，太子殿下再过半个时辰就要到了。

白卿言没有料到太子来得如此之快，竟然和秦尚志的信一前一后到。

为了表现出对太子的感恩戴德，她吩咐人将此次夺下天门关时缴获的一把绝世宝剑拿了出来，准备献给太子表表忠诚。

白卿言坐在帅帐内，看着那把剑身通体发寒、吹毛断发的宝剑，想起她的胞弟阿瑜来，阿瑜擅长用剑，在整个大都城都难逢敌手。

她记得她第一次出征时，还不到她胸口高的阿瑜拽着她的缰绳，仰着脖子咧开掉了乳牙的嘴，露出粉嫩嫩的牙龈对她笑，说："阿姐出征，要是能缴获敌将的宝剑，可记得要给阿瑜留着啊！"

那个时候她应下了阿瑜的宝剑，可后来一直没有遇到能配得上阿瑜的剑，如今遇上了……可阿瑜却不在了。她没有能实现对阿瑜的承诺……给他一把宝剑，阿瑜也没有能兑现承诺，欠她一块南疆最漂亮的鸽血石！

悲痛情绪在心中翻涌，她握着宝剑红了眼。

听得肖若江来报，说太子的车驾已经快到大营门口了，她将宝剑入鞘，闭了闭眼缓和情绪。

一会儿，还得在太子面前好好演一场戏呢。

既然内心对太子感激不已，知道太子来了，总得老远去迎一迎吧！

将宝剑放置在帅帐内最显眼的架子上，她带人骑快马一路朝着太子车马的方向飞奔。

全渔坐在车驾上，看到英姿飒爽的白卿言带了一队身着铠甲的将士前来迎接，忍不住扭头对车内的太子道："太子殿下，白将军带人来接您了！可见心里是有殿下的！"

虽然说，在太子还是齐王的时候，全渔就在太子身边伺候，可那些清贵人家的公子哥或是贵女一向瞧不起太监！下面那些想方设法要巴结齐王的人，嘴里甜言蜜语一口一个爷地叫他，可哪个背后不骂他一句阉人？

出身尊贵如白卿言这般，望着他的目光不似看着一个玩意儿，像看个人，眼神尊重而非谄媚，让全渔内心触动极大，总觉得自己在白卿言眼里才是一个正常人。

尤其是后来，白卿言披甲上阵为国征战大挫大凉东燕联军，更是让全渔对她敬佩不已，再想起镇国公府白家数代忠烈之士，他虽低贱也有一腔未冷透的热血。所以，全渔也是头一次在没有收银子的情况下，愿意在太子跟前说一说白卿言的好话。

太子闭眼倚着马车内的团枕，心中对于放弃军功还是略有不甘，但听到全渔这么说……心里到底舒服了一点儿。

很快马蹄声逼近，只听勒马的声音响起，太子便知白卿言已经下马。

"不知太子前来，有失远迎了！"白卿言态度恭敬，话说得漂亮却不谄媚，不卑不亢。

"白将军！"全渔笑着对白卿言行礼，"还未恭喜白将军连连告捷！"

"多谢……"白卿言浅浅颔首，没有居高临下亦无轻贱全渔之意。

全渔只觉心情大好，眼底的笑意更浓了些。

太子抬手掀开马车车帘，看向立在马车外英姿飒爽的白卿言，含笑道："我只是来看看，不是什么大事，怎好让白大姑娘来迎？不过……白大姑娘来了也好，陪孤沿荆河走一走。"

要收服一个人为他所用，那便要施恩之后，让那个人心里明白他的好，让她知道她处境堪忧唯有依附他这个太子才能存活。

太子含笑扶着全渔的手从马车上下来，视线扫过白卿言带来的那一队人马与接过白卿言手中缰绳的白锦稚，最终落在一身戎装风骨峻峭的白卿言身上。

或许是白卿言戎装的关系，莫名让太子想到了镇国王白威霆和镇国公白岐山，说来可笑，虽然他是皇子，可自小对这两人通身的杀伐威仪甚为惧怕，此时面对白卿言不自觉少了几分来时的底气。

白卿言跟在离太子后半步的位置，陪太子沿着荆河边散步。

太子双手负在背后，沿河边而行，思虑了一番，才缓缓停下脚步。

跟在太子身后的白卿言也停下，只见太子回头看了眼远处离他与白卿言还有一段距离的护卫，开口："来南疆之前，父皇曾经给过我一道密令，南疆战事结束白大姑娘便不用跟着回大都城了，你可明白这是什么意思？"

"要我的命吗？"

白卿言说得十分坦然磊落，反倒让太子心虚不已，他负在身后的手紧了紧，也不知方老他们出的主意好用不好用。

"可孤是想保你的！"太子道。

荆河水流湍急，声音很大，几乎要湮灭太子的话音。

可白卿言却抱拳对太子道："太子于我有恩，我不能让太子为难！君要臣死，臣便不得不死，但还请太子留我的命到战事彻底平定之后！哪怕是战死沙场也算不负我白家之名。"

听到这个"恩"字，太子的耳朵动了动，不免想起白家世代忠烈为国为民之心，他摇头："孤虽不才，却可知我晋国眼下确实没有比白大姑娘更为出色的将才！白大姑娘不能死，孤哪怕拼了性命也会保你万全。"

太子的话三分真，七分假……感情拿捏得相当有分寸，若是旁人怕都信了。

可她想起，曾经祖父便是被皇帝这样蒙骗，将满腔忠心全交给了当今皇帝，却换来了一个身死南疆儿孙不存的下场，心就发寒。

如今的太子，和当年的陛下何其相似啊！

白卿言做不出热泪盈眶的样子，只能单膝跪下抱拳问太子："可我怎能让殿下为难？"

太子将白卿言虚扶起来："再为难，孤也必会护住白大姑娘，不为别的……就只为大晋边民百姓！白大姑娘可愿追随孤啊？"

"殿下……"白卿言抿了抿唇，开口道，"敢问殿下，殿下此生何志？"

太子手心紧了紧，想起来之前秦尚志交代的话……

秦尚志说，白家这位大姑娘秉性风骨全然承袭白家之风，"生为民死殉国"这六个字，便是白家的家族使命，太子若想将白卿言收为己用，便需要让白卿言看到他的志向！

秦尚志还提醒太子殿下不要忘记，白卿言在白家葬礼上念的那篇祭文，镇国王白威霆的字是不渝，愿还百姓以太平，建清平于人间，矢志不渝，至死方休。

太子心里默念着这句话，望向白卿言清冽平静的眸子，开口道："孤之志，愿万民立身于太平盛世。"

她沉默看向太子，猜测当初皇帝同祖父说那番话时，是否也如今天的太子一般表现得这样真诚？

"殿下可知，我祖父为何要将白家满门男儿尽数带来南疆战场？"

出乎太子意料，白卿言并未同他表忠心，而是说了件不相干的事情，太子错愕之余脑子没有转过弯来便顺嘴应了声："不知……"

"当初陛下同我祖父说志在天下，我祖父既然忠于陛下，为陛下之臣，自然要为陛下之志做图谋打算。陛下要这个天下，那么晋国便不能没有能征善战的猛将！其他诸侯不愿意让自家子嗣上战场，祖父便让白家男儿不论嫡庶全部出来历练，为陛下将来要征战列国做准备！"

太子心头震了震，他着实没有想到白威霆带白家满门男儿上战场，做的竟是这个打算！

"所以今日，白卿言既然要效忠殿下，便需要问清楚殿下的志向，请殿下如实同我讲清楚，否则若如同我祖父和陛下一般，我祖父不清楚陛下所想，只一根筋埋头做事，反倒让陛下不喜，弄君疑臣。"

太子认真望着白卿言，白卿言这话可谓说得十分大胆，若非是真的想要投效于他，如此大胆等同于斥责当今陛下的话，她怎么敢说出口？自古以来，但凡有才能的人择主，怕都是害怕将来落得白威霆那样的下场吧！白卿言无子嗣缘，若投效他，此生不嫁人，定然会忠心耿耿。方老还建议过太子将白卿言收作侧妃纳入府中，可虽然白卿言貌美，太子一见到一身凛然正气的白卿言便觉她神圣不可侵犯，无法生出亲近之心，思虑良久还是断了这个念想。

此时，太子在心中打鼓，到底是如实告诉白卿言他只想守住这繁华大晋，还是如秦尚志所言向白卿言展示他的"雄心大志"。

太子没有着急回答，白卿言便静静听着荆河流水声，立在那里一动不动。

半晌，太子终于还是抬眼对白卿言道："父皇错疑镇国王，孤不会错疑白将军！自古明君贤臣乃是佳话，孤也希望百年之后，史官记载……孤与白将军也能成就一段君臣佳话。"

白将军？

太子改了称呼，便是告诉她，他没有把她当成姑娘看，把她当成了一个可以倚重、可以成就君臣佳话的臣子看。

半晌，白卿言郑重朝太子跪下，一叩首："白卿言愿为太子之志，肝脑涂地，刀山火海亦不退缩。"

如此，白卿言便算是正式投入太子门下。

太子颇为激动，他弯腰将白卿言扶了起来："不过，图天下太平，不可操之过急，还需徐徐图之，先平稳大晋为先啊！"

白卿言也并非真信太子志在天下。今日与太子荆河之行，不过是太子演给她看，她又演给太子看的一场戏罢了。太子所图仅仅是守住大晋如今的霸主地位，道不同不相为谋，却暂时还可以利用。

想到这里，她陡然愣住……当初皇帝对祖父说那番话的时候，是不是也存了她这样利用的心思？

经历这么多之后，到底她还是变了，她辜负了祖父的教导，辜负了白家的祖训，变成了一个彻头彻尾的小人！不过，她不悔。前路崎岖，只要能保全白家，保全白家军，完成白家数代人的志向，她便当一个光明磊落的小人。

见白卿言迟迟没有答话，太子手心攥紧，问："白将军以为孤所言不妥？"

"言以为，太子所言甚是！"她抱拳向太子行礼。

大事敲定，太子怀着愉悦的心情去巡营，在将士面前表彰了白卿言，与将士们同饮，又肯定了白卿言的战功。

既然要收服这个人，太子必然会将事情做得漂亮一点，这一点太子同当今皇帝如出一辙。

白卿言将那把战利品宝剑送给了太子，又恭恭敬敬将太子送出军营。

太子临上车前已有些微醺醉意，他被全渔扶着对白卿言认真说道："兵符交到你手里，孤……信你！不论别人说什么……孤都信你！兵将随你调遣，只要别再让我晋国边民受苦便好！"

白卿言抱拳郑重道："必不负殿下所托！"

看着全渔将太子扶上马车，白卿言又对全渔道："辛苦公公照顾殿下。"

"奴才应当的！"全渔忙对白卿言行礼，"白将军身体不好，在外要多珍重啊！"

话说完，全渔觉得他这话不妥当，忙补充了一句："如此……殿下才能放心啊！"

两人粉饰出将在外君不疑将忠君的一派太平。

马车一动，刚还一副醉态的太子睁开眼来，侧目看向马车内白卿言送他的那把宝剑。都说酒后吐真言，但愿刚才他临上马车的那番话，白卿言会信。

送走了太子，白卿言正准备回帅帐，肖若江上前低声在她耳边耳语："大姑娘，萧先生身边的护卫来了,说是奉命给您送东西。"

白卿言未回头,只问:"人呢?"

"在荆河边等了好一会儿了。"肖若江道。

"先回帅帐,一会儿再过去看看!"

说完,白卿言转身先回了帅帐。

萧容衍的护卫在荆河边吹了好一会儿冷风,他坐在马背之上,手中牵着那匹白马的缰绳,见白卿言与手持火把的肖若江骑马而来,他立刻翻身下马。

远远瞧着一身戎装的白卿言,萧容衍的护卫倒是吃了一惊,之前在大都城内见过这位白大姑娘,柔弱纤瘦却仿佛有移山之坚忍,绝色惊艳。如今,白大姑娘一身戎装,长发束于脑后,手持乌金马鞭,周身多了杀伐凌厉之气,倒是让人不敢逼视。

快到河边那人跟前时,白卿言勒马停住,问:"你是萧先生的护卫?"

"小的是萧先生的护卫,此次奉命来送这匹马给白大姑娘!这匹马是我们家主子在东燕蒙城集市上看到的!主子还让我给白大姑娘带了一封信!"说完,那护卫忙从胸口掏出一封密封好的信件,恭恭敬敬举起。

肖若江下马从那护卫手中接过信,仔细查看了一番确定没有什么问题,这才交给白卿言。

她拆开信借着肖若江手中的火把看信。

萧容衍在信中告知了白卿言,他借用白家军黑幡白蟒旗劫了东燕粮草的事情,说为了感谢白卿言一路的照顾,又因此次未告知便借用了黑幡白蟒旗,他心存歉意,所以送上一匹良驹算是致歉。

他还在信中详说此次见到这匹白马时,便想起曾经在大蜀皇宫见白卿言骑着那匹疾风白马披风猎猎的情景,这才让人将此马送来给白卿言。

他说此马性烈,还无人能制服,想来也是在等候主人,他认为白卿言定能驯服此马。

信的内容很简单,字迹铁画银钩自有一种霸道之感,白卿言猜这信多半是出自萧容衍的亲笔。

萧容衍去了东燕?看起来,萧容衍打算趁着大晋大凉之乱,将曾经从大燕分割出去的东燕收回去了。大燕去岁接连天灾,已经是千疮百孔,众人都以为这个冬季大燕怕是要自顾不暇,谁承想萧容衍还藏了这样的雄心,高瞻远瞩,且还行动了。时机的确是刚刚好。

如果是她……她也会这么做!她会先假借白家军黑幡白蟒旗劫粮,地点应该会定在遥关，劫了粮食之后继续在遥关设伏，等待东燕大军回朝，再在遥关歼灭东燕精锐。遥关这个地方设伏最易，不利用起来都愧对这份地利。只是，大燕……还能出得起兵吗？

萧容衍这个人想来说话做事都有自己的目的，他信中如此坦然告诉她他的行踪，等于将大燕的计划送到她的面前，而且还是亲笔所书，这跟把柄有什么区别？

她余光看着萧容衍那个护卫一直目光灼灼盯着她看，她眼睛也不眨，当着那护卫的面儿将信烧了。

"替我多谢你们家主子好意！"她望着火苗将那信纸逐渐吞噬，松手任由火光将信纸烧干净，"马我收下了！你们家主子……千里送马，是还想要从我这里借什么？"

萧容衍的护卫抬头看向白卿言，表情略有错愕。

火把在河边大风中不住摇曳噼啪作响，将白卿言惊艳清丽的五官映得忽明忽暗。

那护卫在腹中反复琢磨了白卿言的语气同神态，确定白卿言不是讽刺也不是不悦，而是正正经经地询问，这才舒了一口气道："主子没说。"

白卿言点了点头，视线落在那匹白马身上，道："那便替我谢谢萧先生。"

那护卫恭恭敬敬行礼之后，将那匹白马留在原地，一跃上马正要走，就听白卿言的声音又传了过来……

"想拿下东燕不是仗打赢就成的，东燕遵循大燕旧制，百姓十几年来皆为王侯牛马，由奢入俭难……经历过姬后新政的百姓，怕早已对东燕朝廷心怀怨怼！"白卿言轻轻点了一句。

百姓的力量才是巨大的，若大燕大军兵临东燕城池，百姓夹道欢迎，岂不是不战屈人之兵？如此，大燕便可以最小的损失，趁乱拿回东燕。也能让东燕的百姓，少受些苦……历来打仗，受苦的都是百姓。

萧容衍的护卫一惊，脸都跟着麻了一麻，这白大姑娘是怎么知道他们主子要夺回东燕的？难不成……主子连这样的事情都在信中和白大姑娘说了？还是，其实主子早就和白大姑娘达成什么约定，只是他们这些做护卫的不知道罢了？

萧容衍护卫望着白卿言的目光越发郑重，竟重新下马正正经经给白卿言行礼之后道："多谢白大姑娘，您的话，小的一定快马带到！"

白卿言颔首，萧容衍身边的人各个都是通透的。

只是梦中，萧容衍手腕铁血，从不用这种温吞又平和的手段。梦中，她曾经与萧容衍交手数次，知道萧容衍明面上不论多么儒雅温润，骨子里却一直都是顺他者昌逆他者亡，威势逼迫也好，利诱威胁也罢，甚至会将阻碍他之人九族连根拔起鸡犬不留，城府极深，行事冷酷，胆大心细。这样聪明睿智又自负的人，其实才是最无所顾忌的，他轻看世俗，不惧神灵，不惧天地公道，不惧礼仪道德，不惧人言可畏，除了自己所期望达成的目的，对什么都不在意。

他一路征战杀伐，用阴谋诡计将敌国世族大家或忠直之臣赶尽杀绝，虽然是为了一统天下还百姓太平，可他后来的手段太肆无忌惮，世间万物在他眼中仿佛都不值一提，攻城会死多少百姓，为了粮草夺尽百姓口粮，又会使多少百姓遭殃。

如今白卿言想起曾经那些事情，都觉脊背生寒。

所以，白卿言内心畏惧萧容衍，哪怕如今的萧容衍还未成长成为梦中那个萧容衍，可他给她留下的阴影还在。

俗语说，光脚的不怕穿鞋的，白卿言背后有白家亲眷，她就是那个穿鞋的！大燕山河破碎，萧容衍便是那个光脚的。

她今日开口提醒萧容衍，何尝不是希望趁萧容衍良知尚未泯灭之时，在大燕兵力匮乏之时，让他以这种方式减少大燕的损失，也让他明白民心所向之可贵之处。望他日后做事，能念及夺下东燕时百姓夹道欢迎众望所归，对百姓容情。

"去吧！"她对萧容衍的护卫说。

萧容衍的护卫一跃上马，冲着白卿言的方向拱了拱手，怀里揣着颗扑通直跳的心，快马加鞭离开，他得昼夜不休赶回主子身边将白大姑娘的话带到才是。

见萧容衍护卫骑马的身影消失在黑暗中，白卿言才道："乳兄，牵了马我们回去吧！"

肖若江伸手去拉那匹白马的缰绳，却被那匹白马偏头甩开，若不是肖若江身上有功夫，怕是得跌到河里去。

"果真是匹烈马！"肖若江不但没有生气，反倒一脸高兴，"我记得世子爷刚带疾风回来的时候，疾风也是这个样子！"

肖若江忍不住笑道。

疾风的确是匹烈马，当初父亲费了好大的力气才将疾风带回大都，她那个时候年纪小，父亲原本想着让驯马师傅替她将马驯好了，再给她送去，谁知一连六个老成的驯马师傅都不成，其中两个被疾风伤到，险些丢了命。

白卿言听闻后瞒着父亲偷偷去了马场，用了整整一天的时间驯服了疾风，回来的时候整个人跟个泥猴似的不说，身上青一坨紫一坨的也不在意，挥舞着手中马鞭兴高采烈同白岐山说，她驯服了那匹六个驯马师傅都没有驯服的烈马，还给那匹马起了名字叫疾风。

"我来吧！"白卿言翻身下马，走至那白马面前。

缰绳被肖若江攥在手里，白马挣脱不开，马蹄将河岸鹅卵石踩得直响，鼻息喷出极为粗重的白雾。

她抬手摸了摸那白马的鬃毛，白马抗拒地发出嘶鸣声，抬起前蹄却怎么都挣不开缰绳。

"好家伙！真烈啊！"肖若江用力扯住缰绳。

白卿言来了兴致，扶着马鞍一跃上马，这白马反抗得更厉害了，激烈挣扎险些将白卿言给甩下去。

"乳兄！缰绳！"

见白卿言好久都没有这样兴致高昂，肖若江想着自己在一旁守着也不要紧，便将缰绳丢给白卿言，立在一旁高高举着火把。

大约是有驯服疾风的经验，她双手死死拉住缰绳，身体随着白马跳动前后轻摆，如轻而易举黏在白马身上一般，让它怎么都甩不脱。

那匹白马蹦蹦跳跳折腾了将近半个时辰，已然力竭再也跳不动了，就趁此时白卿言将手中缰绳一挽用力扯拽缰绳，白马吃痛发出长长一声哀鸣，又开始跳了起来。

一个时辰之后，这匹性子刚烈的白马终于在白卿言手中服了软，白卿言轻轻甩了甩缰绳，那白马便垂头丧气往前走几步。

肖若江看得啧啧称奇，也是白卿言马术好……这要是搁了旁人怕早就被甩下马了。

白卿言从马背上一跃而下时，已累出一身薄汗，那匹马垂头丧气往白卿言身边走了几步，颇为不服气地偏过头去。

她笑着摸了摸白马的鬃毛道："以后……这匹马就叫平安吧，给小四送过去，小四一定喜欢！"

这世上没有什么比平平安安更好了。

肖若江眼底刚才因为白卿言兴致勃发而亮起的光芒又微微沉了下去，记得小时候他和哥哥去国公府看刚出生的白卿言，那么小小一个却又那么漂亮，娘亲叮嘱他和哥哥这辈子要好生护着大姑娘，大姑娘不仅仅是他们的乳妹，更是他们恩人的掌上明珠。肖若江同肖若海都以为，生在大都城内最煊赫的镇国公府，这样的女子定然是天之骄女,应该被人捧在手心里疼爱。

可白卿言没有,她身为白家嫡长女比白家任何姑娘和公子都能吃苦,战场上受伤后人就变得沉郁起来,少了少年时的意气风发。再到白家突逢大难之后,她又一肩扛起白家,为几个妹妹谋划打算……来南疆如此凶险,大姑娘却把身手卓绝的暗卫死士给了三姑娘,给了大都城的二姑娘,唯独没有给她自己留!此次,得了这样一匹好马,大姑娘却要将这匹马给四姑娘。大约这就是身为嫡长的责任与担当,她总要时时刻刻惦记着幼妹,就如同当初镇国公白岐山还在时,总惦记着国公府几位弟弟一样。

肖若江把劝白卿言留下这匹马的话咽了回去,暗暗下决心等哥哥回来之后一定要和哥哥商量商量,想办法尽快给大姑娘再找一匹宝驹。

回到营地,白卿言让肖若江把白锦稚唤了出来,听说这匹白色宝驹是给她的,白锦稚眼睛都亮了,满目欢喜。

"真的吗?"白锦稚伸手去摸平安的鬃毛,谁知平安性烈喷了白锦稚一脸的热气,高傲地挪着步子走到了白卿言另一侧。

白锦稚立时瞪大了眼,她还没见过脾气这么大的马,惊愕之余满目欣喜:"这马……还挺灵性的!和当年……"

疾风二字卡在白锦稚的喉咙里没有说出来,谁都知道疾风为了救主而死,最后连尸首都没有找到。

"长姐,我觉得这匹马同我没有缘分,倒是和长姐有缘!"白锦稚是真的喜欢平安,这番话却也是发自肺腑,这平安和当年的疾风性情很像,如果平安留在白卿言的身边也算是一种慰藉吧。

"我记得以前你大伯答应过你,待你出征之时,送你一匹如疾风一般的良驹!"白卿言笑着轻抚平安鬃毛,"这是我替你大伯送你的!平安性烈,也不是全然没有驯服之法,长姐已经替你试过了,只要你能骑上去不被它甩下来,它定会服你,若你能带它一段时间,培养出感情来,它定会认你为主!"

以前她答应过阿瑜的不曾做到,阿瑜答应过她的也没有完成。如今父亲虽然不在了,她却可以替父亲完成还未完成的承诺……

听长姐提到待她如亲女的大伯,白锦稚眼眶发红,终还是点了点头:"那小四就谢谢大伯,谢谢长姐!不推辞了!"

"你大伯看到你能让平安认主,定然欣慰!"她笑着看着幼妹。

驯服和认主,这是两回事。驯服一匹马,它可以任你驱使,却不会给你忠心。若认了主,那匹马便会如同疾风一般,用命来护着你,她希望将来战场之上,小四也有这样一匹马与她并肩而战,她的平安会多几分保障。

"长姐放心!三日之内……我必让平安认主!"白锦稚信誓旦旦。

"长姐信你!"

白锦稚望着白卿言双眸发亮,她觉得每一次长姐说信她的时候,她都满腔豪气翻涌,因为还从未有人对她说过信她这样的话!别人总觉得她是个冲动又莽撞的孩子,连母亲也是这么觉得的。所以长姐说信她,她就特别想做出一番成绩给长姐看,因为她从心底里知道,长姐每一次都是真的信她,她不想让长姐失望,更不想让长姐分出多余的精力来操心她。

萧容衍的护卫快马加鞭赶回蒙城,想将白大姑娘的话带给萧容衍。

一听说去给白卿言送马的护卫回来了,萧容衍就让人收了山河图坐在火盆前让仆人把人带了进来。

"属下参见主子!"侍卫带着寒气进门,单膝跪地行礼。

萧容衍用铜钳子挑了挑火盆中的炭火,垂眸问:"马和信都送到了?"

"是!送到了!信白家大姑娘看完之后当着属下的面儿烧了。"护卫道。

萧容衍望着火盆内烧得灰中透红的银霜炭,唇角略略勾起,大约白卿言看出了那是他的亲笔信所以才当着护卫的面儿烧了,让他安心吧!

"白大姑娘可说了什么?"

"白大姑娘问主子是不是还想从她那里借什么,但白家大姑娘不像是恼怒也没有戏谑之意,就只是平平常常那么一问。属下没把话说死,只答主子没说!后来……属下要走的时候,白大姑娘说……想拿下东燕不是仗打赢就成的,东燕遵循大燕旧制,百姓十几年来皆为王侯牛马,由奢入俭难。经历过姬后新政的百姓,怕早已对东燕朝廷心怀怨怼。"

白卿言的话,这护卫一字不落地告诉了萧容衍。

萧容衍挑火的动作一顿,细细琢磨了白卿言的话,他眯了眯眼,白卿言这是在提点他利用民情民怨啊……

莫名地,萧容衍就想起之前在大都城,年三十当晚大都城百姓自发聚集在镇国公府门前,陪同镇国公府的女眷等候宫内传来消息。还有镇国王遗体回大都的时候,百姓们几乎全城出动,提灯撑伞聚于南门迎接白家忠魂。

萧容衍望着炭盆中跳跃的火苗,可若提前透了口风……东燕这边儿一旦有了准备,凭如今大燕那点儿兵力,还能趁乱拿下东燕吗?

萧容衍的护卫静静跪在那里不吭声,半晌之后只听萧容衍吩咐道:"去叫王九州过来!"

主子宣王大人,这便是下定决心了。

那护卫忙称是,起身出去叫王九州。

王九州匆匆进门,只见萧容衍本就深邃沉着的眸子此刻愈发波澜不惊,带着几分袭人的凉气,问道:"这蒙城大集市还要开几天?"

"回主子,不算今日还要开两天……"王九州恭恭敬敬回答。

"你这两天派人从集市开始一路去东燕大都放风声,就说大燕的军队要打过来了……"萧容衍往火盆里添了几块炭火,放下手中铜钳子,"但大燕皇帝已经下令不许大燕军队屠杀百姓,此次乃是为了将名不正言不顺的东燕皇帝拉下马,让大燕完整,推翻曾经被姬后废除的大燕旧制,重建大燕正统,为百姓谋福祉。"

蒙城集市是东燕最热闹、时间开得最长、来往人流最多的集市,主子这是想借人多嘴杂把消息传出去。

王九州立时就明白了萧容衍的意思,颔首道:"主子放心,小的必定办得妥妥当当!"

萧容衍颔首。

见王九州出去,坐于火盆之前的萧容衍眸色沉了沉,他还真从未想过这样利用民言行事。试一试吧,说不定白卿言的方法见效,能让他们大燕少损失些兵力。只是若真见效,他可就又欠了白卿言一个很大很大的人情了啊,该拿什么还……想到此,萧容衍眼底竟染上了一层极为浅淡的笑意。

第二日傍晚,天还未黑透,蒙城市集各个摊位上的灯笼就已高高挂起。整个蒙城被笼罩在一片暖意中,人头攒动,孩童的嬉闹声和货郎的叫卖吆喝声不断,喧闹又嘈杂,却无端让人感觉热闹温馨。

萧容衍明早便打算动身往东燕都城去,所以今日来是为了凑一凑这晚市的热闹。

大约是萧容衍第一日来的时候排场太大,出手又太阔绰,所以好多眼尖的商贩都识得萧容衍,举着自家的货物往前凑。

萧容衍那日被一匹白马吸引,错过了奴隶市集,今日专程想去那里看看。

他在带刀护卫的包围之下走到奴隶市集时，市集里最大的奴隶贩子正扯着一个蓬头垢面的小姑娘站在高处叫卖："不要看这小丫头蓬头垢面的，可你们看看这小丫头身上穿的料子，绝对是晋国富庶人家的孩子！定然细皮嫩肉，买回去好好调教，将来可有享不尽的福哟！"

奴隶贩子洪亮的声音刚落下，就有看热闹的汉子挤在人群中喊道："穿着这么厚的衣裳，我们怎么知道是不是细皮嫩肉，扒了让我们看一看，摸一摸，也好让我们知道是不是真的细皮嫩肉啊！"

有些围在奴隶集市看热闹的妇人皱了皱眉，拂袖离开。

被奴隶贩子扯着胳膊的小娘子全身颤抖，用力抱住自己，脸色煞白，要是当众扒了她的衣服，再被人摸了，她也没脸活下去了，她立刻挣扎不休："放开我！士可杀不可辱！我决不能受这样的折辱！"

那小娘子带着哭腔，知道士可杀不可辱，又说了一口晋国官话，想来的确是富庶人家的姑娘。

台上的小娘子挣扎得越激烈哭得越凄惨，台下看客就越起劲儿。

"摸一摸可不成！但确实能让诸位爷好好看一看的！"

说着，那奴隶贩子就去撕扯那姑娘的衣裳。

可还不等那奴隶贩子真将那姑娘的衣裳扯开，那奴隶贩子的手像被什么蜇了一下似的抽了回去，见了鬼似的睁大眼左右瞧了瞧，一时不防竟然那哭啼不休的小娘子挣脱了他的手，险些一头撞在柱子上，幸亏被两个手下给及时揪住了。

奴隶贩子低头看着自己红肿的手，见鬼了？

"哎！你到底让不让我们看！"下面有汉子起哄。

"这位爷看了买吗？"奴隶贩子笑呵呵问道。

被问的那汉子双手抄袖，耳朵一红缩进了人群里，不过是想占个便宜而已，要真有那个余钱买奴隶他还不早去青楼里快活快活？

被奴隶贩子打手擒住的小娘子还在哭哭啼啼，求奴隶贩子给她一个痛快，让她一死！

原本对这个一口晋国官话的小娘子感兴趣的富庶爷们，一见这小娘子要寻死便歇了这个念头，否则这丫头买回去寻了死，银子不就打了水漂么？

萧容衍离得远，视线落在木板搭起的高台上，见那奴隶贩子脚边不远处有一粒石子，目光又越过人贩子朝他身后的笼子望去。

笼子黑暗处，有一个盘腿坐在角落衣着褴褛的少年，那少年看起来岁数不大，十五六岁的样子，却坐如青松，自有一股世家公子的姿态。

大约是察觉到有人看他，那少年抬起眸子……

萧容衍眸子微微缩了缩，那孩子的双眼长得倒是有些眼熟，目光幽沉又深静，既然能以石子击开那奴隶贩子的手便有几分身手，又是怎么被抓到的？或是家中贫苦被卖了？少年从容沉稳坐在笼子中丝毫不避萧容衍的目光，哪里像是一个穷苦人家出身的孩子？且十五六岁正是壮劳力，又不是三四岁只会吃喝指望不上的娃娃。

萧容衍想了想，侧头吩咐身边的王九州一声。

王九州点了点头，绕过围在前面的人群去后面找到奴隶贩子，指了指笼子里那个盘腿坐着的说要买。

奴隶贩子连连赔着笑脸道："您眼光可真好！那个是我路上救下来的一个晋兵，身强力壮买回去干什么都不在话下！就是贵了点儿！"

王九州笑眯眯从袖子里掏出一个钱袋子丢给奴隶贩子，道："这么多……买这个晋兵，还有刚才那个晋国的小姑娘！够不够？"

奴隶贩子打开一看，喜得眼睛都眯成一条缝，态度比刚才更谄媚殷勤："够够够！绝对够！只多不少啊！这么着，收您这么多银子我心里过意不去！您再挑两个带走……"

奴隶贩子那架势似准备敞开了给王九州努力介绍自己这些奴隶，王九州笑着道："不了，就要这两个！我们家主子还候着，不敢耽搁！也不敢擅专！"

奴隶贩子这才连连点头，让人将刚才那个姑娘和笼子里的少年给提了出来让王九州带走。

那少年临走前倒是望着奴隶贩子长揖到地行了礼，谢这奴隶贩子救了他一命，不论这奴隶贩子出于何种目的，可冰凉刺骨的荆河之中，若非这奴隶贩子救他，他早已被冻死。

奴隶贩子大约是头一次见到被人卖了还给人行礼的，愣了一愣，没等回神，就见少年同那管事走远了。

王九州带着买回来的两个人，回了萧容衍落脚租下来的大宅子。

让人提水让两人沐浴更衣，王九州自己坐在椅子上慢条斯理喝着茶，猜测主子买下这一男一女的意图。

很快沐浴更衣的少年郎换了衣衫出来，饶是阅人无数的王九州也惊了一惊。

那少年郎一身直裰，身形挺拔修长，五官英俊非凡，尤其是那双眼锐利暗藏锋芒，一身气度绝非是普通人家的少年，堪称人中龙凤。

这样的人物，怎么会沦落到奴隶贩子手中？

疑惑之余，王九州更觉自家主子目光如炬，这少年那样蓬头垢面窝在笼子里，他们家主子也能看出此少年不凡啊。

大约是少年身上气度不凡的缘故，当惯了奴才的王九州对少年说话十分客气，请少年随他一同去见他的主子。

少年微微颔首，不卑不亢不盛气凌人，给人一种沉稳入骨之感，嗓音极为温润有礼："烦请您带路。"

小小年纪便有如此气度，王九州猜测这少年怕是教养极好的世家公子，故而对待这位少年的态度更加谦卑恭敬。

将少年引入萧容衍的书房，王九州便退了出去。

萧容衍正坐在火炉前，一手执棋子，一手拿书，垂眸研究面前棋盘，眼睛看也没看那少年。

那少年也沉得住气，静静立在门口的位置，光明正大地审视萧容衍，倒是有几分世家公子身上倨傲的姿态。

这少年不是别人，正是国公府白家七郎，小十七的胞兄——白卿玦。

火炉上茶壶中的水被煮得沸腾，溢出了一些浇在炭火上，发出噗嗤声。

萧容衍这才合了手中书本搁在手边的小几上，用帕子垫着拎起茶壶倒了两杯茶，问："会下棋吗？"

"略通一二。"白卿玦回答得疏朗大方。

白家诸子，皆为人中之龙，哪怕颠沛流离衣衫褴褛，都遮不住骨子里那份傲岸不群。

萧容衍抬眸朝少年的方向望去，抬手指了指棋盘对面的位置，笑道："坐……"

白卿玦没有客气，撩起下摆姿态清雅跪坐于萧容衍对面。

萧容衍给垂眸看棋的白卿玦倒了一杯茶，嗅到来自少年身上淡淡的血腥味，猜测少年身上怕是有伤，可他刚刚竟丝毫看不出来。

"公子是大晋人？"萧容衍笑着问。

白卿玦目光从棋盘上抬起，望着雍容儒雅的萧容衍，颔首如实相告："是……"

"世家公子？"萧容衍又问。

"随父亲出征历练，不承想晋军大败，侥幸被奴隶贩子救了一命。"白卿玦回答得十分磊落，可关于名字白卿玦却不打算如实相告。

萧容衍点了点头，将茶壶放回火炉之上，细细观察着少年的表情："在下大魏商人萧容衍，不日前跟随率五万援军出征南疆的晋国太子一同到了宛平城。"

"太子？"白卿玦抬头，眼中带着几分疑惑。

"便是之前的齐王殿下！"萧容衍耐心解释。

想来这少年受伤被救之后便无法得知晋国消息了，不知道齐王已封太子也是应当的。

萧容衍看着白卿玦那双与白卿言极为相似的眸子，垂眸道："公子恐怕还不知道，以金牌令箭强逼镇国王出征的信王，已经被贬为庶民了。"

白卿玦眸色沉静，幽幽望着萧容衍，风骨清隽。

"镇国公已经被追封为镇国王了，信王诬陷镇国王刚愎用军，谁知道峰回路转白家忠仆竟然送回了行军记录的竹简，白家大姑娘带着竹简敲登闻鼓，以民情民怨逼迫晋国皇帝还白家一个公道。"

听萧容衍说到长姐，白卿玦眸色愈深，他强忍着心头翻涌的情绪，竭力克制表情不让自己显露异样。长姐身体那样弱，敲登闻鼓？可那的确是长姐的心性会做出的事情，就是，不知道长姐如今怎么样了。

萧容衍摩挲着茶杯边缘，饶有兴趣望着镇定自若的白卿玦，心里感佩——白家子孙果然个个都并非俗物，不过十五六岁的年纪，竟然有这份泰山崩于前而面不改色的气度，如此沉稳从容，果真没有辱没他的姓氏。

"说到白大姑娘，那可真是女中豪杰巾帼不让须眉。"萧容衍慢条斯理道，"此次白大姑娘跟随太子一同出征，这一路身缠铁沙袋随军步行，生生捡起了射日弓！瓮山一战，更是仅凭五万晋军将十几万大凉军于瓮山峡谷杀尽！不知公子可看到瓮山方向冲天的火光，那里焚烧的便是大凉军的尸骸。"

白卿玦不自觉咬紧了牙，心神俱颤，他只觉一股股血气冲上头顶，长姐怎么来了南疆？还一路缠着铁沙袋随军步行？他死死攥住衣摆，狗皇帝逼迫长姐？不……以长姐的心智，若长姐不愿意，狗皇帝逼迫不了长姐。可长姐那个身体……怎么能出战？祖母和大伯母也没能阻止长姐吗？

白卿玦心乱如麻，略显急促的呼吸还是泄露了情绪，他搁在膝盖上的手死死收紧又缓缓松开，情绪已经稳定下来，消息是真是假犹未可知，他是关心则乱了。

望着坐于对面，眼底含笑儒雅英俊的萧容衍，他很难相信这样一位通身读书人清雅气度的男子，会是个满身铜臭的商人，所以此时白卿玦并未全然相信萧容衍的身份。

萧容衍放下茶杯："忘了问，公子今日出手护那姑娘，那姑娘可是与公子相识？"

"不相识，同是晋国人，不能看着她受辱罢了。"白卿玦深深望着萧容衍，"先生买我，为何？"

"萧某是个生意人，日后自然少不了与晋国世家打交道，见公子气质不凡，身手卓绝，想必是世家子弟，想结个善缘，故而，才请公子过来。"萧容衍用词很客气，用的请并非买，"不知公子可否直言相告是哪家公子，萧某也好安排人送公子回晋国。当然，若公子不方便透露家世，萧某也不追问，若将来有缘再相逢，还望公子不嫌弃萧某商人出身，能与萧某喝一杯酒。"

萧容衍没有提到别人家，专程点出祖父和镇国公府，还有长姐，白卿玦心里多少明白萧容衍怕已知道他是白家子孙。

白卿玦是聪明人，又怎会听不懂萧容衍话中意思？

白卿玦端起面前茶杯，举杯对萧容衍道："在下欠了先生的恩情，在下自己来还，万不敢将家族拖入其中，还望先生谅解。"

既然萧容衍没有点出他的身份，他也不打算直说，可白家人向来有恩必报，那奴隶贩子救他所以他不逃走，任由那奴隶贩子贩卖……

原本，他是打算若被人买走，买主只要并非让他做什么腌臜事情，他报了恩便自行离去。

没想到被大魏富商萧容衍救下，萧容衍这个名字可以说是盛名在外，白卿玦不是没有听说过。

可不论眼前这个萧容衍是真是假，他既然买下了他，这个恩情他必定会还，但是他决不能把白家牵扯其中。

生在世家，维护家族利益尊严对白卿玦他们来说是比命更重要的事情和责任。所以白家任何一个人都不会因为己身受人恩惠，便将家族拖入其中来替他偿还这份恩情。

萧容衍颇为意外，他笑了笑没接那杯茶，问："公子打算如何还？"

白卿玦语声坚定："先生赎买之资，十倍奉还！在下愿为先生效命三件事，三件之后自会离开。"

白家人有白家人的风骨在，知恩图报这点，萧容衍也已经从白卿言的身上领略过。

既然如此，萧容衍也不勉强，抬手接过白卿玦手中的茶杯，算是应允了下来，笑着问："那……萧某该如何称呼公子？"

"王七玦。"白卿玦道。

白卿玦在白家排行七，母亲姓王，所以取了王七玦这样一个名字，等到还清了欠萧容衍的恩情，这个名字，便与他再无任何关系。

"好，七玦公子今日起便做我的贴身侍卫，三件事满，银两奉还，七玦公子便可自行离开。"

说着，萧容衍将杯中茶水一饮而尽，让人带白卿玦去休息。

如今晋国形势复杂，这位白家公子暂时不回去也好，万一让晋国太子或是晋国皇帝知道，怕对白家遗孀不利。

不过，好歹先给白卿言传个信让她安心些也好。

白卿玦走后，萧容衍唤来王九州，让王九州请个大夫来给白卿玦看一看。

王九州明白主子这是重视那位少年公子，忙颔首称是，接着又说了一事："主子，那位公子随我过来时，在路上留下了标记，说来惭愧，小的没有留意，还是咱们的暗卫发现了。"

萧容衍眉头抬了抬，颔首表示知道。

"主子看要不要抹去标记？"王九州问。

"不必了，没关系。"萧容衍说。

难怪不着急着回晋国，想来这位白家公子一是因为一时摸不清楚晋国情况，不敢贸然回去，二来是留了标记等着他们白家的人来寻他吧，果真是个极为聪明且沉得住气的人物。

约莫十六岁的年纪，虽然萧容衍说不准是白家哪位公子，但确定是白家子嗣无疑，若是白卿言知道了定然会很高兴。

萧容衍在棋盘上落下一子，唇角勾起浅浅笑意，将手中剩余棋子悉数放入棋盒中，起身走至书桌前铺开信纸，左手提笔徐徐书写，而后吹干了墨迹装入信封，让人将上一次给白卿言送马的护卫叫过来，让他快马加鞭将信给白卿言送去。

第二日刚刚破晓，晨光穿透隐约翻滚的云海，斜照在远处苍茫巍峨的山川轮廓之上，光线随旭日高升顺着自西向东水流湍急的荆河，朝晋军大营与大凉军营的方向移动，逐渐驱走阴暗。

荆河南岸安静了数日的大凉大营，突然出来了一队人马，直奔荆河边缘叫喊要见白卿言，骑马立于最前的便是云破行。

如今云破行双腿膝骨已碎,再也无法站立,可腿脚还有知觉,骑马旁人看不出破绽。

云破行遥望晋军军营里高悬着的自己儿子的头颅,他死死咬着牙关双眸泛红,不过片刻,翻涌的情绪又如同被泼了盆冷水沉了下去。

有道是,天道轮回,报应不爽。

他杀了白威霆,将白威霆儿子的头颅挂在他的营地中鼓舞大凉勇士的锐气,没想到风水轮流转,白威霆的孙女竟杀了他的儿子孙子,将他儿子的头颅高高悬在晋军营地中。

云破行闭上眼,似有热泪顺着脸上的沟壑纵横流下。

坐于帅帐之中的白卿言听闻云破行要见她,略微思索了片刻,低笑出声来:"想来大凉的粮草怕是今日就要到了,所以,云破行才有胆子来找我谈条件。"

敌众我寡,这是白卿言最大的软肋,粮草被烧不足以支撑出兵,这是云破行的软肋。所以,云破行高挂免战牌,白卿言也就按兵不动,与大凉大军隔河相望。之前云破行不敢找白卿言谈条件,是因为只有大凉粮草到了,云破行才有谈不拢就打的底气。可白卿言早就派了沈良玉带虎鹰营的人盯住了大凉军营,除却有大凉方向而来的传令兵之外,并未见粮草入营。

且大凉粮草被烧之后,每日大营只见一次炊烟升起,故而粮食短缺一定已到了迫在眉睫的地步。

白卿言可以断定,今日大凉粮草必到。她快步走至沙盘前,细看附近山脉地图。

之前,她曾让人在驼峰峡谷道设伏断大凉军粮草,可那个时候大凉军在天门关,所以送粮草最快便是走驼峰峡谷道。如今大凉大军已退至荆河对岸,大凉运送粮草要快只能走川岭山地,也就是她祖父葬身之地。

她拳头下意识紧了紧,开口:"白锦稚,传令沈良玉,带虎鹰营在川岭山地设伏,将大凉粮草烧尽!你随沈良玉同去!"

白锦稚原本还想跟着长姐护卫长姐安全,可一想长姐与云破行到底隔了一条河,应该并无大碍,便领命出营。

没了粮草,除非云破行能变出粮草来,否则吃不饱饭的将士可打不了胜仗啊。

不多时,白卿言骑马带着一队人马从大晋军营而出,直奔荆河边。

骑在马上的云破行看到白卿言,立时想到自己已死的儿子和孙子,忍不住悲愤翻涌,可再一转念想到白卿言的祖父、父亲、叔父和弟弟们都是死在他的手里,他又觉得有几分痛快。

云破行侧头对身边的兵士道:"派一个人,渡河过去,告诉白卿言,我欲约她面谈,地点她定。"

一大凉士兵领命之后,一人独撑木筏过河。

肖若江抬手,弓箭手立刻护在白卿言之前,举箭搭弓瞄准了过河的大凉士兵。

"不必如此,只来了一个大凉兵,乳兄还怕那大凉兵有什么通天之能吗?"白卿言目光望着云破行,声音极淡。

那大凉兵一人艰难渡河后,望着凛然骑在骏马之上、甲胄泛着寒光的白卿言,不由想起瓮山峡谷被焚烧的大凉军兄弟,他只觉看到了嗜血修罗一般,低下头道:"我家主帅欲面见白将军,地点由白将军定。"

"哦……"白卿言不咸不淡应了一声,抬眼朝云破行望去,"你带话给你们家主帅,那便在荆河上游见吧!我事多繁忙,也就此时还有点儿时间,你家主帅要是还得准备,那便改日战场上见也是一样的。"

白卿言这也是防着云破行设伏,既然要见那便快,不给云破行设伏的时间。

大凉兵又撑竹筏回去,将白卿言的话转告云破行。

云破行用马鞭指了指上游的方向,率先骑马动身。

白卿言动身前,转头吩咐身后的晋军骑兵:"派个人,回去将太子赏的点心拿一盒。"

"是!"

很快,白卿言与云破行一路快马而行至上游河面窄浅的位置,云破行为表示诚意骑着马蹚水过河而来。

"白将军,云某是来求和的。"云破行开门见山,"只要白将军奉还我儿头颅,此后我大凉与晋国以荆河为界互不相犯,我们三年之后再战。"

果然,云破行有了粮食底气便足了,败了还想如之前一般两国以荆河为界。

白卿言不怒反笑:"议和之事,我不敢擅专!不过倒是觉你口气不小,大凉联合东燕来攻我晋国,败了,就想相安无事一如往昔,世上哪有这么便宜的事情?"

"那你想如何?"云破行问。

"不是我想如何,而是大凉想要止战应当割地、赔款、质子,方有一线求和之机。"白卿言望着云破行的眸子寒光乍现,"至于你儿头颅,我拦住晋军将士将其当做尿壶,已经违我本心行事,想要回,可以,三年后。"

云破行被气得手直抖,咬紧了牙:"看起来白将军是想要再战了,你可别忘了,我们大凉大军胜你晋军数倍！"

"是啊，你也别忘了，瓮山峡谷之中是谁放你一条狗命容你苟且偷生的！"她面沉如水，眼中不掩讽刺之意，"更别忘了，我是怎么将你数十万大凉军，斩杀于瓮山峡谷之中，一个不留的！"

"你狂妄！"云破行气急败坏，"老夫一时不防，败了一场！你以为你次次都能胜于老夫吗？"

"那你为何数日高挂免战牌不敢出战？"她低笑了一声，"对了，你怕是弹尽粮绝，等着大凉给你运送粮草辎重，让我猜猜……你的粮草是不是要从川岭山地过来？那里有一处山势险峻之地，我想那个地方便是你曾经对我祖父设伏之地！"

云破行瞬间就明白了白卿言的意思，他浑身紧绷，紧张的情绪影响了座下战马，马儿不安地踏着蹄子。

"你今日敢来找我，以如此狂妄的口气说所谓议和，不过是因为你大凉大军的粮草将至，你有了底气敢来和我谈条件。不过可惜啊……我是不会让大凉的粮草送入大凉军营的！"白卿言勾唇浅笑。

云破行回头示意跟自己而来的属下前去报信，肖若江眸子一沉抬手。

弓箭手立刻拉了一个满弓，瞄准云破行一行人。

一时间，人惊马嘶，云破行的人纷纷拔刀，气氛剑拔弩张，一触即发。

那骑马准备过河急奔去报信的大凉兵，更是被白卿言一箭穿心，跌落进河里。

"白卿言，你这是何意？！"云破行大喊。

白卿言收了射日弓，风淡云轻开口："云帅这几日，怕是没吃饱过吧！我这里有太子送的一盒点心，云帅就在这里安安生生吃点心，等你大凉粮草被截的消息传来，你再走不迟！"

云破行望着端直坐于马背之上盛气凌人的白卿言，杀气森森让人不敢逼视，强压心中慌乱。

白卿言说得没错，正是因为今日粮草要到，所以云破行才沉不住气来向白卿言讨要自己儿子的头颅！

好生厉害的女娃娃，竟然将他算得如此准！

云破行头一次对除了白威霆之外的人心生胆寒之意。

云破行握紧了手中的缰绳，看着晋军一个兵士捧着点心盒子过来，面色已然惨白若纸，望着白卿言面目扭曲，恨不得立时将白卿言斩杀！

"还有一事关于东燕,不知道云帅听说了没有,东燕的粮草在遥关被白家军劫了!算日程今日折返东燕的大军应该就要到遥关了!你说,白家军能不能在遥关将东燕精锐斩尽,断了大凉与东燕再次谈条件,请东燕出兵的可能呢?"白卿言谈论数万锐士的生死,如同谈论风月般轻描淡写。

风声裹着湿意呼啸过耳,云破行心惊目眩,险些从马背上跌下来。

他竭力压制仇恨的怒火与心中的畏惧,死死盯着白卿言,那女子稳坐于马背之上,神色风轻云淡,已照亮河水湍流的晨光映着她眼中的锋芒与寒光,让他只觉被河水浸透的衣衫被风一吹冻成了冰,如坠冰窟。

杀机在两人之间弥漫开来,显然不动声色的白卿言杀气更盛。

输了!

这一仗,输得彻底。

可他不明白,既然这个女娃子这么厉害,白威霆为什么不继续带她上战场?难道这个女娃子,才是白威霆留给白家的最后一线希望?所以白威霆才敢将白家儿孙悉数带上战场?

不明白,云破行不明白的太多,可心里却是实打实地怕了。哪怕他大凉军比晋军多,他也不敢再打下去,从同白卿言交手开始,她便算无遗策,将他打得毫无招架之力,只能狼狈退回荆河以南。

悲怒至极,云破行反倒是冷静下来,白卿言带来的多是弓箭手不说,白卿言本身就是一个神射手,他想要拼死突围回去报信怕是没有指望了。既然白卿言没有立时杀他,等到粮草被劫的消息传来就定会放了他。

他认命般,沙哑着嗓音问白卿言:"你给我三年,可是真的?"

"若是你好好在这里吃完这匣子点心,等大凉粮草被劫的消息传来,我是白家人,自是言出必践。"她眸色漠然望着云破行,"可若你不识抬举,那今天这里就是你的葬身之地。"

云破行垂死挣扎,恼怒道:"白卿言!两军交战,我亲自来谈和,你敢杀我,就不怕天下悠悠众口?"

白卿言眉目清明,低笑一声道:"瓮山的几万大凉降俘我都杀了,你以为,我还会怕什么悠悠众口?"

云破行闭了闭眼。

双方人马还在戒备,沉默自云破行和白卿言两人之间蔓延,只剩河水湍急嘈杂之声。

不多时，一匹快马从大凉军营方向而出，奔到荆河边却不见云破行，茫然四顾，看了眼残留在河边湿地里的马蹄印子，才极为不确定地驰马朝西，奔行几里后那大凉兵果然看到了云破行。

"主帅！主帅……"那大凉兵骑着快马而来，在荆河南岸才看到双方已是剑拔弩张之态，吓得噤声不敢言语，亦是不敢过河。

"想来是有急事找你，让他过来，你也好听听到底是什么事！"白卿言似笑非笑看着云破行开口。

云破行心里知道，自己的兵既然来了，要么就是带来了粮草被劫的消息，他们一起走！要么有什么消息就要在这里说出来，然后跟他一起在这里等粮草被劫的消息，否则就是死路一条。

云破行别无他路，抬手让人过来。

那大凉兵骑马蹚过河，正要在云破行耳边耳语，却听云破行说："不论什么消息，大声说出来！"

传信的大凉兵抬头，朝着骑于马背居高临下的白卿言看了眼，这才低声道："东燕派兵前来求援，说……说昨夜在遥关被伏击了！求主帅派兵去救。"

遥关……

白卿言眸色平静如常，如果是在遥关的话，那就是说……萧容衍真的要提前拿回东燕了。

听到这个消息，云破行陡然就觉自己老了，他以为杀尽了白威霆的儿孙，以后就再也不怕什么白家军了，可天意弄人来了个更厉害的白卿言。是他太轻敌了，可就是不轻敌，他也不知道能不能赢白卿言。都说白家一代比一代强，到白威霆这一代已是白家鼎盛时期，这话果然不假！白威霆的孙女儿都如此厉害，也幸亏啊……此次有人与他里应外合将白威霆的一众儿孙全部斩杀，否则大凉将来面对的晋国将领可就太可怕了。

思及此，云破行心中因为儿孙之死的痛苦和懊恼倒是少了些，虽然儿子和孙子死了，可敌国大晋的脊梁被打没了，此次出征也不算惨败。他睁开眼看向白卿言，只是……此白家女还留着，便是大凉一大祸事！

电光石火之间，云破行心生一计。倘若此次白卿言没死，那他就只能等三年后和白卿言的一会，希望那个时候他已经能够摸透白卿言行军打仗的作战方式。

"看起来，云帅是想夜袭我军营啊！"白卿言看到云破行眼中亮光，唇角带笑点了出来，就见云破行脸色霎时变得黑青黑青的。

"老夫……所思，就那么明显？"云破行没有恼，反倒十分认真询问。

"是啊，你看着我的眼神变了，从丧气到强撑起精气！应该是想到了能置我于死地的办法，内心大约觉得只有我死了，大晋才不足以成为大凉的威胁。"白卿言望着他，眸子漆黑深幽，又明亮柔韧，徐徐说道，带着几分倨傲，"可是你能确定杀了我晋国就真的再出不了能人了吗？你以为斩尽白家满门男儿晋国便不足为惧，却让大凉十几万精锐死在我这个废物手上！"

肖若江颇有些意外，落井下石不是大姑娘的格调，狂妄自大更不是大姑娘的品性，可大姑娘又为何要对云破行说这样一番话？

云破行抿唇不语，随后再无话说。

等到云破行军营派人来报，粮草辎重都被烧了，云破行望着白卿言的眼神恨不能将她撕了，可又奈何不得白卿言分毫，颓然坐在马背之上。

此次运来的除了粮草之外，还有大批的弓箭。上一次大凉军营的弓箭被白卿言带人烧了，云破行一边向大凉国内求援，一边向东燕借箭应急，谁知东燕不借。

他好不容易等到国内调集的弓箭与粮草一起运来了，却因白卿言要劫粮草将他困在这里！他心中存了一丝侥幸，希望至少能保住一批弓箭，可白卿言竟然又烧了！老天爷非要这么难为他大凉吗？

白卿言这边儿，沈良玉与白锦稚前来复命，说是被一同烧毁的还有大凉送来的羽箭，白卿言眉头挑了挑，这才命人收了弓箭，骑马离去。

云破行坐在马背上，半晌未动，冷笑一声：所以说年轻人沉不住气！如果是他知道对方要夜袭营地，他便不做声任由他们行动，自己则早早布局设套，等他们一冲入军营，便让他们有去无回。白卿言打了几场胜仗，便自以为算无遗漏，轻视了他，他今晚就要教会白卿言什么叫姜还是老的辣！

云破行快马回到军营前朝着晋军大营的方向看了眼，隐约能看到自己儿子被高高挂起的头颅，他发誓今夜一定要将儿子的头颅夺回来。

晋国帅帐里。

白卿言将射日弓挂好后转头对外喊道："召所有将领过来。"

白锦稚觉得奇怪，问了一句："长姐，可是出什么事了？"

"今晚云破行要来袭营。"白卿言道。

肖若江微怔，心中的疑惑骤然解开，刚才大姑娘故意将云破行的意图挑明，故意用那样倨傲的语气同云破行说话，原来是为了让云破行以为她胜了几场仗便轻狂起来。

所以今晚不论如何，云破行都会来袭营。

云破行的打算被大姑娘用那般高傲的神情揭破，恐怕会觉得大姑娘打了几场仗便张狂了，不再将他放在眼里，所以才会当场拆穿。而一般人计谋被戳破，便会打退堂鼓。

并且，云破行儿子的头颅还挂在大晋军营中，他恐怕时时都惦记着要夺回去，又有什么时机，比今晚这个时机更好？

就算云破行没有这样的打算，怕也会生出这样的打算来。

大姑娘这是攻心啊！

沈良玉原本就跟在白卿言身边，不多时张端睿、甄则平、石攀山、卫兆年和程远志一同入帐，谷文昌与沈昆阳因为一个伤了腿一个伤了胳膊，白卿言将两人分别留在天门关和凤城守城。

"今晚，云破行会来袭营，所以，今日一入夜，便请程远志将军和张端睿将军率五千精兵绕灵谷要道与黑熊山偷袭云破行军营！我与甄则平将军率五百兵在营内做饵，卫兆年将军率白家军、石攀山将军率其余兵力潜伏四周，定要让大凉军有来无回！"

白家军的卫兆年将军自不用说，经过瓮山之战，甄则平、张端睿和石攀山将军已对白卿言信服不已，自然一口应下。

"白将军留下做饵是不是太冒险了？"甄则平道，"我一人留下便是了！"

白卿言有些意外甄则平会担忧她，她摇了摇头："云破行吃一堑长一智，此次只有确定了我在，云破行才会来……"

白锦稚心突突急跳，生怕白卿言会将她支开，抓着白卿言的手不松，打定主意要与白卿言共在一处，以护白卿言周全。

她透过帅帐门口朝着荆河南边的方向看了眼，眼底有了一丝笑意："传令大军，下午吃饭之前，来一场操演，就操演……袭营！"

"啊？"甄则平有些纳闷，"这是为啥？"

"为了让云破行觉得我是在虚张声势恐吓他！"白卿言道。

"末将领命！"卫兆年二话不说抱拳领命。

"末将领命！"张端睿也领命。

甄则平虽然一肚子的官司，还是跟着石攀山一起抱拳领命。

毕竟，他们没有人怀疑白卿言之能。

晋军军营在下午造饭之前，突然号角吹响，战鼓齐鸣。

如惊弓之鸟的大凉军惶惶不安抄起手边武器，各位大将军都疾步跑出营帐，一边盯着荆河对岸俱是旗帜翻飞沙尘飞扬的晋军军营，一边迅速奔往云破行帅帐。

见云破行已经被人扶上战马，大凉将军个个面色惨白，问："主帅！是晋军突袭了吗？"

"全军戒备！我去看看！"云破行一颗心慌慌不安，咬着牙喊道。

"我随主帅同去！"几位将军亦是翻身上马跟在云破行身后，朝荆河骑马疾驰而去。

越是靠近，就越是能听到对岸晋军军营中杀声震天。

云破行立于河岸，胯下骏马不安地来回踢腾马蹄。

只见河对岸突然从四面八方涌出高举白家军黑幡白蟒旗的将士，护在云破行身边的将士纷纷拔刀将云破行护住。

"快撤！备战！"

不知谁喊了一声，可云破行坐于马背之上纹丝不动，皱眉死死盯着对岸。

只见，那白家军竟然直接冲入了自家军营之中。

云破行和身边诸位将军恍然，原来晋军竟然是在河对岸轰轰烈烈地练兵。

对岸战鼓催动，杀声如沸，尘土滚滚，号角声惊破九霄。

云破行眯着眼，只能看到晋军军营内猎猎招展的战旗，还有他儿子那颗随风摆动的头颅。

"这晋军搞什么？操演闹出这么大的动静是想干什么？威慑我大凉大军，告诉我们他们要来夺营吗？笑话……"一位大凉将军将手中宝剑入鞘，没有了刚才那份紧绷，整个人恼火不已。

云破行眉毛挑了挑，突然就有了笑意："是啊，他们……就是在威慑我大凉军！"

云破行估摸着，大约是白卿言回去之后，她身边那个砍下他儿子头颅的男子劝说后，白卿言也自觉今天突然挑明他的意图表现得太张狂了，所以才弄出了一个袭营的演练来威慑他。这说明，白卿言大概也怕了吧！否则静悄悄候着他就是了，干什么要搞出这么大的动静来威慑他呢！

如此，云破行今夜袭营的决心就越发坚定。

操练结束，一身银色铠甲、身披红色披风猎猎的白卿言登上高台，抬手……

演武场内数万兵将立时鸦雀无声，神色肃然望着高台之上的白卿言。

"今夜……乃是我晋军与大凉的最后一战！今夜我晋国好儿郎必将大凉蛮贼打趴下，让那些觊觎我晋国疆土的蛮贼再不敢轻视我晋军锐士！让那些蛮贼听到我晋军之名就瑟瑟发抖！让他们数年无胆再犯我大晋之民！"白卿言抱拳，眉目间尽是肃杀之气，"诸位……白卿言在此替数万边民谢国之锐士为他们舍命保家园！谢国之锐士为他们浴血奋战无惧生死！"

张端睿见将士们士气正旺，立刻派人给气喘吁吁的将士上酒。

白卿言接过张端睿亲自端上来的酒，高举敬将士们："同仇敌忾，护我山河！不战死，不卸甲！"

将士们个个热血翻涌，齐声呐喊——

"不战死！不卸甲！"

"不战死！不卸甲！"

"不战死！不卸甲！"

将士们高亢的吼声惊天动地震耳欲聋，令人耳际嗡嗡直响。

云破行坐在大凉帅帐之内，看着放在主帅案几上的圣旨，脸色很不好看。

大凉变天了！

大凉皇帝被人刺杀身亡，虽然皇宫内廷将消息瞒得死死的，可还是泄露了消息……

大凉皇帝膝下无子，只有两女，皇帝又来不及下圣旨指定哪位皇弟登基，三王爷耐不住性子起兵逼宫夺位，皇后做主让皇帝嫡长女登基为女帝，六王爷以皇帝之名发了圣旨指皇后牝鸡司晨，要云破行即刻拔营回都城云京，助他夺回皇位，以辅皇家正统。

云京生变，云破行是必定要回去的！可走之前……他要先杀了白卿言再说，这个人留下后患无穷，比如今大凉的内忧更让人恐惧。

他垂眸看着地图，开始合计今天怎么偷袭！粮食有限，此乃背水一战，若还是输了……他就再也压不住先皇出事前派来的求和使臣了！

他最后奋力一搏，如若还是输了，那便是天意如此怨不得人，他也认了！只是派出多少人，是个问题。白卿言狡诈，白家军净是些悍兵，尤其是那个虎鹰营，云破行想起来就脊背发凉。可若此次舍不得人，要不了白卿言的命，袭营只为夺回自己儿子的头颅确实亏了些。

云破行下定决心，等入夜万籁俱静之后，大凉军营中一半人马杀入晋军营中。既然今天入夜之后要开打，那就得让战士吃饱了！可只要炊烟升起，白卿言必然知道大凉大营造饭，会不会多想？应该不会，她又是口头威胁，又是操演威慑的，应该是胸有成竹，等兵士们吃完饭他就做出要拔营回国的样子，让兵士们绕黑熊山与灵谷要道而行。如此还能让白卿言以为自己认输，放松警惕。

云破行不再迟疑，立即下令造饭。

远处的晋军军营内也是炊烟袅袅，卫兆年与白卿言立于帅帐门口望着荆河南岸的炊烟似笑非笑道："看起来，云破行晚上是真的要来袭营啊！"

白卿言已经接到消息，大凉帝都云京生乱，大凉女帝登基。

云破行是带兵的行家，必然知晓炊烟一燃她定会知道大凉大军将要有所动作，她猜，云破行大约是想做出让将士们吃饱然后退军姿态，绕黑熊山与灵谷要道转而偷袭他们晋军军营吧！

她抬头看了眼云破行儿子被悬在高处的头颅，既然云破行要光明正大行事，她也趁机光明正大让人带兵去灵谷要道设伏吧！省得到时候两军在灵谷要道或者是黑熊山碰上，正面厮杀，他们可没有大凉那么多兵力。

军营里的火油原本是留给来袭营的大凉军，可既然袭营的大凉军来不了，就送给对面的大凉军用一用吧！

今日她安排操演的夺营阵型与绞杀方式，也完全可以用在今夜袭营之中，让大凉军再无还手之力。

"传令，饭后，程远志将军、张端睿将军、石攀山将军率四万精兵，与卫兆年将军所率白家军做出退回凤城姿态。卫兆年将军和石攀山将军带三万人入夜后设法过河，悄悄潜伏在大凉军营东西两侧，静候命令。程远志将军与张端睿将军领一万人，不必绕那么远去黑熊山了，就在灵谷要道设伏，将今夜前来袭营的大凉军，斩杀于灵谷要道！"

卫兆年颇为意外："可是……现在天还没黑，如果让云破行看到我们大军撤了……"

卫兆年说到此处，突然一怔，恍然大悟。

是啊，让云破行看到大军撤了，小白帅在这里，云破行不就更加坚定了袭营的决心？

"派个人去大凉军营走一趟，把云破行儿子的头颅送回去！"白卿言吩咐肖若江，"告诉云破行，就说……云京大乱这仗他怕是打不下去了，这是我给他的送行之礼。"

肖若江明白，白卿言这是要让云破行以为她已狂傲到完全不把云破行放在眼里了，好让云破行放心来攻。

"我亲自去！"肖若江抱拳道。

白卿言颔首。

白卿言刚回帐中，就听有人喊肖若江，同肖若江说："外面有个骑马的练家子，说要见小白帅，好像是来给小白帅送信的！"

肖若江想到了那日来送马的侍卫，进帅帐禀报。

送信，又是萧容衍的人？

她颔首："我知道了！你准备去大凉军营的事情。"

白卿言从大营内步行出来，果然看到是萧容衍的侍卫，那侍卫看到白卿言立时恭恭敬敬行了礼："白大姑娘！"

这侍卫拿到了信便昼夜不停赶了过来，只求不耽误萧容衍的事。

"你家先生有信？"白卿言问。

"正是！"侍卫忙从胸口拿出信递给白卿言。

白卿言当着侍卫的面儿拆开了信，里面写了他打算用白卿言的方法来拿下东燕之外，还以闲谈的口吻写了一件事，说他在奴隶市场上救下了一个晋兵。他听奴隶贩子说这晋兵是在荆河里救下的，风度教养皆属一流，言谈举止当是晋国世家子弟，说他是随家中长辈来战场历练的，却不愿意被他送回晋国，因为他不愿己身之恩牵上家族，还给自己起了一个假名字，叫王七玦，说要在他身边为他做三件事，报恩之后自行离开。

一股热气直冲白卿言头顶，她捏着纸张的手不自觉颤抖着。王……是四婶的姓氏，阿玦是七郎，所以他自称王七玦。

阿玦还活着！

他还活着！

他有没有受伤？可知道了大都的消息？

原本想要问萧容衍侍卫阿玦身体情况的话到了嘴边，她又咽了回去，不自觉竟热泪盈眶无法克制。

不想让萧容衍的侍卫知道太多，白卿言极力压着酸楚的心情，问那侍卫："带火折子了吗？"

那侍卫将火折子恭敬递给白卿言，看着白卿言烧了信之后，他躬身行礼："白大姑娘可有话让我带给主子？"

萧容衍给自己带来这么一封信，自然是对阿珏的身份有了怀疑……

她便说："告诉你家主子，白卿言在此谢过了。"

虽然萧容衍的侍卫不知道白卿言谢主子什么，还是应声称必会将口信带到。

多余的话，白卿言一个字也不能说。有这封信已经足够了，毕竟没有什么比阿珏还活着更重要！如同小四说的，四婶要是知道阿珏还活着一定会喜极而泣，小十七之事带给四婶的伤痛大约也能稍微平复一点。这大概是白卿言听到过最值得她高兴的消息了。定然是祖父、父亲、叔父和弟弟们在天有灵，终还是护住了阿珏。还有小九，希望小九也能如同阿珏一样平安就好。

萧容衍能写信暗示她，便必然会保证阿珏的安全，这方面白卿言不担心。至多将来同她讲讲条件罢了。再者，阿珏有阿珏的坚持和风骨，他要对萧容衍报恩，那么……就等他报完恩之后她再接他回来。不过阿珏身边不能没有人！白卿言视线看向对岸大凉军营的方向，等一会儿肖若江回来她便让乳兄去蒙城寻阿珏，阿珏聪慧必会留下记号，肖若江照记号去找便是。

萧容衍的侍卫跨上马，正准备离开时，正巧不巧碰到了驯马回来的白锦稚。

白锦稚见白卿言就站在大营门口，兴高采烈对白卿言笑着挥手："长姐！长姐……我让平安认主了！"

萧容衍的护卫一怔，与白锦稚擦肩而过……

那不是他们家主子送给白大姑娘的宝马吗？难道……上一次他们家主子给白大姑娘的信里，说了对白家四姑娘的意思，所以白大姑娘就把马送给了四姑娘？

白卿言望着兴高采烈的白锦稚笑，眉目温柔平和，全无杀气。阿珏还活着的事情，还是等此次南疆大战胜了之后再告诉小四吧！

肖若江抱着用锦盒装好的头颅，带了一队护卫去了大凉军营。

云破行正在帅帐中思索今夜如何突袭晋军大营，突然帐外来报，说白卿言派人来见云破行，给云破行送礼。

云破行想了想让把人带了进来。

一见来人是白卿言身边那个斩下自己儿子头颅的男人，云破行咬紧了牙克制住杀意。

云破行帅帐里的大凉将军各个神色愤恨，气氛剑拔弩张，像是只要云破行一声令下就会将肖若江撕碎。

肖若江一脸平静，从身后的晋军士兵手中接过盒子恭敬递给云破行："我家小白帅说，既然大凉国都生乱云帅准备撤兵回国平乱，那她便在云帅临行前送云帅一个礼物，也免得云帅想不开自投罗网来我晋军军营抢。"

云破行扣在案几上的手收紧，死死盯着那个红木盒子，知道那里装的是自己儿子的头颅，他目眦欲裂满腔愤恨，死死望着沉着自若的肖若江，猜测肖若江这是来替白卿言试探他的。

他紧紧攥住的手缓缓松开，咬牙切齿道："替我，多谢你家小白帅，告诉她……别忘了三年之约！三年后……本帅必定回来取她项上人头！"

肖若江眯了眯眼做出一副审视云破行的模样，倒是云破行帐内的将军拔了剑，双眸猩红："晋狗还不滚！"

肖若江这才收回视线，带着晋兵离开。

云破行沙哑着嗓音让人把儿子的首级拿到面前，他没有勇气打开盒子，哽咽含泪抬手用力按住锦盒，抬眸眼底全是杀意，愤怒上头全身都在颤抖，他道："今夜，能取白卿言首级者，赏万金！"

大凉悍将单膝跪地，咬紧了牙关道："主帅放心！我等一定为公子和小公子报仇！"

大凉大军饱餐一顿后，在太阳还未落山之际，便有几位大将带了一半兵力回撤。

不多时，便有大凉哨兵来报，说晋军大部队也已经开始往凤城方向回撤。

云破行带着恨意的眸子里如有烈火燃烧，灼灼明亮的视线盯着对岸的晋军军营："白威霆这孙女儿和她祖父比起来，还是少了些谨慎！竟真以为一次操演一次败仗就能吓破我的胆了？以为随便找个人便能试探出我到底是真撤退还是假撤退，这么放心大胆地让晋军往回撤……"

入夜，在湍急的流水声掩护之下，卫兆年将军、石攀山将军带军从左右两侧悄无声息围在了大凉大营周围静候命令。

对岸晋军大营一片灯火通明，云破行坐于帅帐之中静候河对岸动静。

"报……"大凉兵跪在帅帐外对云破行道，"河对岸晋军小队人马出了军营朝西去，不知是何缘故！"

听到这话，云破行不知为何右眼直跳："去探！看他们干什么去了！"

"报……"又一个大凉兵跪在帅帐外，"河对岸晋军小队人马出军营朝西去，不知缘故！"

云破行沉默半晌，只觉眼睛跳得更厉害了："去探！"

不过几炷香的，已经几个探子来报，晋国军营里陆续出来好几拨三十多人的小队人马。

云破行心中不安，那种对白卿言的恐惧悄无声息从脚底攀上了他的小腿，寒意急速蹿上脊背，他咬着牙问："刚才去探晋军出营去做什么的探子，回来了没有？"

"回主帅！还没有！"

云破行顿时心惊肉跳，可不等他想明白为何心惊肉跳，帅帐外带着红光的一片箭雨直直朝大凉军营扑来。

哨兵看到大凉军营右侧的天空突如其来在黑夜中亮起一片，还来不及反应，第一支带着火的箭矢闷声插入哨兵高台木柱之中，尾翼直颤，幽蓝色的火光向下蔓延……

是带火的箭雨！是火油！

"不好了！敌军来袭！箭上有火！"哨兵话音刚落，一支利箭穿透他的衣裳起火，他尖叫着拍打身上的火苗，从高台上掉落下去。

云破行坐在帐中，听到外面无数箭矢破风从天而降，密密麻麻急速扑来，穿透大凉军营内大大小小的营帐。

中计了！

云破行全身发麻，喉咙像被一只大手扼住了一般，竟发不出任何声音。

一支羽箭穿透云破行的帅帐，帅帐上方被利箭穿透的窟窿被微小到肉眼几乎看不见的火苗舔舐得更大。

"主帅！敌军用火攻！兵力不少！来势汹汹，我等护主帅先撤！"几个将军冲进元帅帐中道。

云破行回过神来，喊道："不要恋战，立刻往川岭山地方向撤！快！"

"是！"

云破行被护卫扶出营帐之外用盾牌抵挡箭雨上了马……他驰马朝远处举着火把的一片通红望去，又看着从军营外冲进来的晋军，心中大骇。

不对！晋军的兵力不对！

晋军兵力看起来最多只有两万！那今天从晋军军营中撤走的人去了哪里？

云破行喉头翻滚着，只觉六神无主，他想起今日傍晚从晋军大营中撤走的那些大军，他猜此时是不是就在川岭山地等着他？

第一轮火攻之后，大凉军营四下赫然大火冲天，蹚水过河的晋军却不慌不忙，高举黑幡白蟒旗，旗帜翻飞，依序冲入大凉军营，杀声撼动天地。

晋军重甲步兵脚下生风，卷起黄沙尘土于火光四溅中飞扬。

云破行死死拽着缰绳，战马受惊在原地打转，他视线惊乱，目光所及皆是神色狼狈惊恐的大凉兵和如饿狼一般嗷嗷直叫的晋军。

晋军正如今日在对岸操练的那般，进退有序以阵型和混战交替的方式绞杀着他的大凉兵士，丝毫不给人喘息之机。

完了！全完了！

他此次倾全国之力带出来的大凉军，若是都死在他手上，他万死难赎啊！

冲天火光映着云破行面无人色的脸，他暂时已经来不及考虑川岭山地是否有伏兵，抽出宝剑声嘶力竭高呼："撤！立刻撤！"

隔着火光，云破行看到了骑马稳稳立在大凉军营之外的白卿言，目光交汇，那女子身上凛冽而沉敛的杀气凝重又肃杀。

云破行咬着牙全身都在颤抖，撕心裂肺喊道："白卿言！你许我三年！为何现在出兵！"

可是，回答云破行的只有……号角撕裂云霄的高亢之声。

护在云破行身前的一位将军见箭矢朝云破行的方向飞来，快速驾马飞身一扑替云破行挡住箭，人却和战马一起摔倒滚落。

那将军一身狼狈，看向云破行的方向吼道："主帅！快撤啊！"

白卿言布置的阵形一出，善战者便知道大凉军败得连一点回寰余地都没有！

云破行看了眼自己的属下，双眸充血通红，再也顾不上其他，一挥马鞭朝大凉军营外冲去。

宣嘉十六年二月十四，大晋锐士跨荆河夜袭大凉军营，又在灵谷要道截杀欲夜袭大晋军营的大凉大军。

此战是此次南疆战场上的最后一战，以东燕大凉联军惨败而告终。

那一夜，荆河以北的大晋军营里其实只有不到五千人而已，荆河以南的大凉军营火势冲天，大凉悍兵被杀得片甲不留！

灵谷要道程远志与张端睿将军带领的一万晋军早有准备，几乎将大凉军杀绝于此，哀号声震天。

萧容衍护卫马不停蹄日夜不歇追上萧容衍一行人时，已经是二月十六清晨。

他一跃翻身下马，急速冲进正门十分煊赫的大宅子里。

萧容衍正在湖畔练剑，剑气所到之处青竹落叶纷纷。

立在一旁端着茶水和汗巾帕子的王九州看到护卫跑来，笑着对萧容衍道："主子，月拾回来了。"

萧容衍收了剑势，身上已是一层薄汗，他将手中长剑丢给王九州，拿过帕子擦了擦脸，转身看着已经跑到跟前的月拾。

"主子，信送到了！白家大姑娘看完之后，让我转告主子，白卿言在此谢过了。"月拾转述道。

萧容衍将帕子放回王九州手中的黑漆托盘中，端起茶杯问："没有别的了？"

月拾摇了摇头，突然想起那匹白马便道："白大姑娘没再说别的了，可是……属下这次去发现白大姑娘将那匹白马给了白家四姑娘，我去的时候正巧碰到四姑娘骑马回来，好像说四姑娘已经让那匹马认主了！"

萧容衍喝茶的动作一顿，半晌抬眸看了眼月拾："知道了！"

萧容衍不自觉想到了自家皇兄，从小到大有什么好东西，皇兄都是留给他。

罢了，回头再找一匹宝驹送她吧！

"让派出去放风的人今天事情办完，我们明日一早继续出发……"萧容衍说。

"是！"王九州恭敬应声。

刚到中午，一直安守护卫本分守在萧容衍身边的白卿玦卸下腰间佩剑要去用午膳时，突然听到了白家军下令的专属骨哨声。

白卿玦攥着佩剑的手收紧，重新将佩剑挂于腰间，避开人循声从隐蔽处翻出院墙。

肖若江在这栋宅院后的柳树下候着，一见有人翻墙出来，立刻藏身于柳树之后，还未等他探出头去看来者是谁，就只觉一股寒意逼来，肖若江还未来得及拔剑，一道寒光就已经抵在了他的颈脖之上。

好快的剑！

白卿玦师从顾一剑，竟是青出于蓝胜于蓝……

"别动！"白卿玦望着肖若江的背影，声音沉沉。

"七少……是我！"肖若江喉头翻滚。

听到肖若江的声音，白卿玦这才收了剑，颇为意外："你……你怎么来了？"

肖若江和肖若海是长姐的乳兄，曾经也在白家军中历练，后来不知道出了什么事，大伯父让肖若江肖若海兄弟俩回去养伤，之后这两个人就再没有到白家军军中报到。

肖若江回头，看到一身直裰身形挺拔如松的白卿玦，眼眶一下就红了，撩开衣摆便跪了下来："七少……"

白卿玦收剑扶起肖若江："怎么是你来了？"

"是大姑娘让我来找七少的！"肖若江喉头翻滚哽塞，"大姑娘此次随太子殿下出征南疆，为的就是来找您和九少，救了您的那位萧先生曾经在大都城出手助过我们白家，四夫人听到竹简所书十七公子死时惨状时差点儿撞棺，就是这位萧先生的护卫出手救下了四夫人。"

白卿玦唇瓣微张，他没想到，这位萧先生不但救了他，还救了他的母亲。

"萧先生猜到了您的身份，便让护卫给大姑娘送信，大姑娘怕七少身边无人，让我带着董家的死士来接应七少！"肖若江说着从胸口拿出一枚玉佩递给白卿玦，"大姑娘让我把这个交给您，这是可以调令董家死士的玉佩！"

白卿玦接过玉佩紧紧攥在手中，抬眼问："为什么是董家死士？"

肖若江把白卿言对白锦绣、白锦桐所做安排，还有人员调动全都告诉了白卿玦，包括这一路以来白卿言所吃的苦头，如何艰难才在云诡波谲的大都护住白家。

白卿玦越听双眸越红，他死死攥着手中的玉佩，又问："长姐身边除了小四还有谁？肖若海？"

肖若江摇了摇头："我兄长去追沈青竹姑娘，去找您和九少了。"

白卿玦紧咬着牙，道："长姐身边不能没有人！我在这位萧先生身边没有什么危险，你给我留下两个人让长姐安心，其他人你带回去，护长姐平安要紧！"

肖若江也不放心大姑娘，但就此回去怕没法对大姑娘交代。

看得出肖若江的顾虑，白卿玦说："你告诉长姐，是我不放心长姐，非逼着你带人回去的！再说我跟在这位萧先生身边，自有人护，死士放在我这里反倒是浪费！我若是需要一定会派人去找长姐要人！"

说完，白卿玦将玉佩塞回肖若江手中，他不能出来太久，便压低了声音在肖若江耳边道："这位萧先生，名为大魏富商，我观其行事怕身份并非如此简单，看起来倒是和大燕有着千丝万缕的关系，你千万叮嘱长姐，与此人来往需万般谨慎！"

白卿玦在萧容衍身边的时间尚短，如今也只能确定这两点，其他的暂时还没有摸清楚。

肖若江抱拳称是："七少放心，我一定转告大姑娘！"

"长姐就拜托你相护！烦请你兄长和沈青竹，务必找到小九！"白卿玦说这话的时候喉咙略显哽塞。

当初白卿玦与白卿云一同受命奇袭大凉都城，但却被人提前设伏，他身为兄长本应该拼死护下九弟白卿云，可他受伤，白卿云抓紧时间为他换上普通兵士衣衫，将他推入荆河带人引开大凉伏兵，以此换得他的一线生机。

白卿云说，祖父定下的规矩——庶护嫡！当一嫡子同庶子一同遇难，庶子需舍命保护嫡子。白卿云为庶，白卿玦为嫡，故而白卿云舍命只为替他争夺一线生机。

虽然说家规如此，可作为兄长白卿玦心中始终愧对白卿云，只希望白卿云能好好地活着。他跟在萧容衍身边，已知大凉大都生乱，大凉皇帝遇刺身亡，大凉女帝登基。所以，白卿玦猜或许这便是白卿云所为。白家子嗣一向如此，既然领命，千难万阻都会完成使命。只希望白卿云行刺之后给他自己留了退路，能全身而退。

肖若江为了避免白卿言担心白卿玦，自作主张留下了十个董家死士听候白卿玦调遣，与白卿玦相别之后，立刻带人奔赴大凉境内的幽华道。

二月十四那日晋军大胜，白卿言便调动了平阳城三万守军，与她所率的四万多军队前往幽华道驻扎，此时已到幽华道，此处乃是大凉天险之地，正好与大凉的秋山关遥遥对望。

大凉号称七十万大军浩浩荡荡出征大晋，列国回避无人敢逆其锋芒，可南疆一战，大凉、东燕惨败。大凉都城女帝登基，六王谋反，云破行不敢与晋国再战，带不足八万大凉兵回国直奔大凉都城云京，斩杀六王于马下，拥护女帝登基，结束大凉帝都混战——史称云京之乱。大凉云京之乱平息，云破行被太后亲封辅国大将军，成为大凉红极一时的人物。

而对云破行来说耻辱至极的南疆之战，却震撼列国。白威霆嫡长孙女白卿言，以五万晋军，一万白家军，仅六万兵力，大破大凉东燕联军，焚杀大凉降卒不留活口，杀神之名，威慑四海。

一时间，晋国因杀神临世锋芒毕露，列国无一再敢**蠢蠢欲动**。

与此同时，大燕突然举兵直入东燕腹地，打着恢复大燕正统的旗号，所到之处被旧制压迫的平头百姓纷纷与守城将士抗争，将城门打开，夹道欢迎……

前有东燕精锐尽数被斩杀于遥关，后有萧容衍前方探路布局。东燕兵士也因旧制被压迫了很久，消极对战，又遇大燕新锐将领谢荀战无不胜更是怯战，东燕对谢荀来说几乎成了一条坦途。

东燕四处求援遭拒，列国知东燕尽失民心，大燕打着恢复正统的旗号百姓欢欣鼓舞，皆睁一只眼闭一只眼不再过问，东燕皇帝又不愿厚颜来求最不愿看到大燕做大的晋国，晋国师出无名只能眼睁睁看着东燕灭国近在眼前。

第十二章 三年后见

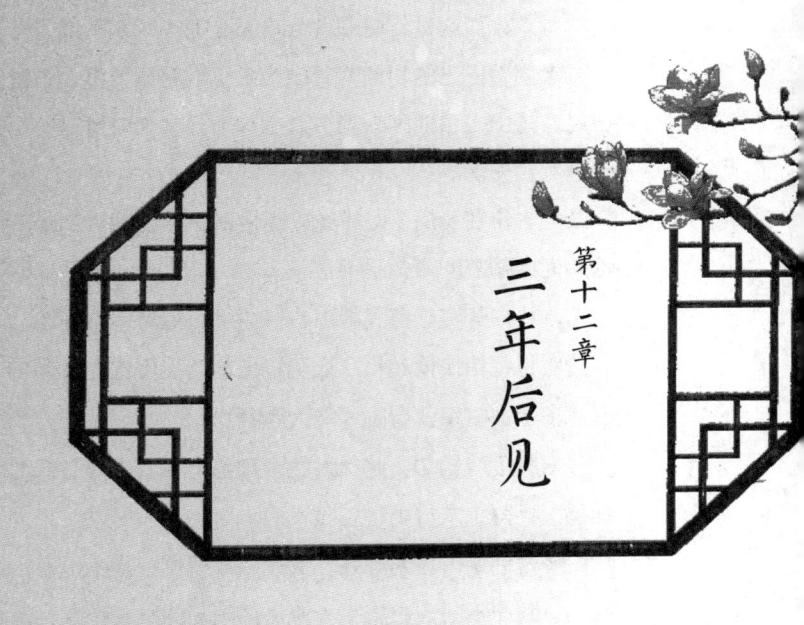

二月末，大凉女帝派出议和使臣前往晋国，与此次率兵出征的晋国太子接洽，如白卿言所说的那样，割地、赔款……不过大凉却没有质子，而是选择让女帝胞妹李天馥来晋国和亲。

此次随议和使臣前来的，除了女帝的胞妹李天馥之外，还有云京之乱中护女帝有功的炎王李之节。

太子得知大凉议和使臣已到秋山关，他亦带着大晋的议和使臣来了幽华道。

这日，白卿言率诸位将领在荆河边迎接太子，太子一下船，便看到身穿甲胄而来的白卿言与诸位将领正立于河边相迎，心情非常不错。

"看来，孤这是将白卿言给收服了吧？"太子低笑一声道。

方老摸着自己的胡须笑着点头："是啊！恭喜太子得此猛将，白卿言杀神临世之名已经宣扬出去，他国听到白卿言这个名字都要抖三抖！有这样的人物效忠太子，将来边疆定然无忧。"

秦尚志走在最后一声不吭，见白卿言英姿飒爽率部下前来，心里却松了一口气，不论如何白卿言的命算是保住了。

"末将白卿言，参见殿下！"白卿言抱拳单膝跪地。

"白将军快快请起！"太子忙上前两步虚扶起白卿言，"此次东燕大凉合兵犯我大晋，多亏白将军我晋国才能大胜啊！"

"末将不敢居功，此次大胜，乃是全军将士齐心合力所得！太子殿下对末将深信不疑赐下兵符，末将更是感激不已！"

白卿言话说得极为漂亮，太子高兴得嘴都合不拢了，点头同白卿言一边向前走一边道："胜而不骄，白将军不愧是镇国王的嫡长孙女，白将军放心，此次回朝之后，孤定会向陛下为白将军请封。"

"殿下，此次大胜议和结束之后，白卿言回大都便会同白家一同回朔阳老家了。"

秦尚志几不可察地点了点头，白家此时当是急流勇退，白大姑娘做得很对。

听白卿言这么说，太子脚下步子一顿。

他转过头来望着白卿言："白将军这话……是何意啊？"

太子眉头紧皱，若是在之前军功悉数归于他之时，白卿言退回朔阳自然是极好的，可如今白卿言军功卓著，她若回朔阳……天下该怎么看大晋皇室？且他近一月来花费了大量人力物力，拿大蜀之战与此次瓮山之战为白卿言在各国声张造势，坐实杀神之名，是为了卖白卿言一个好换她一个忠心！也是要让天下人都看到杀神都臣服于他的脚下！更是要让列国都知道虽然白威霆已死，但晋国还有这样一个比白威霆更雷厉风行手段更狠的杀将！这些功夫可不是为了白卿言战后缩回朔阳下的。

再者，如今白家在晋国国内声名太过显赫，已有超越皇室之态，然焚杀降俘却是天理不容，只有将白卿言捧于高位，且白卿言心安理得领受了这份荣耀，白卿言嗜杀之性才能尽人皆知，才能给白家仁善之名抹黑。可若她大胜之后不贪功，反退回朔阳……嗜杀之名怕是无法给她坐实了。

方老也颇为意外，他手指微微一抖。

在各国抬举白卿言为杀神这主意，是方老出的。皇帝和太子为此弄出这么大的动静，连潜伏在敌国的暗桩都用上了，要真让白卿言缩回朔阳，皇帝怪罪不说，太子以后怕不会再对他言听计从了。

方老陡然想到他出此谋划之时，秦尚志力劝太子的那些话，他称白卿言虽大蜀之战斩首庞平国、瓮山之战大胜，但也绝称不上杀神这样的名号！且瓮山之战白卿言为晋国焚杀降俘冒天下之大不韪，若太子这般宣扬抬举白卿言，怕白卿言知道太子用心之后将不会继续效忠于太子。

那时，方老出言嘲讽秦尚志，可此时的情况却正正应验了秦尚志的话，此人心智无双，若真让太子起用了秦尚志，他还哪有立锥之地？

方老一双已略显混浊的眸子望着白卿言，似乎在判断白卿言这话几分真几分假。

白卿言余光瞥见秦尚志一副松了一口气的样子，心中已然有数。这些日子来，她好战嗜杀之名在列国日盛，煊赫程度甚至有超过祖父的架势，起因固然是她焚杀降俘的骇人之举，可若说没有人在背后煽风点火推波助澜她决计不信。

至于是谁在推波助澜，她还能想不明白？将杀神之盛名冠在她头上，名为盛赞实为捧杀，除了这位晋国太子殿下和皇帝还能有谁？她是白家子嗣，白家家风磊落仁德，嗜杀成性之名落在她一己之身不要紧，可她怕的是连累白家声名。

"太子知道我的身体状况，白卿言不敢欺瞒太子殿下，此次随军出征，实乃是我晋国国难当头，白卿言不敢不来！南疆一战之后，大凉再无力犯我大晋，从此南疆之地大晋便可安然无忧！白卿言自然也该随母亲回朔阳！"白卿言对太子抱拳，"不过……父亲曾经说过，民若有难，国若有战，白家人义不容辞！只要太子与百姓需要白卿言再次披甲上阵，白卿言定然万死不辞！殿下放心！"

太子心中大动，这意思就是说……白卿言听他号令了？其实细细一想，白卿言退回朔阳也好，虽说他打算回去为白卿言请封，可心底也还是怕白卿言成为第二个拥兵自重的白威霆。主子需要的时候就来，不需要的时候就乖乖地窝在一旁，不把控兵权，不要权势，天下君王谁不想要这样忠心又听话的臣子？白卿言到底是个女儿家，不会如同男子那般贪恋权位！这大概就是女子为将的好处……

也罢，回头他密折奏请父皇下一道极为恩重的圣旨册封赏赐白卿言，他再从中劝说白卿言上一道折子以身体为由推拒，然后再由他出面奏请父皇封白卿言一个县主或是郡主，外人看来如此便是全了君臣情谊，也能让白卿言对他更加死心塌地。

"孤听说，父皇欲下旨好好封赏白将军的！若白将军真的无意留于朝堂之上，恐怕……父皇会觉得白将军生了异心，那便不美了！"太子做出一副若有所思的模样。

方老眼神微微一亮，立刻上前俯首道："殿下，白将军之忠勇，陛下远在大都不得而知，可殿下却十分清楚！殿下可为白将军做保，想来陛下定会允准！只是白将军这样天大的功劳，得胜之后退回朔阳……"

方老欲言又止，将话留给太子殿下。

太子点了点头，一脸惋惜道："是啊，这么大的功劳……你却不要封赏荣耀打算回朔阳，对你不公啊！"

"生为晋民，为国出力乃是本分，白卿言不敢居功！"她垂眸道。

"这样吧！孤会向父皇请旨，封白将军为郡主……"太子靠近了白卿言一些，压低了声音说，"白家朔阳宗族在国公府大丧之时所做的事情，孤有所耳闻。你有了郡主的身份，想必他们也就不敢再造次！"

明白太子是在对她示好，她抱拳单膝跪地："多谢太子殿下隆恩。"

"白将军快快请起！自家人何必说两家话……"太子忙弯腰将白卿言扶起，"你与孤是表兄妹，你此次大胜，孤亦是与有荣焉！"

说完，太子回头看了眼皇帝派来议和的使臣："此次负责议和的大理寺少卿柳大人为你带来了一封家书……"

太子说完，大理寺少卿柳如士皱眉上前深深看了白卿言一眼，难掩对白卿言的不满，随手将白锦绣亲笔家书递给白卿言。

皇帝之所以派遣柳如士前来议和，是因为大凉议和使臣中有一位是大凉炎王李之节，李之节此人风流不羁，是出了名的偏爱长相俊美精致之人，故而此次议和皇帝斟酌之后，派出的皆是年轻又长相儒雅温润之人。

"多谢！"白卿言双手接过。

柳如士却冷哼一声，甩袖转身回立于太子身后，清高自傲，看也不看白卿言。柳如士是儒生，得知白卿言焚杀十几万的大凉降卒，早就心生不满。焚杀啊……如此惨绝人寰的手段！想当初镇国王所率之白家军，所到之处从不曾烧杀抢掠，从不曾屠城，也绝不杀降俘，仁德之名四海传颂。白卿言为白家子孙，竟和当初镇国王白威霆仁德之名相差甚远，当真是最毒妇人心，他柳如士不屑与这样的恶毒之人为伍。

白锦稚看到柳如士对白卿言的态度，心中大为不满，死死盯着柳如士……要不是太子在这里，她非得赏那个酸儒几鞭子！他在她长姐面前有什么好傲慢的？若没有长姐征战，哪里有他以胜国使臣来议和的这份体面？

太子余光看了眼柳如士挑了挑眉，与方老对视一眼，又笑着对白卿言说："想必白将军急着看家信，我们还是快快回营，稍作休整之后也好会一会大凉议和使臣。"

白卿言抱拳称是。

大凉炎王李之节再三恳请晋国太子前往秋山关赴宴，似乎有意让太子提前与大凉公主李天馥见上一面，欲让李天馥入太子府。

太子再三思虑之后，决定在幽华道与秋山关之间同大凉炎王还有大凉公主相见，故而今日来了幽华道。

全渔扶着太子上了马车，太子却招手让方老随他一起上了马车。

白卿言一跃上马，在最前带队，护着太子一行人浩浩荡荡往幽华道走去。

马车内，太子倚着团枕看向方老笑道："果然，方老的建议还是起了效果，之前对白家推崇备至的柳如士今日对白卿言的态度可算不上好！"

"那是自然！"方老笑着颔首点头，"还是太子殿下足够决断，陛下天纵英明，才能以如此快的速度将白卿言杀神之名传播四海！白卿言焚杀降俘之事传回大都，朝中儒学之士与稍有学识的百姓，怕都会对白家有怨言，就算白卿言做出退回朔阳不欲贪恋权势的姿态，怕是也扭转不了局面，白家百年仁德之名在白卿言手里就算不毁，也定然大不如前了。"

太子心情大好，点了点头："如此情况之下，孤若还护着白家，白卿言自然得对孤忠心耿耿！多亏有方老在孤身边时时出谋划策，孤才能走到今天！"

柳如士来的时候，给太子带了一封大晋皇帝的密信，信中皇帝夸赞他自从坐上太子的位置倒是稳重干练不少，希望他能好好驾驭白卿言。

自小到大，太子极少得到陛下的夸赞，此次他拿着陛下那封密信不知道反复看了多少次，心中满怀欣喜。

方老一听，双眸含泪，颤巍巍跪在马车车厢之内，含泪叩首："这都是太子殿下愿意相信老朽，老朽这才有施展的余地啊！太子殿下……是老朽的伯乐啊！"

"方老快快请起！"太子将方老扶起坐下，"你我之间不必说这些！"

方老被太子扶起坐好后，又道："不过殿下，若是要毁了白家在百姓之中的威望，还是要将白卿言焚杀降俘这样的事情，在百姓间大肆宣扬一番才是！如此，百姓才知道镇国王白威霆的后人是何等心肠毒辣的人物，白家往后的锋芒自然就盖不住心怀仁德的陛下与太子殿下！"

见太子正细细琢磨，方老又补充了一句："且如此一来，白家诸人必定怪罪白卿言污了家族名声，白卿言越是名声大噪，焚杀降俘之事就越是为人诟病，届时白卿言成为众矢之的，殿下却待她亲近，那白卿言便只能依附太子殿下了。"

太子点头："方老所言有理，一会儿孤便安排！"

"还有白家军……"方老摸着山羊须，缓缓道，"我看最好就将白家军留于幽华道，等和大凉和谈结束，就让白家军去大凉割让之地镇守！如此白卿言人在朔阳，白家军远在边塞，白家军与白卿言对陛下与太子殿下的威胁，也就不足为惧了。"

太子来到幽华道晋军大营，巡营时同诸位将领商议，一会儿去幽华道与秋山关居中地点赴宴时带谁去。

石攀山想也不想便笑道："当然应该让白将军陪殿下去！有白将军在，定然能威慑大凉那群议和使臣，也好多为我们大晋讨要一点儿好处啊！"

太子点了点头，笑着看向白卿言："就是不知道白将军愿不愿意陪孤辛苦一番啊？"

"太子殿下有命，白卿言必当遵从！"白卿言抱拳道。

太子心情越发愉悦，笑道："那白将军便快快回帐中梳洗，一会儿同孤与柳大人一同赴宴！巡营有张端睿将军他们陪着就行了！"

"是！"白卿言应声带着白锦稚离开。

她一进大帐便拿出白锦绣送来的家信，拆开信封。

哪怕知道这信中内容怕是已经被太子看过，她还是迫不及待。

白锦稚凑到白卿言的身边，问："二姐写了什么？"

白卿言一目十行看完，心中大定……

她生怕杀神之名传回大都，母亲和婶婶她们会怪她，可白锦绣字里行间写的都是白家安稳的状态，且忠勇侯府的事情已经结束，白锦绣也有了两个多月的身孕，想来是成亲那日有的，白锦绣说，这孩子随她经历生死还在腹中，想来定然是个坚忍的。

"呀！二姐有喜了！"白锦稚开心的声音止不住往上扬，"那我是不是要当四姨了？"

她侧头看着兴高采烈的白锦稚笑着点头："是啊，你要当四姨了，等回到大都，你可好好想想怎么给孩子做小衣裳小鞋子吧！"

"长姐你这莫非是在刁难我？长姐看看我这双手，像是会穿针引线的吗？"白锦稚笑着伸出一双手，眼角眉梢全都是喜气，"不过，我以后可以教小外甥或者是小外甥女学骑马！学鞭子！十八般武艺我都能教！"

她笑着点了点头。真好啊……白锦绣怀孕了，小七也还活着！如果小九也能平安……那真是上苍保佑。不论如何，一切都在往好的方向走，至于她的名声如何，只要不影响到白家，她已不在意了。

欣喜之余，白锦稚想到今日柳如士对白卿言的态度，问道："长姐，此战已经胜了，想必太子会让我们同大凉的议和使臣回大都，那白家军我们要带回大都吗？"

没想到小四竟然关心起这个问题来，她笑了笑说："皇帝和太子是不会让我们将白家军带回去的，不但不会让带回去，恐怕还会派白家军去镇守此次大凉割让之地。"

白家军是白家的依仗，若白家军不跟着回去……

"那怎么办？！"白锦稚眉头紧皱。

"不回去也好，这也正合我意！"白卿言抬手摸了摸白锦稚的发顶，"放心吧，长姐心中有数。"

虽然有很多事情白锦稚想不明白，可长姐说心中有数便必然有数，白锦稚从不担心。

傍晚，白卿言、张端睿、柳如士等人带一营兵马，陪同太子殿下前往幽华道与秋山关中间之地赴宴。

大凉炎王李之节一身浅紫色长衫，身着黑色披风，手中握着一把铁骨折扇，立在临时搭建的奢华营帐外，候着晋国太子。

他远远看到骑马走于最前、一身银甲手持红缨枪的白卿言，桃花凤眸微微眯了眯，侧头问身边幕僚："银甲、银枪、射日弓，那位可就是杀神小白帅？"

李之节的幕僚看起来二十多岁的样子，不曾蓄须，一张脸白净清秀，规矩立于李之节身后，听到李之节的话这才抬起眸子朝远处看了眼，又垂下眼睑上前一步，道：

"确是小白帅。"

此幕僚虽身着大凉平常男子服饰，可言行举止姿态竟是极为标准的宫人之姿，恭敬又内敛。

李之节点了点头，唇角勾起一抹凉薄浅笑："倒是比我想象中更清瘦些！她虽然与你有杀父之仇，可此次到底是我们大凉放低姿态求和，阿卓你可不要失了分寸啊！"

那位被称作阿卓的幕僚颔首浅笑："王爷放心，属下心中有数。"

此名唤阿卓的幕僚，是大蜀大将军庞平国的义子，名唤陆天卓，庞平国对陆天卓恩深义重。后来庞平国被白卿言斩首，大蜀亦被灭国，陆天卓怀着一腔悲愤颠沛流离来到大凉，阴差阳错净身入宫伺候嫡公主李天馥，再后来机缘巧合之下入了李之节的眼，成为李之节的幕僚伺候左右至今。

陆天卓以残躯苟且至今，唯一想做的就是替义父庞平国与大蜀复仇，此次大凉能下定决心与东燕联军征伐晋国，陆天卓功不可没。也是陆天卓奔走牵线，借着东燕郡王之妻与刘焕章之妻的关系搭上刘焕章，让刘焕章成为东燕内应。

不过陆天卓也知道，此次南疆之战白家落得满门男儿被诛的下场，是晋国内斗、他国策划，还有君王疑心白家等多方筹谋博弈的结果，并非他一人之能。

"只希望这晋国太子能看中公主的美貌，若晋国太子能主动开口求娶公主，那便是最好……"李之节道。

陆天卓眸子垂得更低，负在背后的手缓缓握成拳头。

眼见骑着骏马的白卿言越走越近，一向以风流自称阅女无数的李之节微微错愕了片刻。

白卿言是能征善战的悍将，故而李之节猜想白卿言大约是个满身腱子肉、长相五大三粗像个汉子的姑娘。没承想这白卿言越走近他便越是能看清白卿言精致的五官轮廓，隐隐能猜出那姑娘怕是有着天人之姿。也对，被他们活捉的白家子嗣那般俊美，想来白家也是出美人儿的。

李之节唇角勾起，左手握着铁骨折扇有一下没一下敲着右手掌心："没想到这小白帅……还是个美人儿啊！离得这样远我都能闻到美人儿的香气了。"

陆天卓知道李之节喜好美色，对于长相俊美漂亮的人，总是有着超乎寻常的包容和耐心，当初陆天卓也是因为长相俊美，才入了李之节的眼。若非李之节爱好人间美色，又对九鼎之位无念想，此次云京之乱李之节完全可以借机上位。

陆天卓压低了声音耐心提醒道："王爷可莫要忘了我等此次身负议和之责，当以国之大利为主。"

"知道！知道！"李之节灼灼桃花眸看向白卿言的方向，笑意愈深，"你真当本王是个色令智昏的人么？不过即便双方敌对，也不妨碍本王欣赏这小白帅之美！本王虽好色也只是欣赏，可从不贪色，本王会保持风度，就算不能给晋国一个下马威，必不会让晋国轻看。"

很快，晋国的车马队伍已经到了大帐之前，坐于红棕骏马之上的白卿言先行下马，来迎的李之节望着她发愣，一双狭长的桃花眸灼灼似火。

她神色沉着从容望着李之节，目光沉静又幽邃。

陆天卓迈着碎步上前，压低声音："王爷……"

李之节这才回神，双眸越发明亮，大约是自觉失礼，对白卿言长揖行礼极为恭敬："这位便是白将军吧！"

分明该是个惊艳夺目的娇弱女子，一身戎装，身姿挺拔，反倒多了几分英姿勃发的飒爽之姿，李之节还从未见过如此清艳又显得风骨冷峻的女子，当真是人间绝色，千古难遇的傲骨美人儿啊！

陆天卓心想，他不想看他们家王爷了，说好的保持风度，就算不能给晋国一个下马威，也不能让晋国轻看呢？一见面就给敌国将军行了如此大礼，见到晋国太子……难不成要折节跪下吗？

白卿言颔首道："炎王客气！"

陆天卓垂着眸子立于李之节身后，总觉自家王爷让白卿言给了大凉一个下马威。

全渔扶着太子下了马车，李之节上前迎了迎，却觉得太子长得差那么几分意思，还不如刺杀大凉先王那个白家子长得好看。

李之节倒是很给太子面子，长揖到地行礼："太子殿下……"

"炎王客气了！"太子内敛颔首。

"殿下请！"炎王侧身恭敬对太子说了一声，灼灼视线又落在白卿言的身上，"白将军请！"

大凉奢华的马车内。

公主李天馥面戴一层薄纱，只露出一双媚气十足的眸子，神色有些恹恹地侧卧于香车之内，手里攥着李之节从列国为她搜罗来的话本子，似有心事看得十分心不在焉。

"公主殿下，晋国的太子殿下还有那位杀神小白帅都到了，炎王请您即刻拾掇拾掇过去，晚了怕晋国太子怪罪。"大凉太监在香车之外细声细气同李天馥说道。

李天馥听到这话，顿时怒火中烧，气恼地摔了手中的话本子，话本子书脊撞在木案上摆放的纯金瑞兽香炉上，发出"哐当"一声。

香车内的几个宫婢立刻跪了下来，不敢言语全身打颤。

李天馥骄纵又愤怒的活语从马车内传出来："怪罪？我看李之节真是被晋国打得脊梁骨都没了，我堂堂大凉嫡公主，就是今日不出面谁又能奈我何？晋国太子一来就这么上赶着巴巴地让我拾掇拾掇送上门去给人家瞧！我看他是忘了我父皇是怎么不在的了！真不知道我皇姐怎么会选了他来议和！这脸都让他丢到别国去了！"

大凉嫡公主自小被皇帝和皇后捧在手心里，正儿八经的天之骄女哪里受过这样的委屈，当下眼圈就红了。

她不愿意来和亲，可是母后却说，此次原本就是大凉与东燕合谋伐晋在先，后又被大晋以少胜多，如果不割地、赔款……和亲，就是要质子。与其质子，不如让她来和亲。母后还说男人征服天下，女人征服男人，只要她能得到晋国太子的欢心，将来等太子继位她生下身有大凉血脉的太子，晋国也就算是大凉的了。

可凭什么啊？她和皇姐一母同胞，同是嫡女，她虽不如皇姐睿智，不能继承皇位，可皇姐继承皇位她至少可以封一个王爷吧？凭什么她就得来和亲？

越想越委屈，李天馥干脆窝在马车里不动，眼泪在眼眶里打转："你去告诉李之节，本公主病了，晋国太子想见，就亲自来本公主这里觐见！"

"殿下……"马车外传来陆天卓的声音，"奴知道此事让殿下受了大委屈，殿下发发脾气也是应该的。"

听到陆天卓的声音，李天馥忙坐起身子，细白如玉管似的手指挑开香车幔帐，见眉清目秀如翩翩公子的陆天卓立在马车外，李天馥本就被雾气填满的黑亮眼睛更是大滴大滴往下掉眼泪。

"殿下就算是再生气也要为了大局忍忍……"陆天卓抬头见李天馥正吧嗒吧嗒掉着眼泪，目光幽怨望着自己，心口微微刺痛，垂眸从胸口衣衫里拿出叠好的干净帕子，双手递给李天馥。

李天馥咬着下唇，娇蛮地夺过帕子，用帕子沾眼泪。

鼻息间隐约嗅到帕子上沾染了陆天卓身上清如木兰的香气，李天馥心情平复了不少，她板着脸吩咐车内的宫婢道："你们都出去！陆天卓你进来沏茶！"

马车外陆天卓手心收紧，颔首："是！"

李天馥望着马车内跪了一车的宫婢们："还不出去！"

宫婢们立刻应喏，规规矩矩退出了马车。

"陆大人，您请……"李天馥的贴身婢女恭敬对陆天卓行礼道。

所有人都知道陆天卓是个阉人，所以对于他与公主独处车内，无人会多想。

陆天卓撩起长衫下摆从容自若上了马车，对李天馥跪拜行礼后，让人端来了水净手后，亲自为李天馥泡茶。

李天馥倚在团枕里，看着眉目清秀儒雅的陆天卓优雅拎起小炉子上的茶壶烫温了茶具，当真摆出一副要为她泡茶的架势，李天馥再也忍不住三步并两步冲入陆天卓怀中，陆天卓一时不防脊背撞在木板上，木案上茶具也是一阵作响。

马车外宫婢都低着头，权当没有听到。

车内，李天馥双手环住陆天卓的颈脖，隔着脸上那层面纱吻住陆天卓，眼泪跟断了线似的。

陆天卓喉头翻滚，小心翼翼攥住李天馥的肩胛，轻轻将她推离，幽沉的眸子里全都是藏也藏不住的心疼，他压低了声音道："殿下，奴……奴是个阉人，配不上殿下！殿下忘了奴吧！"

"你让我怎么忘？"李天馥喉头哽塞，骄横撕扯着陆天卓的衣裳，"你教我男女情爱的时候怎么不说你是个阉人！今日本公主就要你！"

陆天卓胸前衣裳被扯开，他抓住李天馥的双手，红着眼哽咽开口："殿下，奴是个阉人，殿下真要这么折辱奴吗？奴只想殿下有一个真正的男人做丈夫，求殿下……给奴留一点尊严。"

虽然李天馥多次要求，可在自己心爱的女人面前，陆天卓怎么能让她看到自己残缺的身体？要恨，只恨他已不是一个男人！

可若非他净身入了大凉皇宫，又怎会遇上李天馥？

李天馥一双含泪的眸子瞪着陆天卓，可瞪着瞪着，里面的愤怒就全变成了一腔哀怨。

"你怎么能这么狠心？"李天馥哭得不能自持，心中愤懑无比，视线落在陆天卓被她撕扯开的衣襟上，想也不想一口咬住陆天卓的肩膀。

陆天卓吃痛倒吸一口凉气，李天馥趁机跨坐于陆天卓身上，抽出双手死死抱住陆天卓，咬得嘴里全都是腥甜的血腥味依旧不松口。

陆天卓鼻翼翕动，肩膀上的痛比不上心底的痛，他忍不住抬手轻轻环住李天馥的细腰，温热的掌心轻抚李天馥发颤的脊背，任由她撕咬，企图平复李天馥的情绪："殿下发泄了，就去吧！奴就在这里等着殿下。"

发了狠的撕咬最终变成低低的呜咽，李天馥的哭声如同幼兽，满腔的不甘和悲愤不知说与谁听。

华帐之内鼓乐齐鸣，灯火辉煌，轻歌曼舞中太子与李之节推杯换盏。

李之节一双桃花眸谈笑间不离白卿言，就连太子都已注意到，心里难免不悦。大凉炎王李之节还未有正妃，难不成……他是对白卿言动了心思？

若是白卿言嫁去大凉，那对大晋绝无好处，这点他明白父皇必然也明白。只是，这李之节生得英俊潇洒，风流倜傥，若白卿言对李之节动了心，那结果如何……确实不好说。

太子心中忧虑面上却不显，笑着端起酒杯欣赏歌舞，仿佛已被舞姬曼妙的舞姿吸引住了。

跪于白卿言身侧的婢女规规矩矩低垂着眉眼，拎着酒壶要为白卿言斟酒："将军，奴婢为您斟酒……"

白卿言目视舞姬，身侧沈青竹的声音入耳，她不动声色道："换杯茶吧！我不饮酒。"

"是！"女婢退下，很快端了一杯热茶上来，放于白卿言木案之前，又躬身悄悄立在一旁。

她端起茶杯，揭起杯盖徐徐往茶杯中吹了口热气，沈青竹在茶杯盖上写了一个"九"字又圈了起来。

小九被囚……她只觉心脏突突跳了起来，一瞬的工夫，她被这个消息震得半个身子都麻了！大凉皇帝遇刺身亡，以致大凉女帝仓促登基，难道是小九做的？入大凉皇宫行刺，的确是小九的作风，不知小九现下如何？可受刑了？不要紧！被囚受刑都不要紧！只要他还活着就好！活着，她就有办法救出小九！

白卿言不动声色轻轻抿了一口茶，强迫自己镇定下来。

如此……便端看一会儿李之节会不会用小九作为议和筹码了。若李之节以小九为议和筹码，在明面上提出来，那么大晋议和使臣同太子无论如何都会换回小九，毕竟皇室一向喜欢将面子功夫做好，绝不会愿意让臣民看到大晋皇室不愿意换回为晋国征战被敌国俘虏的战将！更何况镇国公府满门战死沙场，若是小九被俘，可就是白家明面上的独苗了。但若是李之节知道晋国君臣相疑之事，要拿小九私下同太子做什么交易，那小九活命之机便渺然。如此，那她就只有拼着和大凉撕破脸，强行救人了。

白卿言端着茶杯，望着舞姿轻盈的舞姬眯眼，大凉到底要如何用小九，她得想办法试一试啊……

"新阳公主到……"

帐外传来太监尖细的唱报声，正在跳舞的舞姬整齐有序地停下舞步，规规矩矩弯着腰退至大帐两侧。

李之节忙放下酒杯，他下意识朝着白卿言方向看了眼，只见白卿言身子挺拔坐于席位中，未曾饮酒，端着茶杯正在喝茶，一举一动间尽显端庄雍容，冷冽逼人的气质不沾染尘世烟尘，清澈如冰。

白卿言长相确实堪称绝色，极清极艳，李天馥虽然五官上不如白卿言，但若说到妩媚……白卿言确是没有办法与李天馥相匹敌。李天馥天生娇媚入骨，是能无形中勾得男人心头发痒的媚骨天成。

李之节虽然好美色，也只是喜欢欣赏各色美人儿，绝不是个贪色的小人，所以他宠着这位堂妹，可绝不是因为生了什么肮脏的心思。

李之节起身笑着看向帐口的方向，正挑着瑞兽镂空铜制香炉的宫婢撩起幔帐，香雾袅袅中，用金色薄纱遮了半张脸的李天馥入帐，浓密的睫毛如同扇子，一双水汪汪的眼仁媚意十足。

几乎是出于女性天生的直觉，李天馥下意识就朝坐于晋国太子下首仙鹤琉璃灯之下的白卿言望去。

幽光勾勒着那女子动人心魄的精致轮廓，她长发于发顶高高束起，未施粉黛，不曾佩戴任何发饰珠翠，却比这一室华贵更明艳夺目。

惊鸿美貌明明古韵柔美，可那双黑白分明的幽邃深眸，宛如浩渺星空纤尘不染，带着冷肃逼人的寒意，一身卓尔不群的傲然之气。

能来这大帐且一身戎装，想来她应该就是那位让云大将军惨败的杀神小白帅——白卿言吧！

李天馥一向自负美貌，她还以为白卿言应当是一个膀大腰圆、长相粗野的女子，谁能想到这小白帅……还是个绝色美人儿。

李天馥心中不高兴，慢条斯理解开身上火红披风，衣衫装扮倒颇有大晋之风，一身雪青色金花掐牙斜襟衣裙，腰系赤色丝攒花结长穗束腰，罩了件同她面纱一色的轻纱，乌云般的秀发挽了个飞云髻，鬓发戴了镶珠云纹玲珑青玉华胜，细腕戴了对赤金环珠九转玲珑镯，步履间系在腰间的清脆铃铛作响，当真是人未到声先闻。

"公主！"李之节笑着对李天馥行礼后，又向太子介绍，"这位便是我们陛下的胞妹，新阳公主。"

"太子殿下！"李天馥浅浅福身垂眸对太子行礼，声若鸟啼，让人酥麻入骨。

太子睐了睐眼，笑着朝立在大帐中央的李天馥颔首："公主殿下不必多礼，请入座……"

坐于太子下方的白卿言，抬眼朝着李天馥望去，这位新阳公主步履间香气弥漫飘散，白卿言隐约嗅到了她身上幽甜的香气。

李天馥坐下，摘了面纱露出浓桃艳李之姿，美目骄横朝白卿言望去，带着几分天之骄女的傲慢："你就是列国疯传的杀神——白卿言？"

被点名，她看向李天馥，略略颔首行礼："公主殿下，在下实不敢……"

不等白卿言说完，李天馥冷笑一声，语气难掩讽刺："你小小年纪就不怕遭天谴折福，竟敢自称一个'神'字？好不要脸！"

白卿言抬眸，大凉公主李天馥率先撕破脸，倒是给了她试探大凉打算如何利用小九的机会，所以她并不生气。

张端睿表情沉了下来，抱拳道："大凉公主，可要慎言啊！"

李天馥一向被娇纵惯了，哪里知道什么慎言？此时看到白卿言就想到自己是因为白卿言大胜所以才必须得来和亲，对白卿言更是恨之入骨。

太子垂眸掩住眼底笑意，他与方老当初出的谋划要的就是这个结果。

李天馥唇角浮现出一抹勾魂夺魄的浅笑："你焚杀我大凉十几万降俘，难不成就是为了扬你一个杀神之名？白家好歹是闻名列国的忠义之家，你祖父要知道你为一己私名焚杀降俘导致白家风评在列国一夜之间臭不可闻，棺材板还盖得住吗？"

白卿言脸色沉了下来。

"公主！"李之节脸色微变大声唤了李天馥一声，忙起身对白卿言长揖告罪，"白将军勿怪，公主殿下自幼被先皇娇宠长大，略有些口无遮拦，还望白将军大人大量，千万不要同公主计较。"

"若白将军不计较，本太子却要计较呢？"太子脸色沉了下来，一双含着怒气的眸子看向娇艳明媚的李天馥，一点儿都不买美人儿的账。

李天馥一怔，美目瞪圆望着晋国太子，没想到这位太子竟然替白卿言出头！

她咬着下唇，眼泪在眼眶中打转，不服输地看着白卿言："难不成晋国的太子殿下，也是这位杀神的裙……"

"公主！"李之节连忙开口阻止李天馥说出"裙下之臣"四个字，"公主刚才车内饮酒，怕不是醉了！"

晋国太子出面性质可就不同了，再纵容李天馥说下去，两国和谈怕是要出岔子。眼下女帝刚刚登基不久，大凉朝中还不稳，若因为李天馥口无遮拦再起战火，怕大凉有异心之人要借机生事。

"大凉纠集东燕联合号称百万大军犯我晋国，输了便来控诉杀你国降俘，大凉倒是真的……要脸啊！"白卿言眼底带着几分处变不惊的笑意，风淡云轻道，"我晋军五万，你大凉瓮山出兵十几万，不杀大凉兵，难道等着大凉兵来杀我晋兵吗？还是大凉公主的意思是，只要你大凉想要灭哪国，哪国便需引颈就戮，否则便是天理难容有失忠义？大凉怕不是还在梦中未醒，竟当自己是这天下之皇了？谁给大凉如此大的脸？公主殿下自己吗？"

"你！"李天馥噌地站起身来，被气得胸口剧烈起伏，"你竟敢如此无礼！"

"先无礼的，是大凉公主自己！"白卿言那双眼沉着幽深，平静似水，"战败之国前来和亲的公主，我晋国给你体面，你就是公主，不给你体面，你便什么都不是！既是来屈膝求和的，就拿出求人的态度，不要在胜者面前摆什么姿态，弱者，没有这个资格！这么简单的道理，公主难道还要旁人来教？"

李天馥怒火中烧，左右环视想要拔剑活劈了白卿言，却被李之节按住了手腕。

李之节哪怕再欣赏白卿言美貌，可两国和谈白卿言下的是大凉的脸面，他焉能折节眼看母国受辱？公主的个人尊严虽不值一提，可国之尊严断不能辱！

李之节脸色一阵青一阵白，已经笑不出来，深深望着白卿言，话却是对太子说的："太子殿下，虽说是我大凉公主无礼在先，可贵国白将军这话实是辱我大凉太甚，看来白将军大约是喜好杀戮，不愿和谈了啊！"

太子手心收紧，欲开口说几句调节一下气氛，可不等太子开口，就听白卿言道："辱？就事论事便是折辱？那炎王倒是说说，我白卿言哪句话是假的？炎王这说法和贵国辅国大将军云破行的说法如出一辙，莫非大凉的传统是，陈述事实便是侮辱人？"

李之节转头看向太子，笑了笑道："太子，看来白将军之意是不愿和谈了，那太子之意呢？"

第十二章 三年后见

· 547 ·

白卿言望着李之节，冷笑一声，步步紧逼不给太子开口的机会，语速沉稳："炎王这话算是说对了，我是不愿意和谈！因为此战，乃是大凉挑起！你大凉鼠胆狼心，聚东燕壮胆，意图分我大晋而后快！败了，竟还摆出一副高高在上的样子来求和休兵！世上哪有如此厚颜无耻之国，又哪有这么便宜的事情？"

"彼时，大凉东燕联盟势强，我晋弱！你大凉便夺我晋国城池，屠戮我晋国子民！夺一城屠一城，鸡犬不留！敢问那个时候大凉怎不觉辱我大晋太甚！那个时候怎不说求和休兵！"白卿言凌厉视线扫过面色泛白的大凉求和使团，"因为你们大凉心里清楚，乱世争雄，强者为尊！怎么如今反过来，我大晋以少胜多打得你大凉溃不成军了，你大凉人就装作不知道这样的道理？竟也好意思在这儿同我大晋扯什么颜面，谈什么羞辱？"

柳如士虽然瞧不上白卿言焚杀降俘的举动，可他是晋国议和使臣自然要维护晋国颜面，也冷笑应和了白卿言一句："大凉揣着明白装糊涂，无非是强撑着想要一点脸面！可大凉似乎忘了，自家脸面这东西，别人赏脸给了你，你不接非要蹬鼻子上脸，那摔了、疼了，就是自己活该了！"

两国和谈一向都是如此，各方凭口舌为国谋利，撕破脸谈不拢的不是没有。

原本李之节是想要和和气气处理了这一次议和之事，给两国都留些颜面。可如今李天馥沉不住气撕破了脸，难堪的，也只是他们大凉而已，毕竟此次是他们大凉低头求和。

李之节见晋国太子坐于上首，没有要开口的意思，只能硬着头皮道："两国交战，杀人夺城在所难免……"

"我晋国镇国王与列国多有交战，可有屠过任何一国的任何一城？"张端睿抱拳冲着高举，抬眉问，"炎王同我等说难免，不觉牵强？"

"可你晋国白将军也将我大凉降俘尽数焚杀！我们辅国将军受了重伤，儿子被白将军的属下取了首级，孙子被白将军一箭穿心，也算是……"大凉一位议和使臣原本想说相抵，可一想到白家满门男儿皆死之事，改了口，"也算是受了教训。"

"受教训？"李天馥气得怒火直冲太阳穴，一双美目死死瞪着自家使臣，"你是疯了还是被马踢了天灵盖？你是大凉的臣子吗？！这么喜欢向着晋国说话你去晋国领俸禄算了！白卿言杀我大凉十几万降俘，烧得瓮山峡谷大火半月不灭，此事晋国要是不给我大凉一个交代，此次议和作罢！谁愿意和亲谁去，本殿下不去！"

"公主殿下！"李之节眼看着要控制不住从小被娇惯坏了的李天馥，用力攥着李天馥的手腕，"莫要忘了临行前，太后与陛下对您的殷殷叮嘱！"

女帝皇位不稳，大凉暂时打不起。

柳如士见状，放下酒杯脊背挺得极直，郑重道："好啊！大凉有再战之勇气，我们晋国绝不扫兴！"

白卿言唇角勾起一抹笑意，双眸闪耀着明亮的灼灼之光："届时，白卿言定当率军直入大凉云京，再会新阳公主。"

"你……你狂妄！"李天馥还是头一次处于下风，怒极眼眶发酸。

"镇国王战功赫赫，仁德之名天下皆知，又虚怀若谷！白将军乃是镇国王子孙，应当秉承镇国王之风骨，怎的如此好战？"大凉议和使臣心生不满。

"大凉不好战？"柳如士微微转过身，视线对上那位大凉议和使臣，他虽然生得眉清目秀，可眼尾高挑入鬓，板着脸的模样倒是有几分唬人，"既然大凉不好战，那为何大凉要联合东燕，莫名其妙犯我大晋国土啊？"

柳如士笑了一声："都打到我晋国瓮山了还不许我们还手啊？哦……你们大凉攻打我大晋就是应该！我们大晋报复就是好战？大凉这般只许州官放火不许百姓点灯，横行霸道强词夺理，可知'无耻'二字如何书写啊？"

白卿言目光灼灼望着快要哭了的新阳公主李天馥："新阳公主不是问我，我祖父要知道我焚杀降俘导致白家风评在列国一夜之间臭不可闻，棺材板还盖不盖得住吗？那我便告诉新阳公主……"

白卿言含笑站起身来，手握腰间佩剑，锋芒幽暗的眸子望着李天馥，杀气凛然："我杀你大凉降俘，是因你大凉先犯我晋国领土！是因你大凉先屠我晋国百姓！我祖父镇国王若在，此时早已挥师南进杀入云京，你大凉杀我晋国百姓一人，我晋国锐士就杀你大凉百人！千人！万人！直到杀尽屠我晋国百姓的大凉鼠贼！杀得你大凉十年之内再无胆量敢犯我大晋边境！杀得你大凉听到我大晋之名便瑟瑟发抖！"

白卿言掷地之声节节拔高，震耳欲聋。

她凝视或愤愤不平或敢怒不敢言的大凉议和使臣，语音沉着："杀神？恶名！臭名！哪怕千夫所指万人唾骂！我白卿言全都当了！可你等大凉人给我记住了！今日允许你等议和，全然是念在大凉百姓无辜，我等大晋战将才愿意忍辱止兵！若日后你大凉再敢无故来犯，再敢对我大晋百姓挥刀，莫说杀你大凉十万降俘，我晋国锐士必踏平你大凉国土！届时大凉亡国世上不存，我倒要看看你等哪还有脸面和底气，同我大晋谈什么辱不辱的话来！"

白卿言这一番话极为提气，让不论是柳如士此等议和文臣，还是张端睿这等沙场战将，都满腔情绪高涨，只觉大长晋国威仪，心中激荡难抑。

李天馥气得一张俏脸通红，屈辱难忍，高声喊道："白卿言你焚杀降俘不知悔过，还敢出言侮辱我大凉，你心如蛇蝎，难怪白家要断子绝孙全都死在战场上！"

李天馥此话一出李之节心里咯噔一声，还不等李之节致歉，白卿言便已沉着脸一脚踹翻面前摆放着美食的案几。

李之节忙将李天馥护在身后，一颗心提到了嗓子眼儿。

大帐内霎时针落可闻，众人屏住呼吸。

李之节是真没料想到李天馥竟会说出这样诛心的话来，更没料到白卿言看似娇弱美丽，竟然如此暴戾。

"白将军……息怒！"李之节这话说得没有底气。

"大凉公主这话倒是提醒我了！大凉辅国大将军云破行砍我年仅十岁幼弟头颅，剖腹辱我幼弟尸身！"白卿言看向柳如士，"柳大人，我幼弟尸首回大都之时的惨状，晋国举国上下有目共睹！你是议和使臣，可要记着，议和的时候为我幼弟讨个公道！多要些城池来慰藉我幼弟在天之灵，切莫让大晋百姓寒心啊！"

白卿言这话是明着给柳如士递台阶，让柳如士借小十七之死为晋国多要些城池，柳如士又不傻自然接话："白将军所言极是！白家第十七子回大都之时，举国哀痛，仅此事大凉不赔偿十七个城池绝不能了事！"

李天馥倒吸一口冷气，这晋国未免胃口也太大了："你们……"

李之节用力攥住李天馥的细腕，阻止李天馥继续再说下去，看向晋国太子出言挑拨："白将军，贵国太子殿下还坐在上位，您便这般掀桌，还将太子殿下放在眼里吗？"

"炎王还是省省力气，少在这里挑拨离间了！我晋国朝堂可不比你大凉朝堂那般龌龊肮脏，我晋国臣忠主不疑！否则我大晋哪里来这气势如虹的大胜局面！"

坐于上首的太子不论如何也不会在李之节面前拆白卿言的台，此时是两国对立，要是自家窝里闹起来岂不是让旁人看笑话？再者，白卿言在这里争，是替晋国争，便是替他这位晋国未来的主子争，他焉能助李之节气焰，灭自家威风？

太子便道："白将军所言极是！孤信白家军如信孤自己，否则也不会将兵符托付于白将军。"

李之节没想到太子竟然将兵符交给了白卿言，难怪白卿言这般有恃无恐，他知道借晋国太子之威怕是压不住白卿言了。

李之节沉住气，克制怒火开口道："战场刀枪无眼，难不成贵国镇国王将十七子带上南疆战场，只打算让十七子领功，不打算让十七子舍命建业？白将军在两国和谈之际，动辄扬言要踏平我大凉国土，到底是因自家血脉死于战场欲用晋国锐士寻私仇，还是为天下百姓，白将军自己心里清楚！"

"两军交战，云破行若是战场上光明磊落杀尽我白家血脉我白卿言认了！可他将我幼弟斩首不算，还剖腹辱尸，这也是刀枪无眼？"她立于灯下，望着李之节与李天馥，冷冽道，"你大凉率先挑衅，如今是败军之国，既前来屈膝求和却不反躬自省，强词夺理颠倒黑白，左一句私仇右一句杀神，既是如此，我白卿言若不寻私仇，不喜好杀戮，反倒是对不起炎王与大凉公主这番美意！"

"你……"李天馥瞪着白卿言，气得差点儿眼泪都忍不住。

只听白卿言冷声道："我白家诸子皆葬身南疆，白家多了二十三口棺材！今日若是大凉不能赔我晋国二十三座城池，不能交出大凉辅国大将军云破行三族内的二十三个男丁来任我斩头剖腹，我白卿言就是违背太子殿下之命，也要带白家军杀入云京，让大凉皇室与云家九族陪葬，以告慰我白家诸子英灵！届时还请云京诸位洗净脖子，别污了我白家军将士的宝刀！"

白卿言此话张狂至极，甲胄泛着森森寒光，修罗血池中厮杀出的煞气迫得人脊背生寒，不敢逼视。

"你白家二十三口棺材又怎么了？我父皇，大凉的皇帝，难道不是死在你们晋国刺客的手中！你们晋国拿什么赔我们大凉的皇帝！"李天馥声嘶力竭喊道，满腹悲愤，满腹的屈辱和委屈，"拿什么赔我的父皇！"

白卿言心下一松，大凉公主还是忍不住说出来了！之前她步步相逼，可李之节却咬死不曾顺势将小九行刺一事说出来为大凉扳回一局，她心中一直不安。现在，既然李天馥开了头，就看李之节如何说这刺客之事。若他说刺客已死，那沈青竹等人便须即刻救出小九，且刻不容缓。若他说刺客被抓，那……如何将人换回来，就是太子与议和使臣之事了。

李之节闭了闭眼，没料到公主李天馥最终没有沉住气。

"公主殿下这话好笑，既然公主说是我晋国人刺杀大凉皇帝，刺客何在？"白卿言一双幽如古井的眸子深深望着李天馥。

"刺客已当场毙命……"李之节放缓了语气，"只是当时那刺客身着晋国衣衫，所以公主殿下误以为是晋国刺客，此事我大凉还正在详查！正如白将军所说，我们大凉是来屈膝求和的，若是因为此事闹出攀诬晋国的笑话来，怕是又少不了赔偿。之所以一开始未说此事，只因本王也是在等调查结果。"

闻言，白卿言眸子暗了暗，这李之节果然是想将小九捏在手心里以作图谋！她转过身朝一身大凉宫婢装扮的沈青竹做了个"带虎鹰营救九"的手势，沈青竹略略颔首，悄无声息从大帐中退了出去。既然已经知道李之节扣下小九别有用心，那就不能让李之节再将小九攥在手里。

李之节不打算将小九当做明面儿上和谈的筹码，自然也不会将小九带在身边，那就只能留于秋山关内。而两国使臣选在两军驻扎中间之地议和，为保万全，太子殿下带来了五千精锐，还有虎鹰营跟随，大凉必定也是精兵尽出。

若此时沈青竹在秋山关毫无防备的情况下，带虎鹰营救小九，等消息传过来李之节也无回天之力了。毕竟是他自己亲口说刺客当场毙命，难不成还能当着太子的面儿反口，说刺客是小九不成？即便是李之节真的说了，两国正处于议和之时，都是各自为国争利逞口舌之快，太子是晋国的太子，又怎么会真信大凉炎王李之节的话。

心中有了底气，她冷笑着跪坐在自己席位上，望着李之节。她要做的，便是在这里拖住大凉议和队伍。

她开口："所以，大凉公主这还是信口开河啊！难不成，这也是大凉的传统？大凉就打算如此胡乱攀扯，以信口开河之言来与我晋国讨价还价和谈的？"

李之节回头看了眼已经掉眼泪的李天馥，知道今日原本想让太子看中公主李天馥美貌之事怕是无戏了，公主李天馥性情冲动又被娇惯坏了，留在这里只会添乱。

他叹气捏了捏李天馥的细腕，吩咐道："先送公主回秋山关，公主累了！"

白卿言手心一紧，慢条斯理开口："慢！"

"你还想干什么？"李天馥愤怒尖细的声音带着浓重哭腔。

"如今议和帐内两国剑拔弩张，白卿言是小人，我晋国储君在此，不免担心炎王送公主回秋山关，是为调兵遣将困我晋国太子殿下，以此作为议和筹码！"

"你……"

李天馥本欲发作，却又被李之节拦下："败军之国，岂敢啊！若白将军真的如此担忧，那公主在此落座便是！"

李之节对李天馥行礼，压低了声音道："公主，委屈委屈吧！两国议和向来是口舌之上你来我往，公主切勿恼火让晋人抓住口实，再生战端啊。"

"生战端就生战端！怕他晋人不成！我大凉国富兵强不过输了这一次而已，我大凉有的是血性男儿，倾全国之力与他晋国一战，不是他死就是我活！"李天馥眸子里全都是红血丝，胸口起伏剧烈，全身都在颤抖。

"公主这话好笑，不是他死就是我活？这意思是……反正左右都是晋国死，你就是不死！"柳如士抄着手冷笑一声，"你大凉倾全国之力，我大晋只依仗白将军所率之军！既然大凉公主如此自信，那便烦劳白将军与诸位将士再战，等打到大凉云京，我等再来谈也不迟！"

"你！"李天馥抄起桌上的酒杯就要砸柳如士。

"公主殿下！"李之节抓住李天馥手中酒杯，压低了声音道，"不日，臣定将这份委屈数倍还与白卿言，还望公主大局为重，一会儿就当什么都没听见什么都没看见！殿下要信臣！如今的大凉打不起！打了……女帝的皇位就保不住了！"

李天馥心中冲天翻涌的情绪，终还是因为李之节这句话，被压下来。

她沉默良久，尽管心中屈辱无比，还是按李之节所言坐了下来。

"公主放心，关乎大凉，臣心中有数！"李之节示意李天馥安心。

"战与否，还望炎王与大凉议和使臣给句话，别再用那些信口开河之言，戏弄我晋国！否则大凉血流成河后，我等再详说议和之事。"柳如士缓缓道。

李之节看着柳如士英俊清秀的模样，只觉这柳大人不如来时那么好看了。

"今日，本王备下美酒佳肴，本是意图向晋国示好，不承想竟然闹出这么多不愉快来！"李之节倒是能屈能伸赔着笑脸说道，他坐下拿起铁骨扇在手心里拍了拍唤人进来，"快！将白将军面前的桌子扶起来，给白将军重新上酒上菜！本王敬各位一杯，权当赔罪！"

大约是李之节长相俊美、气度不凡的缘故，他态度软下来，晋国议和使臣的脸色也都缓和了不少。

柳如士却不卖面子，只想趁热打铁："赔罪不必！还请炎王拿出大凉议和盟约，将此事尽快敲定为好！"

既然是大凉求和，必然是大凉要先呈上议和条件。议和之事，两国之间必定要讨价还价扯皮，最终敲定不会那么容易，越早开始议和之事，就能越早能将南疆之事了结。

李之节点了点头，让人呈上竹简给太子和大理寺少卿柳如士一人一份。

"我大凉愿割让八座城池，赔付晋国开拔军资！美女、珠宝也已经都在路上，只要盟约签订，便可悉数送往晋国！"李之节缓缓说着议和盟约上的内容。

"二十三座城池，一城都不能少！"柳如士一目十行看完后，合了手中竹简搁在一旁,从袖口掏出一张精致的羊皮地图。

跟在柳如士身后的护卫,立刻拿出笔墨,柳如士大笔一挥,十分豪气地将大凉铜古山以南地区全部圈入晋国疆域后,让护卫将羊皮地图拿过去给李之节看。

"以铜古山为界,以北——包括秋山关、白龙城、中山城在内的二十三城,悉数归于我大晋!大凉除却要赔付我晋军开拔之资之外,还要赔付此次我军伤亡兵士的抚恤金!"柳如士挺直脊背端坐,绷着脸狮子大开口,"除此之外,我大晋数十万白家军乃是我大晋引以为傲之悍勇之军,他们的抚恤金当是普通军士的十倍之数,此事不容商议!另外你大凉要依我晋国白将军所言,交出大凉辅国大将军云破行三族内的二十三个男丁,任白将军斩头剖腹报仇!"

让大凉交出云破行三族内二十三个男丁,不过是为了向大凉要更多好处的一个说法而已。云破行如今已经是大凉辅国大将军,若真交出三族内二十三个男丁任由白卿言砍杀,大凉颜面何存?且,就算是大凉敢送来,白卿言也不能真杀,否则白家的声名就真要毁于一旦了。

只是白卿言没有想到,柳如士竟然还会为白家军讨要十倍之数的抚恤金。

李之节垂眸看着羊皮地图,握着铁骨扇的指骨节泛白,温润笑道:"晋国如此,未免胃口太大了吧?"

"炎王莫不是忘了,是谁先兴兵犯我晋国!这会儿来谈胃口大?大凉犯我大晋边境之时,胃口难道就不大吗?"柳如士作为战胜国的议和使臣,气焰极为嚣张,"大凉女帝初登大宝,龙椅还没有坐热,大凉境内蠢蠢欲动者甚多!大凉求和,是我晋国陛下与太子仁善,才给大凉女帝一个喘息之机,若大凉不想要,我晋国绝不介意在大凉浑水中走一遭!"

柳如士虽然是个酸儒,但是对大凉国内之事倒是颇有见地。李之节有一下没一下敲着手中铁骨扇,眉目含笑和和气气,心底却凛然一惊。看起来,晋国这是一点儿回旋余地都不给大凉。不过这位柳大人话却没错,是大凉先出兵攻晋,又是大凉此时内忧迫在眉睫!

李之节暗中思量,要不要将白家之子拿出来作为一个交换条件?毕竟他手中的白家之子是白家仅存的男丁了。李之节不免又想到了陆天卓,他已经答应了陆天卓用这个白家子当做诱饵,伏杀白卿言,为他义父庞平国将军复仇。

他答应陆天卓并非全然因为两人之间的情谊,而是李之节也觉得白卿言对大凉的威胁比白威霆更甚。今日见到白卿言,李之节便更加肯定。白卿言身上不论是杀气还是戾气都太大，再回想云破行将军说此女算无遗漏，亦帅亦将！将来一旦大凉大晋有战，此人将会是大凉的最难缠的劲敌。

李之节陷入两难之中——若将白家子用于和谈之中，那大凉与大晋有了讨价还价的余地，却要错失伏杀白卿言的机会。若不用于和谈之中，那就得接受大晋的漫天要价。

"晋国如此胃口，就不怕……我大凉带着金银珠宝去求大晋东侧的大戎或是大梁，届时大戎大梁出兵一同伐晋，也够晋国喝一壶吧！况且这位柳大人也说了，你们晋国依仗的是白将军，可白将军一人也分身乏术啊！"李之节笑着开口，"不如各退几步，议和结束后，我们两国也好各自安生。"

"炎王不必替我晋国忧心，在来议和之前，我晋国陛下已经派使臣与大梁、大戎签订了互不相犯的盟约，盟约还正热乎呢！更何况……我大晋可不仅仅有白将军这一将可用！"

柳如士笑着抬手示意李之节看向张端睿方向："这位，便是在瓮山之战中，将大凉十几万大军射成刺猬的张端睿将军！我晋军之中，还有骁勇的甄则平、石攀山将军！还有白家军程远志将军、沈昆阳将军、卫兆年将军！这些，都是你们大凉耳熟能详的将领吧？"

柳如士唇角带着一丝轻蔑冷笑："再说白家，我晋国镇国王府白家，除却白将军白卿言之外，此次白家四姑娘也同白将军一起上了战场，杀得你大凉大军片甲不留！更别说，白家还有早就在战场上厮杀过的白家二姑娘、白家三姑娘！她们个个智谋无双，承袭镇国王白威霆风骨，生为民，死殉国！不战死，不卸甲！炎王啊……你真以为大凉杀尽了白家男子，白家就无人了吗？看看我们白将军你就该知道，白家的女子个个巾帼不让须眉，个个是将帅之才！你还怕我大晋无人能战！"

每每说起白家军，说起白威霆，柳如士便无比推崇敬仰，崇敬之情溢于言表。

李之节早就听闻，大晋镇国公府白家，不论儿郎女子年满十岁皆须上沙场历练。

虽说柳如士此言或许有夸大其词的成分在，可尽是实言。

听闻白家二姑娘已嫁作人妇，所以此次并未出征，万一他杀了白卿言，反而激怒晋国激怒白家，若是白家再冒出几个白卿言一般的人物和大凉死战呢？眼下大凉是真的战不起啊！

他目光落在眸色夹霜裹雪的白卿言身上："云将军乃是我大凉辅国将军，从三族之中挑选二十三位男丁交于白将军之手，我大凉绝不能答应，还望白将军体谅一二！但白将军所言云将军处置白家第十七子的手段有失，我大凉愿赔付银两为小将军修建陵园，不知白将军觉得可否？"

柳如士看向白卿言，似乎在询问白卿言的意思，白家男儿尽死白卿言又是白家嫡长女，事关白家自然要白卿言首肯。

白卿言颔首。

柳如士这才道："好，修建陵园的一应费用，我会命人核算清楚，请大凉一次性赔给白家！"

"这是自然！"李之节颔首。

李天馥听得心中窝火不已，却难得沉住气没有嚷嚷开来，只淡淡往柳如士的方向看了眼，便垂眸凝视自己帕子上绣的青竹叶。李之节说得对，大凉不能再战，她已经搅黄了李之节将她送入晋国太子府的意图，既达到自己的目的就要懂得见好就收，否则真要因为她两国和谈崩裂，即便是最后不用和亲回到大凉，怕母后也容不下她了。李天馥此生想要的很简单，她不愿卷入王公贵族后宅或是后宫的争斗之中，她只想当一个闲散富贵人，身边有陆天卓相伴一生就够了。什么身为公主的使命，什么诞下有大凉血统的他国帝王，和她李天馥又有什么关系！

正说着，突然有一大凉兵士从帐外小跑进来，以手掩唇在李之节耳边耳语，李之节眸子眯了眯摆手示意那兵士立在一旁，打开手中铁骨扇轻笑一声："太子殿下，我等在此议和，殿下却安排婢女混入议和大帐中，又杀我大凉一兵士跑向晋军驻扎的方向，这是为何啊？"

那大凉兵士是陆天卓派来的，陆天卓今日之所以没有出现在帐中，是因为他刚才正立在高处监视晋军的一举一动，思考如何设伏才能杀了白卿言。可一炷香之前，他看到沈青竹从大帐内出，脱了一身大凉奴婢的衣裳后一袭黑衣身手矫健，他派人前去询问沈青竹，不承想沈青竹竟出手杀人之后直奔晋军驻扎之处。

陆天卓藏于暗处顿时心惊肉跳，他竟不知晋国的人何时居然混进了他们大凉议和队伍中。虽然是个不起眼的婢女，可那婢女身手卓绝，关键时候出手杀人毫不手软，不得不防。陆天卓这才派人通禀炎王，让炎王随机应变，他单枪匹马跟随而去，想看看大晋到底要干什么。

白卿言不动声色垂眸，婢女？晋军方向？想来是沈青竹的行踪被发现了。

白卿言抬眼，缓缓开口："炎王这话好笑啊，我国太子带我等前来，除了白卿言一人之外并无女子，你们大凉跑了婢女就栽赃是我们太子殿下安排，我若说你们大凉婢女跑去我们晋国驻扎的方向意图刺探我方，炎王又怎么说？莫非有意拖延议和？"

太子被李之节问得莫名其妙，听了白卿言的话真以为李之节这是故意拖延，便道："炎王这话是何意？捉贼拿赃啊，这般信口开河，是不想和谈了吗？"

"若是炎王派去你方刺探的婢女，炎王何苦说出来？"李天馥实在忍不住开口道。

"那可不好说，大凉犯我大晋杀我大晋子民，大凉公主却口口声声称白将军杀你大凉降俘，贼喊捉贼这事儿，你们大凉连公主都干了，更何况是其他人！"柳如士淡淡冷笑。

"柳大人，议和说事乃是男人之间的事情，柳大人不要牵扯我大凉公主！"李之节脸色微沉。

"那便请炎王安抚好你国公主，不要在议和之时无事生非，信口胡言！"白卿言声音冷淡。

柳如士是男人，李之节还能用男女之别与柳如士辩上一辩，可白卿言是个女人，她说出这番话来，李之节只能点头。

"太子殿下……"李之节朝太子方向拱了拱手，"既然，我大凉觉得是大晋派婢女混入我议和队伍中，大晋认为是我大凉派婢女去刺探大晋，不如……今日议和到此为止，明日两国再谈。"

"原来，这才是炎王之意啊！胡乱攀扯出一个什么莫须有的婢女，只是想拖延时间做准备，怎么？明日炎王想怎么谈？大兵压境？"白卿言必须将李之节拖延在这里才行。

李之节脸色微变，他的确是拿不出证据，看这架势大晋今日就要压着他将议和盟约谈好才肯离去啊。

"天色已晚，明日再谈也是一样的！"李之节望着太子笑道，"殿下您说是不是？"

太子端起手边茶杯徐徐吹了一口气道："今日前来赴宴的时辰，是炎王定下的，这会儿又说天色已晚，炎王啊，你是觉得孤闲得慌吗？"

李之节心想，罢了，左右有陆天卓盯着，若有事他定会来报。且如今晋国是战胜之国，难不成还真能不顾列国侧目将他一个小小炎王与大凉嫡公主斩杀在这里吗？晋国不会做这么蠢的事情，更何况晋国此次前来赴约议和的这一群人，看起来可没有一个傻子。

大帐内，议和还在继续。
大凉、晋国，两国议和使臣互相掰扯，讨价还价争论不休。

而距此不足半里地的晋军驻扎之处，篝火摇曳。

陆天卓谨慎，跟了沈青竹一段路，见有晋军哨兵便不敢再往前，心中十分疑惑。

沈青竹顺利联系到肖若江，又见到了白锦稚，当白锦稚知道白卿云还活着的时候激动得哭出声来："真的？我九哥还活着！"

沈青竹颔首。

白卿云是白锦稚父亲白岐钰的庶子，白锦稚的庶兄。

"四姑娘，救人要紧！先去见沈良玉将军！"肖若江道。

得知沈青竹奉命来调虎鹰营前往秋山关救人，白锦稚没敢耽搁，二话不说便带着沈青竹去见沈良玉。

沈良玉骤然知道白家少年将军白卿云还活着，激动得头发都竖起来了。

沈青竹曾经是小白帅护卫队队长，随同小白帅出生入死，故而沈良玉对沈青竹的话深信不疑。

"我奉大姑娘之命，带虎鹰营前去救人！"沈青竹五官肃穆，眸色凉薄如霜，"但我的意思是必须掩人耳目，悄悄带人走，救出九公子也决不能送回晋军军营，我和肖若海会护送九公子回凤城安置，沈将军带人回幽华道，最好能做到神不知鬼不觉！若真的被人发现了，便说是奉了大姑娘之命，前去秋山关刺探情况，对救人之事定要绝口不提。"

肖若海与董家死士此时就在秋山关内，紧紧跟着李之节押送白卿云的人马。

刚才议和大帐之中，白卿言分明是等李之节不打算用白卿云议和之后，才让沈青竹带虎鹰营救人的！沈青竹跟随白卿言多年，两人默契十足，沈青竹自然知道白卿言为何非要等李之节表态了"刺客"生死之后才下令，也就自然不能将九公子带回幽华道，让太子知道九公子还活着。调动虎鹰营最好也做到无声无息，否则虎鹰营动向一旦被太子知道，难免给大姑娘添麻烦。

既然白卿言命沈青竹前来带虎鹰营去救人，沈良玉必然听从沈青竹的，他抱拳称是，挑选了二十多个虎鹰营精锐，避开耳目不声不响带人同沈青竹离开。

肖若江没有随沈青竹同行，他得留在这里为沈良玉等人作掩护，再者白卿言身边不能没有自己人用！但救人自然是高手越多越好，他做主将手中的董家死士分与了一半给沈青竹，又派了两人快马直奔凤城接洪大夫过来。九少是杀了大凉皇帝的刺客，想必已经受过刑，定然需要大夫。这世上肖若江知道的大夫里，绝没有比洪大夫更厉害的。

陆天卓一个人守在晋军驻扎之地的南面，完全未曾留意到已经从北面绕山路直奔秋山关的沈青竹、沈良玉一行人。陆天卓望着篝火旺盛的晋军驻地，细细回想刚才那个悄悄混进晋军里的婢女。他们议和队伍里的婢女可都是他从大凉挑选的，他见过那个婢女，确信那个婢女是他挑选的绝对没有错！难不成，那个婢女是晋国早就安插在大凉的暗桩，可她为何突然冒出来前往晋军驻扎地？还要用那样遮遮掩掩掩人耳目的方式？说不通啊……

突然，陆天卓瞳孔一缩，难道是为了被他们活捉的白家之子？

可是……可能吗？炎王与他严防死守，那白家子不曾随议和队伍一同出发，即便那个婢女是暗桩，她怕也无从得知白家之子的事情吧！毕竟当初白家子行刺之后身受重伤一跃从城墙跳下护城河，所有人都以为那刺客已经尸骨无存，是他认出那少年同白威霆第三子白岐钰长得极为相似，偷偷救下了那刺客，打算将来利用一番。

那刺客还活着的事情，除了他与炎王李之节绝无第三人知晓。

陆天卓心中一团乱麻，觉得哪里不对，却又理不出到底是哪里不对。他是不是得请炎王派人回去，防备有人营救那个白家子？风口中，隐身在树后的陆天卓闭了闭眼，冷静下来……

端看白卿言与云破行一战，就知白卿言足智多谋，万一这是白卿言布局设套，为的就是试探出白家子的位置呢？

陆天卓想了想，那便派人回去在秋山关布防，严防有人出入关卡。

思及此，陆天卓返回议和之地，悄悄进入争吵激烈的议和大帐，在李之节耳边耳语。

李之节对陆天卓摇了摇头，示意陆天卓坐在一旁。入了这大帐，晋国的人怕是不会让陆天卓离开的，除非这次议和之事敲定。

陆天卓微怔，随即颔首规规矩矩坐于李之节身后。

李天馥看也不看陆天卓，垂眸摆弄着自己的帕子，她就这么一会儿工夫已经喝了好几杯茶，听两国议和使臣吵来扯去就是那么几句，头都要炸了。

此次议和，大凉女帝给了李之节十分大的权力，女帝告诉李之节，不论如何不能再战，只要晋国出的条件李之节认为能接受，便可以代替女帝直接答应，这是大凉议和使团全都知道的事情。

两国议和使臣一直吵到丑时末，终于将议和之事敲定。

大凉将包含秋山关、中山城、白龙城在内的二十座城池悉数割让给晋国，从此大凉秋山关天险尽归大晋所有！大凉赔付晋国此次大战所耗费军资两倍之数，还要赔偿晋军抚恤金，白家军抚恤金高于普通晋军十倍之数，更要承担白家十七子修建陵园的一应费用。

如此，大凉元气大伤。

可大凉只能以此结束外患，好腾出手脚来整理大凉国内乱，收拾那些不服女帝、包藏祸心的宵小之徒。

两国使臣签字，盖印。

太子拿到两国签订的盟书眉梢眼底全都是笑意："如此，我两国便化干戈为玉帛，望大凉能在王爷与公主随我等入大都之前，便将这二十城交割清楚，我两国才能再无战事永结盟好。"

李之节听出太子话中有话，这是担心他们大凉拖延抵赖，他只觉这晋国太子太过小心了，毕竟他们大凉内乱未平，哪有精力再和大晋纠缠这些。若非内乱，他们大凉又哪需这般折节求和，打就是了！这所谓和谈，不过是晋国恃强凌弱大凉跪地求和罢了。

幽华道与秋山关上空，繁星明月，夜风寒凉，一出帐便迎面扑来，让人立时清爽不少。

白卿言心中略有不安抬头望着漫天繁星，不知沈青竹是否已经将人救出。只希望祖父、父亲、各位叔父和弟弟们在天有灵，一定要保佑沈青竹与虎鹰营将小九救出来。

李之节恭恭敬敬将晋国太子送上马车，转头又笑着对白卿言道："没想到白将军征战杀伐是好手，口舌也厉害得很啊！"

"征战杀伐也好，口舌之利也罢，都是于国谋利而已。"白卿言说完对李之节抱拳，一跃上马。

李之节双手抱拳，一副风流倜傥的贵族公子模样浅浅对白卿言颔首行礼："此次盟约签订，随后本王要同新阳公主随太子与白将军一行前往大都，这一路还请白将军多多照顾。"

"炎王客气。"

目送晋国议和使团离去，李之节这才露出一副疲惫之态。他收敛了脸上笑意，眯着桃花眼，想起刚才大帐内议和之时，那个白卿言虽然不声不响，却会在关键时候开口说那么一两句，大大助长晋国气焰，这才让大晋的议和使臣柳如士把条件提得如此之高。陆天卓说得对，白卿言的确不能留啊！可惜了，那么一个惊艳绝伦的傲骨美人儿，若不是为了大凉，他是真的舍不得那样的美人儿死。

"回吧！"李之节转身朝马车方向走去，压低了声音对陆天卓道，"我们随后要随晋国太子入晋，你小心藏好那位白家子，弄清楚到底是白家第几子！这样，我们才能给那位白将军一个说法，引她上钩，伺机杀之。"

跟在李之节身后的陆天卓神色凝重："王爷，今日那个婢女之事多有蹊跷！我刚才清点人数的确是少了一个叫千舟的婢女，王爷还是速速赶回秋山关，以防晋国有什么动作！"

"盟约已经签订，晋国占尽了便宜，哪里还会有什么动作？怕是那个叫千舟的婢女是晋国密探，借此机会回国罢了！回头好好查一查这个婢女的来历，接触过什么人，都知道些什么事！"李之节说完，上了马车。

"是！"陆天卓躬身称是。

目送李之节的马车离开，陆天卓从仆人手中接过缰绳，可还不等他上马，李天馥身边的贴身宫婢便匆匆而来，对陆天卓行礼后道："陆大人，公主请您过去泡茶。"

陆天卓握着缰绳的手一紧，沉默片刻将手中的缰绳递给仆从："是！"

大凉公主奢华的香车内，李天馥斜倚着团枕，笑望着正在为她沏茶的陆天卓道："想必不等我到晋国大都，刁蛮任性无知愚蠢又恨晋之名，便会传遍大都，我看晋国哪个皇室贵族还愿意娶我！如此，我就能同你一起回云京，我会让皇姐封我一个王爷！到时候你来我身边，我们做一对神仙眷侣！"

李天馥语气娇俏带着几分洋洋得意，或是因为谈及同陆天卓的未来，一双眼睛明亮如水，充满对来日希冀。

马车四角悬挂的琉璃宫灯随马车行进而摇晃，陆天卓沉默不语，姿态优雅娴熟为李天馥泡茶。他无法告诉李天馥，此次意图设计杀白卿言，他没有打算活着回来。

李天馥不满，随手抽出倚着的团枕丢向陆天卓："和你说话呢！"

幸亏陆天卓眼疾手快接住团枕，否则定要打翻热水。

李天馥视线落在陆天卓肩膀上，有些心虚又很是心疼："还很疼吗？"

陆天卓将团枕放在一旁，摇头温润笑了笑，将泡好的香茶恭敬递给李天馥："茶泡好了，公主若无其他吩咐，奴便退下了！"

"你给我坐着！"李天馥眼眶又红了，她咬着下唇，"你就这么厌恶我？和我多待一刻都不行吗？"

陆天卓端坐于木案一头，深沉视线望着李天馥，终是不忍心叹了口气，垂眸道："公主若是乏了便眯一会儿，到了……奴叫殿下。"

李天馥负气躺下转过身去不看陆天卓，胡乱扯了一条白绒毯子盖上，眼泪跟断了线似的委屈往下淌，死死咬着唇不让自己哭出声。

白卿言快马先到晋国五千精锐驻扎之地，巡视一圈见虎鹰营沈良玉还未回来白锦稚也不在，她猜白锦稚大约是知道小九活着的消息，一起去救人了。

她垂眸思索片刻，调转马头朝太子马车停驻的方向跑去。

坐在马车内的太子，闭眼反复回想刚才白卿言对大凉炎王说晋国臣忠主不疑的话，他心底隐隐自得，白卿言大约是真的以为他不曾疑她，才能有底气说出臣忠主不疑这样的话吧。到底还是将白卿言给收服了！

坐在马车外的全渔突然看到原本在前头带队的白卿言骑马而来，双眸一亮："白将军！"

刚才全渔一直伺候在太子身旁，自然看到了那议和大帐之内白卿言是何等的意气风发，尤其是白卿言说要杀得大凉十年之内再无胆敢犯大晋边境，杀得大凉听到大晋之名便瑟瑟发抖那番话，全渔只觉自己热血沸腾，恨不能跟着白卿言一同举剑杀贼，太长晋国志气了！

白卿言对全渔抱拳，一边随马车往前走，一边道："劳烦您向太子通报一声，白卿言有事请见太子！"

太子闻声不等全渔通报，便挑开马车帘子，面带喜气："白将军既有事要说，先上马车，让全渔为白将军烹茶！"

白卿言称是下马，踏上太子奢华的马车，垂眸跪下，将手中兵符高举过头顶："今日与大凉盟约已签订，白卿言已能安心，特将兵符归还太子殿下！"

太子微怔，原本太子和方老还在担心白卿言不愿归还兵符，后悔自己当初给白卿言兵符给得太痛快，两人合计着签订了盟约之后，得设法逼白卿言交回兵符，谁料白卿言竟然自己将兵符交回来了，倒显得他小人之心了。

太子手指轻轻收紧，道："孤刚才明言，信白将军如信孤自己，兵符放于白将军之处并无不妥，白将军为何如此着急？"

"本在大局已定大凉求和之时便应将兵符归还太子，可当时盟约未曾签订，怕求和乃是大凉缓兵之计，故而未曾将兵符奉还！今日既然盟约已定，自然是要将兵符归还的。"

太子看着白卿言心中越发舒坦，点了点头将兵符接了过来道："全渔，扶起白将军！"

"白将军，快请起！"全渔忙虚扶着白卿言坐下，跪坐在一旁为白卿言烹茶。

"全渔公公不必麻烦，茶就不喝了！言前来见太子殿下，有三件事，除了归还兵符，第二件事，是关于所剩的这一万白家军……"

听白卿言说到白家军，太子调整了坐姿，手指轻微摩挲着，做出一副洗耳恭听的模样。

太子和方老商议后的意思，是让白家军去接手此次议和大凉割让的城池，当然……越靠近大凉离白卿言和白家越远越好，如此白卿言才能全无依仗全心全意跟随自己。

"我的意思，就让剩余白家军镇守铜古山吧！"

听到白卿言的话，正在腹中打腹稿怎么同白卿言说让白家军镇守铜古山的太子，一时愣住。

"此次议和之后，铜古山以北已经尽是晋国国土，只有白家军镇守铜古山方能威慑大凉。"白卿言徐徐道来，所言所虑仿佛只为晋国与太子考虑，"卫兆年、谷文昌、沈昆阳、程远志四位将军各有所长，卫兆年将军与谷文昌将军皆是练兵的一把好手，可调卫兆年将军去守白龙城，谷文昌将军可守中山城，只要晋国能好好休养生息几年，两位将军定能为晋国为太子再训练出一批骁勇锐士！两位将军分别去白龙城和中山城之后，太子可派嫡系将领随两位将军一同镇守此二城，卫兆年将军与谷文昌将军负责练兵，太子殿下嫡系将军掌兵！如此，将来这批精锐，便会为太子殿下所用！等将来时机成熟太子欲取天下，剑锋所指，锐士便会前赴后继！"

太子听白卿言这么说，心脏陡然扑通扑通剧烈跳动起来。

马车内烛火摇曳，太子望着神色沉静有条不紊安排白家军诸将领的白卿言，心头翻涌起一种说不清道不明的情绪。他对白卿言百般防备，可白卿言……所思所虑皆是在为他考虑，还想为他练兵！

她看着太子眸色变化，不动声色低声说："沈昆阳将军和程远志将军带领白家军一同镇守铜古山，便可防备大凉反扑。有这两位最善战的将军在，铜古山必定无恙！若太子觉得可行，言便派人快马回凤城请沈昆阳、程远志、卫兆年、谷文昌四位将军前来，也好给大凉施压，尽早让白家军与大凉军交接，派我军前去驻防，毕竟城池拿到手里才算踏实。"

她建议太子让沈昆阳和程远志将军率白家军镇守山高皇帝远的铜古山，让卫兆年与谷文昌两人分别守中山城与白龙城，看似将白家军几位将军分化，实则为的是将三地连起的这片区域变为白家的养兵、练兵之地。

太子听着白卿言的分析不住点头："白将军所言甚是，那便即刻派人去请四位将军。"

说完，太子又抬头望着白卿言，低声道："可你亲掌白家军也不是不可啊，孤说了，信你如信孤！"

太子最后一句话说得略显心虚。

白卿言垂下幽静的眸子，语气郑重："殿下，言的身体，殿下是知道的！殿下志在天下，言……只能尽我所能为殿下谋划一二罢了！等回归大都，言便要回朔阳了，白家军还是交于殿下手中，方能为殿下大志所用！当然，言还是那句话，只要殿下需要，百姓需要，言赴汤蹈火万死不辞！"

臣子对他这样一片忠心，不要说太子，就是一旁的全渔都已感动得双眸泛红。

"白将军，一片赤胆忠心！孤铭感于内！"太子真心诚意朝白卿言一拜。

"本分而已，万万不敢当太子一拜！"白卿言忙还礼。

见时机已成，她这才又道："这第三件事，言……是来向太子请罪的！"

"白将军这话何意啊？"太子坐直了身子。

"今日在议和帐中，大凉炎王李之节先是要送大凉公主回秋山关，眼看不成，又说要明日再议和，太子殿下没有准许，他又在议和途中攀诬殿下安排婢女混入议和大帐杀了他们大凉兵，意图改日再谈议和之事！正如太子殿下所言，今日约见的时间是大凉炎王定下的，可大凉却这样反复，不得不防！所以言便派四妹白锦稚带了几个虎鹰营锐士，去秋山关探大凉动向了！"

太子眉心一紧，想起这件事也觉得蹊跷得很，想到白卿言的忠心，太子不疑有他："白将军是为了孤的安危着想，孤不会怪白将军的！只是……毕竟盟约刚刚签订，白四姑娘去探秋山关若是被大凉抓住把柄口实，对我们晋国不利啊！"

她皱眉，做出一副自责的样子，道："太子所言极是！只是……不日大凉公主与炎王就要同殿下一起回大都城。这一路同行，为太子安危计，还是探查清楚了，言才能安心！"

太子一听白卿言是为了他的安危，心里感动又舒坦。

"此事是言关心则乱……莽撞了。为弥补，望太子允准我带一小队人马悄悄前往秋山关接应四妹，以免被大凉拿住把柄！"

太子沉吟片刻，还是应了下来："好，白将军速去速回！路上不可耽搁！能探得消息最好，打探不到也不要紧！务必做到全身而退。"

"殿下放心，我带十几个虎鹰营精锐前去，悄无声息潜入，找到四妹便悄无声息撤退，绝不会给太子添乱。"白卿言道。

得到太子首肯，白卿言退出马车，骑马飞奔至队伍最前端，勒马对张端睿将军道："太子有令，速传沈昆阳、程远志、卫兆年、谷文昌四位将军即刻前来幽华道！张将军，我另有他命在身先行一步，有劳张将军护送太子先回幽华道！"

张端睿抱拳称是，立刻命传令兵快马飞骑赶往凤城。

白卿言先行一步到虎鹰营，点了六十个虎鹰营猛士和骨哨传令兵，随她快马前往秋山关接应沈青竹他们。

临行前，白卿言看了眼地图，吩咐肖若江："你派两个死士，去凤城接洪大夫火速赶往铜古山旁边的少阳郡接应九公子！"

"小的已经派人去请洪大夫了，但……没有说去少阳郡，不过要去少阳郡还得路过幽华道，我会命人在幽华道传令。"肖若江低声道。

她点头收了地图，卷好交给肖若江一跃上马，声音冷静又坚忍："带上所有死士，出发！"

"是！"

连白卿言、肖若江在内不到百人飞速策马而去。

白卿言骑快马沿山路而行，心中从来没有这么急切过。她不知道小九的情况如何，心急如焚。

她耳边全是风声和她的心跳声，那一路她没有点燃火把，借着皎皎月色一路疾驰秋山关。

"驾！"她加快速度，恨不能插翅。

刺杀大凉皇帝的刺客，她不用想便知小九会遭遇怎样的酷刑凌辱，怎样的折磨践踏。白家九子，白卿云是白家诸子中最像纨绔的一个，心高气傲又死鸭子嘴硬，那些年祠堂没有少跪，藤条没有少挨，却从不改那副犟脾气。

曾经白卿云对白家庶护嫡之说嗤之以鼻，可当真身逢大难，他却毅然决然护住了他的兄长白家四房嫡出的第七子白卿玦，以身引开追兵，且深入大凉云京完成了刺杀任务。

她知道，当大难突逢那一刻，她的九弟白卿云面对骨肉亲情几乎是本能地做出决定，舍己护兄，舍己护白家嫡出正统得以延续。这世道总说什么嫡庶尊卑，可对她来说，这嫡庶尊卑大不过骨肉亲情，大不过她希望小九能平安活着。

酸涩就卡在她的嗓子眼儿里，又被她拼尽全力咽了回去，她死死握住缰绳，幽暗深邃的目光坚定沉着，必须救回小九，不论付出什么样的代价。

肖若江见山下宽道上缓缓而行回秋山关的大凉议和队伍，压低声音唤了白卿言一句："大姑娘！你看！"

山下，举着火把的大凉军队伍蜿蜒如长龙，那些大凉兵是大凉炎王李之节带去议和的，此时他们正往秋山关走。

白卿言凝视山下的大凉军，咬紧了牙关："肖若江在前带路，抄近道前往秋山关，务必在李之节大队回秋山关之前，救出小九！"

"是！"

队形变换，肖若江单人快马冲在最前，一行人迅速交替插入排成一队，随肖若江在最滑最窄却最快的山路，骑马而行。

夜黑风高，万籁俱静，幽森深林中，黑影幢幢，道险路难，骏马矫健，蹄踏飞扬。

狂风中树枝迎面刮过，她仿若不知疼，没见到小九她不能安心，她热血翻涌，心神难安，只想快一点再快一点儿！

秋山关坐落于秋山峡谷之中，两侧峭壁林立，秋山关乃是大凉第一道天险，欲从幽华道去往铜古山，或欲从铜古山前往幽华道，怎么都绕不开秋山关。

秋山关天险，秋山铜古山方向的截面峭壁下便是宽广的天神湖，除非长了翅膀才能不过秋山关城池来往幽华道与铜古山，否则便只能费时费力地绕整座秋山与川岭。

秋山关城池内，一家客栈前院突然蹿起大火，街面儿上敲锣打鼓，远远望去红彤彤一片被夹裹在黑烟之中，火势汹汹，连客栈隔壁的酒楼都被熏得黑漆漆的面目全非。

街上还穿着中衣的百姓拎着水桶水盆一个劲儿地往火里泼水，可火苗刚被压下去，又突然"轰"地蹿起，比刚才更猛烈，火光带着一股子要烧穿九霄的狠劲儿，火舌顺着水流乱窜，逼得人节节后退。

秋山关百姓大惊失色。

"火油！是火油！水扑不灭！有人纵火！"

"快去官府敲鼓！有人纵火！"

冲天大火到底是惊动了秋山关守城军，守城将军派兵前去救火。

客栈内，刀光剑影，虎鹰营锐士与董家死士殊死与李之节的人搏杀。

沈良玉心里清楚，客栈一起火便需要迅速撤出去，否则引来秋山关守城大凉兵，他们怕是都不能活着出去了！他着实没有想到，大凉炎王豢养的死士里竟然有这样的智者，知道放火引起秋山关大凉守军注意。

沈良玉见大凉死士拼死要将他们困在这里，咬紧了牙，目眦欲裂喊道："迅速突围！"

身上带伤的肖若海目光沉着，一手长剑一手短刀，背上背着全身鲜血淋漓已经晕过去的白卿云，用绳子将他与白卿云死死绑在一起，沈青竹、沈良玉、白锦稚三人将肖若海背上的白卿云护在死士与虎鹰营锐士中间的保护圈内，被困在此处寸步难行。

白锦稚红着眼于白卿云背后手持银枪，咬紧了牙环视四周，以防背后被袭。

突听箭矢破风而来，白锦稚睁大眼推开左侧沈青竹："小心！"

泛着寒光的箭矢穿透白锦稚还未来得及收回的手臂，白锦稚死死咬着牙闷哼一声。

"四姑娘！"沈青竹用手中长剑将朝他们飞来的羽箭打落。

"东南角！"白锦稚捂着胳膊喊道。

虎鹰营锐士闻声，精准找准屋顶箭弩手的位置，三人一跃而上，手起头落……一片血雾在月色中喷起，又随虎鹰营三人翻身而下消散。

近身肉搏，皇室贵族豢养的死士，往往不如虎鹰营这种真正无数次在战场上拿命搏的铁血战士来得更加骁悍，招招狠戾，步步夺命，险象环生。

杀红了眼的沈良玉，猛然抬眼朝客栈前院火海方向看去，他听到了马蹄重甲的声音，嘶吼道："不要恋战！撤！快撤！杀出一条血路！快！"

董家死士与虎鹰营得令，纷纷聚拢于沈良玉一行人身侧，前仆后继不要命搏杀出路。

白锦稚头一次置身于这样的生死一瞬，看着虎鹰营锐士在她身旁倒下，看着董家死士以胸挡刀只为多杀几人让他们一行人向前推进几步，白锦稚只觉鼻息间全都是滚烫的血腥味，头皮发紧，想也不想掰断箭尾护住白卿云身后四面警戒。

鲜血顺着白锦稚大臂不断向下淌，她整个手臂疼到发麻全然没有知觉一个劲儿地抖，手却还死死握着银枪以防万一，毕竟……没有什么比护着白卿云活着离开这里更重要！

"将军！"虎鹰营锐士杀了把守客栈小侧门的最后一个死士，对沈良玉高呼一声已先一步出去探路。

"转！"沈良玉突然带头，调转方向往客栈侧门退，箭矢刀光中，且退且战。

李之节死士带头之人喊道："让守城兵拦住他们！"

客栈侧门打开，沈良玉断后，肖若海、白锦稚、沈青竹刚从客栈出来，便被高举火把的守城大凉军团团围住，弓弩手齐齐对准了沈良玉、肖若海一行人。

白锦稚喉头翻滚，下意识一手护在白卿云脊背之上，一手紧紧攥着银枪，双眼竟被那摇曳烛火晃得生疼。

"晋人！"骑在高马之上的大凉守城将军用弯刀指着沈良玉，咬牙切齿如同与晋军有着血海深仇，"你们是晋军！杀了我们大凉十几万将士的晋军！"

白锦稚死死咬着牙，瞪向那坐于高马之上的大凉守城将军，已做好殊死相搏的准备。

沈良玉啐了一口带血的唾液，负于背后的手做了一个围护白卿云的手势，心中带着必死的决心要为白卿云和白锦稚杀出一条血路，冷声道："老子白家军虎鹰营，沈良玉！"

虎鹰营猛士毫无畏惧，举刀上前。

董家死士皆退至白卿云与白锦稚身旁，用血肉之躯将他们护住。

那大凉守城将军双眸通红，怒目嘶吼道："杀了这群敢踏足我大凉国土的晋国狗贼！为我大凉将士报仇雪恨！"

"杀！"沈良玉一声令下，作战经验极为丰富的虎鹰营猛士在大凉军箭矢飞射出来的同时，二十人行动如出一辙般飞奔上前，翻身一跃，剑刃泛着寒光的长剑一过，率先割断了大凉弓箭手的喉咙，杀入敌军之中。

沈青竹、白锦稚贴身护在肖若海身旁，握紧兵器。

董家死士与大凉军士刀兵铿锵碰撞之声激烈，长刀入肉，鲜血喷溅就在眼前，白锦稚热血沸腾想要冲进鏖战之中杀尽这些大凉兵，可她得护着重伤在身的白卿云。

董家死士与虎鹰营锐士在沈良玉带领下，用血肉之躯抵挡住大凉兵，给背着白卿云的肖若海、沈青竹和白锦稚拖延出撤退时间。

"一会退到山坡，你护四小姐和九公子骑马先走！小心羽箭！我替你们拖延时间！"沈青竹脸色沉着开口，护着肖若海与白锦稚一边急速往后退一边道。

"围住他们！一个都不能放跑了！"大凉骑于马上的将军高声喊道，他猎鹰般的目光凝视着肖若海背上鲜血淋漓昏死未醒的白卿云，瞬间便明白这些白家军不要命了都是为了救那个人！

那大凉将军扯住缰绳，一夹马肚，战马嘶鸣，带着身后锐士直直朝着肖若海他们的方向冲了过去，他手中高举的弯刀杀意逼人。

"肖若海！护姑娘公子先走！"沈青竹咬紧了牙，持剑迎面朝着那位将军冲去。

她踩住墙面一跃而起，长剑直冲马上战将而去，那大凉战将忙举弯刀挡住，谁知沈青竹左手竟急速从背后抽出短刀，与肖若海一般一手长剑一手短刀，刀刃寒光逼向大凉战将喉咙。

大凉将军瞳仁睁大，身体后仰躲过沈青竹的袭击，却没有同沈青竹纠缠，烈马一跃而起直直朝转身欲跑的肖若海纵身而去，马上大凉将军弯刀高高举起，只要落下就能砍掉肖若海或白卿云的头颅。

肖若海长剑撑住身体，猛然转身握紧短刀意图挡住那来势如风雷的敌刃。

白锦稚睁大了眼嘶吼着抄起银枪，朝那跃起战马的颈脖刺去。

电光石火间，不知从哪儿卷风破空而来的嗡鸣箭矢，带着浓烈寒气洞穿大凉将军喉咙，直直扎入对面酒楼屋檐之中，箭羽颤抖不止。

被白锦稚刺穿了颈脖的战马抬蹄凄厉嘶鸣。

那大凉将军高高举起的弯刀没有来得及落下，他睁圆了眼望着明月高悬的险峭坡顶，一人一马搭箭拉弓居高临下，戎装甲胄寒光逼人，红色披风猎猎，周身是如同地狱罗刹般凌厉而浓烈的森然杀意。

不等大凉将军高呼出声，鲜血便从颈脖上的窟窿往外喷射，他连张嘴预警的余地都没有，喷出一口鲜血随被刺死的战马一同跌落，血雾飞洒。

白卿言心中怒血奔腾，再晚一步……后果不堪设想！

她眸底寒芒骇人，高举射日弓，咬牙切齿喊得声嘶力竭："给我杀！"

被月光映照冰冷如霜的陡滑石坡之上，闻声望去的大凉兵见喊杀之声震人心魄的白卿言身后，竟不知从哪儿冒出来的近百战马。

马嘶扬蹄，声破云霄，近百骑兵无所畏惧，以雷霆万钧之势从险峻高处俯冲而下，剽悍到让人脊背发凉，汗毛倒立！

白锦稚看到冰凉如霜的月光之下，带头冲下来的便是白卿言，她热血奔涌，克制不住眼泪，高声哭喊："长姐！"

她以为……今日她要同九哥一起死在这里了！虚活十几载，白锦稚在大都城难逢敌手，瓮山激战也有长姐在旁，有浴血同战的同袍相护，她从未如同今日这样觉得孤立无援，从未觉得死亡离她如此之近。惊魂未定之时看到长姐，她如同看到了主心骨一般，激动得热泪无法忍住。长姐都来了，她还有什么怕的？

险峻棱石陡坡之上喊杀声，震撼四野。

白锦稚如饮牛血顿时热血翻涌，她咬紧了牙，用衣袖抹去眼泪，一脚踩着马头拔出自己的银枪，咬牙切齿提枪冲上前与围了他们的大凉兵厮杀："来啊！大凉的杂种们！"

　　肖若海护着背在身后的白卿云，双手紧握戒备。

　　近百战马冲入包围圈，手起刀落收割了一大片大凉军头颅，将包围肖若海的大凉兵队形冲散，大凉军见如此悍兵心生惧意，手握长刀缓慢向后退。

　　大凉地盘救人，如同虎口夺食，凶险可想而知。

　　大凉兵士前赴后继接连不断，沈良玉所带虎鹰营虽然骁勇善战可双拳难敌四手，二十位虎鹰营锐士已经战死一半，董家死士更是战死多数，就连沈良玉也中了一刀，若非这一刀偏了怕是要当场毙命。

　　沈青竹一手长剑一手短刀，刀锋所到之处必取人性命，可太多了……大凉兵真的太多了！沈青竹再勇，独自一人已然有些吃力，胳膊变得沉重，粗重剧烈的喘息间眼前全都是白雾模糊视线，血雾喷溅于脸上凝结成冰悬挂于眼睫之上，她凭借本能如燕身形不停歇穿梭于大凉兵之间，隐隐听到高处战马嘶鸣，她趁喘息之机抬头，就见骑马而来的飒爽身影……人未到，杀气已临。

　　自白卿言受伤以来，她这样的身影在沈青竹梦中出现过无数次，沈青竹也无数次自责当初为何没有保护好大姑娘，让白家军丢了那个算无遗漏骁勇无敌的小白帅！

　　可如今，她又回来了！

　　沈青竹热泪盈眶，冲化了悬于眼睫的血冰，嘶吼着握紧了双刀，仿佛有无限勇气与力量从脚底涌出，能杀他千百大凉贼。

　　骨哨声不断从高处传来，肖若海背着白卿云耳朵动了动。

　　"肖若海、沈青竹速带九少撤往少阳郡！"

　　骨哨反复吹响，反复命令，他听得非常清楚。

　　黑色骏马之上的肖若江看到满身是血的肖若海，喊了一声哥，猛夹马肚朝肖若海的方向冲去对肖若海伸出手，肖若海利落收剑一把抓住肖若江的手，他被拽上马的同时肖若江翻身下马稳稳落地。

　　肖若江眸色沉着冷漠，一刀穿透大凉兵的胸口，寒刃拔出那一刻鲜血飞溅，他冲着肖若海嘶喊道："走！"

　　肖若海一手扯住缰绳，一手执刀，看了眼背后的白卿云，回头就见凛然骑于马背之上的白卿言眸色幽黑，以风雷之速拉弓放箭，杀气让人心胆俱寒。

箭矢从白卿云耳边裹风呼啸而过，一箭穿透向肖若江举刀的大凉兵的颈脖。

白卿云被鲜血黏住的墨发被箭矢之风带起，他无力垂落在肖若海身侧血肉模糊的手指动了动。

白卿言双眸泛红，快马上前，终于看到被肖若海用布条死死缠在身上的白卿云，他身披肖若海外衣，除了那张脸之外，裸露出来的皮肤没有一块好肉，一瞬间她目眦欲裂。

白卿云到底受过怎么样的酷刑凌辱，肉眼一见便能分辨，她心中怒火冲天，抽出羽箭，恨不能杀尽对白卿云动手的大凉狗贼。

她喊道："速带小九离开！"

肖若海点头，咬着牙夹紧马肚："驾！"

马背颠簸中，绵软靠在肖若海脊背上的白卿云眼睑极为艰难张开一条细缝，竟模模糊糊看到了骑马与他擦肩而过的白卿言。

长姐？是梦吗……长姐怎么会在这里？

"长姐……"

白卿云张了张嘴，极为虚弱的声音被湮灭在震天的喊杀声之中。

他能感觉到长姐眸中杀气锋芒内敛而凌厉，红色披风翻卷如雄鹰展翅，手持射日弓，一如当年般骁勇无敌。

"长姐……"他手指动了动，想要抓住长姐翻飞而起的披风，却抓了个空……全身无法动弹，只有黑色的眼眸转动想跟随白卿言，可却在颠簸中越行越远，意识又逐渐快被黑暗吞噬。

是长姐来救他了吗？

可长姐病弱之躯又怎能拉得动射日弓？他应该要死了，所以在做梦吧……

这梦可真好啊！

死前能梦到长姐来救他，能梦到长姐并未因为他是庶子就放弃他，此生无憾了。

他知道，长姐若真在，定会救他！就如同以前每一次他被罚跪祠堂，总是长姐救他一般！

好希望人真有来生。

来生，他还做白家子！

来生，他还做白家军！

只愿七哥还能活着，嫡子活着……白家传承就有希望！

他平生最嗤之以鼻的庶护嫡，可在生死千钧一发之际，他终还是明白白家家规庶护嫡是为什么！

不是祖父偏心，而是世道视嫡为正统传承！

白家嫡子，不能死！

白卿云只觉秋山关城内那片明亮的光点离他越来越远，以为自己死期已到，却遗憾死前还是不知道七哥有没有活下来。

秋山关内，白卿言带近百人骑马而来，飞马踏敌寇，长刀斩敌头，纷纷接应自家将士、死士，把人拉上马背便撤往高山之地，再举起弓弩掩护正在登山的虎鹰营锐士与董家死士。

被白锦稚长枪捅死的大凉士兵睁大眼，双手死死拽着白锦稚手中银枪，白锦稚咬紧了牙没有能拔出来，眼见四面皆有大凉战士举刀，寒光朝她而来，白锦稚屏住呼吸脑子一片空白，嘶吼着想要拔出自己的银枪。

"小四！捡刀！"白卿言声嘶力竭，快马直冲向白锦稚，抽出箭筒里最后三支箭，搭弓射出……

肖若江闻声回头，动作比脑子快，三步并作两步，飞身而起一刀宰了一个大凉兵，抬手按住已经蒙了的白锦稚，将她护在怀中以脊背抵挡大凉利刃。

三支羽箭，一箭穿透大凉兵胸膛，一箭穿过大凉兵颈脖，一箭射空……

寒光砍落在肖若江肩膀上，几乎要削掉肖若江的整条手臂，他怒吼着转身挥剑，将那大凉兵头颅斩下！

"小四！"白卿言伸出手。

肖若江咬牙将白锦稚抱起递向白卿言，白锦稚直到结结实实抱住白卿言的铠甲，这才回过神来："长姐……"

白卿言抬眼望着远处虎鹰营快马冲进大凉军中的骁勇战士已经将沈良玉他们拉上马，在箭雨中狂奔而来，高喊道："撤！"

沈青竹盯住一匹无主的受惊之马，收起短刀，一把抓住马鞍一跃而上，高呼传令："撤！"

"撤！"

虎鹰营、董家死士，闻讯纷纷抓住临近战友的手上马，快马朝陡坡之上攀爬。

白卿言俯身从石坡死尸身上抽出羽箭，拉弓朝大凉兵射去，朝狂奔而来的沈青竹喊道："先走！快！"

沈青竹咬紧了牙关颔首，驰马朝陡坡之上冲。

坐于骏马之上的白卿言，视线望着背驮虎鹰营与董家死士的烈马纷纷往山上急奔，扯紧缰绳如定海神针般立于山坡中下方的位置。

高坡之上，百箭齐发，从白卿言身后飞往前方，所到之处，大凉兵惨叫倒下一片。

李之节一行人还未到秋山关，便听到城内喊杀声震天，似有火光冲天。

前头带队的大凉将军立刻命令队伍停止前进，快马跑至李之节马车之前，喊道："王爷，城内似乎有情况！请王爷稍候，末将带人去探明情况！"

队伍没有进城便突然停止前行，陆天卓察觉到了不对劲儿，看了眼已经哭累睡着的李天馥掀开马车车帘，骑马朝李之节马车方向狂奔而来："王爷！可是出事了？"

李之节听闻城内出事已经下了马车，正要与大凉监军同行去查看情况，见陆天卓骑马过来，他翻身上马道："一起去看看！"

城门一开，李之节一直被困在城内无法出去的死士忙上前："王爷，有人劫人！"

李之节握着缰绳的手一紧："谁？"

"白家军，虎鹰营！"

"人呢？截住了吗？"李之节睁大了眼，握着缰绳的手青筋高高凸起。

此次李之节没有将那个白家子用在和谈之中，为的就是以此白家子为诱饵杀白卿言，可若是这个白家子被救走了或是死了，那便失去了他大老远将那白家子带来的意义。

"属下不知！"李之节手下的死士垂头道，"是严达大人让属下去给王爷报信，可是秋山关城门不开，属下……没有能出去！"

陆天卓呼吸粗重，顾不上等待李之节的命令，一夹马肚快马朝关押白家子的客栈狂奔而去。

李之节咬了咬牙，带兵急速朝客栈方向而去。

还未靠近就见冲天火光，浓烈的血腥味迎面扑来，大凉兵弓弩手蹲跪在山脚下，不断交替朝高坡方向射箭。

李之节冲至山下，一把拉住缰绳，胯下烈马激昂扬蹄止步，来回踢踏着马蹄意欲冲上那高坡与骑马立于坡顶居高临下之人决一死战。

他死死拽着缰绳，制住他身下烈马，深邃的桃花眸望着山上的方向瞪得极大，竟然是白卿言！她怎么知道白家子在这里？她怎么会亲自来救人！且来得这么快！刚才分别之时，他亲眼看着白卿言随晋国太子离开，她怎会先他一步来到秋山关？李之节突然想到了那个叫千舟的婢女,难不成那婢女还真是大晋安排在大凉的暗桩?不……不对!即便是那婢女是暗桩,又怎么会知晓他藏了白家子?怎么会知道白家子在哪儿?晋国太子又怎么会让白卿言来救白家子?不让人暗中杀了此子都是好的!

李之节心脏突突直跳,他似乎都感觉到了白卿言眼神正看向他,冷漠嗜杀。

想到小九身上的伤,白卿言就恨不能将李之节碎尸万段,将李之节给小九带来的屈辱折磨百倍奉还。

皎皎圆月之下,风骨清隽傲岸的白卿言用射日弓指向李之节的方向,虽无箭,但如地狱修罗的杀气如破风而至,李之节坐骑灵敏感应到冷肃杀意,生生退了两步。

白锦稚坐在白卿言身后,双手死死抱着白卿言的腰身,看着山下徒劳放箭的大凉兵,还有已驰马到山脚下的大凉炎王李之节,她说:"长姐,我们走吧!"

听到小四的声音,想到小四身上的伤,她收回射日弓,用力一扯缰绳。

李之节胸口剧烈起伏,只能眼睁睁看着白卿言座下怒马嘶鸣,扬蹄而去。

陆天卓死死咬着牙,调转马头:"王爷!派我一百人,我去追!"

李之节闭了闭眼,再睁眼时桃花眸中平静幽沉:"就算你追上了也杀不了白卿言,不过是多送些人头给白卿言罢了!阿卓,你要沉住气,要知道本王如今比你更想杀了这个白卿言,此女留下,将来两国开战,便是大凉的大祸患!"

陆天卓心脏扑通扑通直跳,回头朝高坡之上看了眼:"可……"

"追杀不行!得用别的方法!"李之节脸色铁青,看着倒了一地的尸体,其中有晋国普通死士,亦有虎鹰营的人,他眯了眯眼道,"我就不相信,白卿言来救白家子的事情敢同晋国太子说!她必然是偷偷带人前来的!将这些晋国死士和虎鹰营的尸体都装起来!现在,本王就带着这些尸体,前去向晋国太子讨一个说法。"

说罢,李之节弯腰俯身从一大凉兵尸体上拔出虎鹰营所用短刀,用力插向自己的肩膀。

"王爷!"

"王爷!"

大凉兵将士大惊失色。

李之节死死咬着牙拔出利刃交给陆天卓,抬手捂着伤口,鲜血簌簌从指缝往外冒,疼得他额头青筋暴起。

"传军医!大夫!"

李之节咬着牙对陆天卓冷声道:"抬起这些晋兵的尸体,随我前往幽华道!问一问白卿言同白家军虎鹰营,他们在和谈盟约签订之后来刺杀本王意欲何为!"

他私自扣押了白家子的事情,既然和谈时没有说,一会儿便也不能说!所以白卿言来秋山关不是救人是干什么来了?只能是来刺杀他——大凉炎王李之节!

两国和谈刚刚签订盟约,晋国白家军虎鹰营的人便偷偷夜袭秋山关,刺杀大凉炎王,晋国太子知道了后会怎么想?晋国君臣之间的信任本就危如累卵摇摇欲坠,晋国皇室对白家一向是且用且防备。难道不会觉得,是白卿言怕被收缴兵符,丧失兵权,所以意图再挑起两国战事?

即便是今日晋国太子不处置白卿言,他也要在晋国皇室的心里埋下一根刺,让晋国皇室知道,今日她白卿言只剩一万白家军,就敢背着晋国太子,在晋国太子眼皮子底下调动白家军刺杀已与大晋签订议和盟约的大凉亲王!明日白家军壮大,她白卿言就敢做出让晋国皇室最害怕的事情来。

白卿言足智多谋,李之节不想给白卿言过多喘息准备的机会,打铁要趁热,他这就带着还热乎的尸体前去幽华道向晋国太子讨说法!他倒要看看,晋国是否真如白卿言说的那般,臣忠主不疑!

白卿言命董家余下死士全部跟随沈青竹前往少阳郡,她带着余下虎鹰营回幽华道。

路上,她详细交代了所有虎鹰营锐士,一会儿回幽华道后,对外就称白锦稚与沈良玉是她派去暗中巡查秋山关是否有异的,结果白锦稚沈良玉他们见秋山关城内一家客栈有身着晋服之人进进出出,心生疑窦便去查探。

谁知被那些人发现,他们与那些人交起手来,那些人肆无忌惮火烧客栈引起秋山关的守城大凉兵的注意,大凉兵与那些人一同绞杀他们,幸而白卿言去得及时,带人将他们救了出来。关于董家死士与白卿云,还有肖若海、沈青竹,一个字都不要提。

此次,白卿言等人未能来得及打扫战场,董家死士的尸身与虎鹰营锐士的尸身来不及夺回,既是如此,那便将事情半真半假回禀太子,将董家死士算作大凉李之节的人,如此才能防止李之节用董家死士与虎鹰营锐士尸身做文章。

天即将放亮之时,幽华道守营将士见白卿言带着受伤的虎鹰营锐士回来大惊,连忙将大门打开,放他们进来。

为护白锦稚背后被砍了一刀的肖若江面色惨白,强撑着骑马一路回来,战马一入军营,他再无力支撑从马背上跌落。

"传!军医!快!"晋军高呼道。

"肖若江!"白卿言翻身下马,命人背着肖若江即刻去军医帐中救治。

她看着肖若江鲜血淋漓的背影,咬牙,又对白锦稚和虎鹰营的将士们道:"你们先去处理伤口,我去见太子殿下!"

白锦稚点头,她担心肖若江,立刻跟了上去。

身上带伤的沈良玉,上前一步道:"末将身上的伤暂时不要紧,与小白帅同去见太子!是末将等先到秋山关的,只有末将才能同太子殿下说清楚秋山关之事。"

白卿言犹豫片刻颔首,带沈良玉朝太子大帐方向走去。

太子已经睡下,全渔见一身染血铠甲的白卿言与满身是伤的虎鹰营沈良玉带风而来,忙迎了出来:"白将军,您这是……"

"我有急事见太子殿下!秋山关内有情况!"白卿言对全渔抱拳道。

全渔一惊,连忙转身回了大帐唤太子。

太子迷迷瞪瞪被叫醒,听全渔说白卿言与沈良玉铠甲染血而归,称秋山关有异,顿时清醒过来。

太子披了件大氅让人亮灯,命人唤白卿言与沈良玉进来。

白卿言与沈良玉带着一身寒气入帐,染血银甲吓了太子一跳。

"殿下!秋山关有异!"白卿言单膝跪下。

"全渔扶起白将军!唤张端睿几位将军前来!"太子不懂战事,既然秋山关有异他必得将几位将军叫来一同听听,想了想太子又补充道,"将方老、任世杰还有秦尚志请来!"

这三位是太子的谋士。

在事情闹开之前,白卿言所言会让人先入为主,这对白卿言有利可图,她没有拦着。

很快,张端睿几位将军火速赶来,听沈良玉叙述秋山关之事。

"今日我奉小白帅之命,与白四姑娘带了二十人前去秋山关城内探情况,谁知竟在秋山关城内看到一群身穿晋服的练家子在一家客栈进进出出。我与四姑娘察觉有异,便带人悄悄潜了进去,想弄清楚那群人是做什么的。没承想,我们刚进去就被发现,那些人身手奇高,警觉性极强!我等本欲抓活口审问,谁知那些人竟然一点儿都不怕惊动秋山关守兵,竟然在客栈内放火引起秋山关守兵注意!而那些秋山关大凉守兵来了之后,竟然同那些身着晋服的高手一同绞杀我等,二十多人死伤大半,我与四姑娘险些也命丧秋山关!若非殿下派小白帅及时驰援,我等怕有去无回!"

沈良玉称太子派白卿言驰援,这说法非常巧妙,隐隐给了在座诸位将军错觉,认为虎鹰营秋山关之行也是奉了太子命的缘故。

白卿言见鲜血顺着沈良玉衣衫往下滴答，便道："沈将军速速包扎伤口，剩下的我同殿下与诸位将军说！"

"去吧！"太子对沈良玉颔首。

沈良玉这才抱拳离开太子大帐之中。

白卿言望着太子道："议和之时，大凉炎王李之节便诸多说辞，甚至扯出殿下安排了一个什么婢女混入议和帐中，想要推托议和之事！秋山关城池之中，又有身着晋服的高手与大凉秋山关守军一同绞杀前去查探情况的虎鹰营，这其中必有问题！"

张端睿想起议和帐中李之节的确三番两次推托，说要改日议和之事，再想到秋山关城内之事，心中顿时警铃大作。

"他娘的！我看这大凉狗是没有挨够打！还想打！我们还怕他们不成！打他狗日的！"甄则平愤怒骂了一句。

"大凉如今内政不稳，我倒是觉得他们若是想打，也不必前来求和了！"白卿言装作垂眸细细思索之后道，"就怕，大凉是有什么阴谋！可我一时却想不透他们安排一群身着晋服的高手在秋山关内，到底是想做什么！"

坐在一旁的方老摸了摸山羊须开口："既然是穿了晋服，自然是和我们晋国有关！"

张端睿咬了咬牙："可大凉安排这些人想做什么？"

白卿言摇头："沈将军他们本想抓个活口，可大凉守军来得太快，他们自顾不暇……到底还没有弄明白。"

"总不至于，是让那些人来刺杀太子吧？"石攀山抬眉说了一句，"大凉敢吗？"

太子脑子里已经是一团糨糊。

秦尚志亦是没有弄明白，如今大凉内乱频生，议和于他们有利啊！为何又要来这么一出？

"既然摸不清楚他们的意图，我们倒不如主动出击！"秦尚志缓缓开口。

白卿言听完秦尚志的话颔首，对太子抱拳道："那么，便请太子派人要回我虎鹰营锐士遗体，看看大凉作何解释吧！"

"不可！"方老摸胡须的手一顿，急忙看向太子，"不论如何，现在秋山关还是大凉的，晋国派人去探已属不妥当，此事我们晋国掩盖都来不及，怎能前去要遗体？那不是向大凉承认我们派人去探秋山关了吗？太子三思啊！"

秦尚志一听方老开口与他唱反调，眉头紧皱，立时就不愿意再说话了，反正只要方老一开口，太子必定听从方老的，他多说无益。

白卿言余光扫过那位故作沉稳的方老，垂眸应声："方老顾虑也对，原本殿下也交代了要悄无声息回来，是我等无用，辜负了殿下！"

太子见白卿言十分自责单膝跪下，示意全渔扶起白卿言，徐徐道："白将军无需自责！原本就是因为李之芍在议和大帐中推三阻四，不惜攀诬孤安排什么婢女，非要改日议和，我晋国去探他秋山关也属谨慎行事，且不探又怎么知道，秋山关里竟然还藏着一批身着晋服的练家子能与大凉守城兵士联手！"

白卿言被全渔扶起来，看向方老，姿态十分恭敬："不知方老有何良策？"

方老看着白卿言恭恭敬敬的模样，心中颇有些自得，越发拿起架子来，他故作深沉摸着胡须，侧头看向太子："依老朽拙见，倒不如以静制动！我等加强防备保护好太子安危，且看大凉炎王李之芍想要作何打算！"

太子想了想点头："诸位觉得呢？"

"眼下不清楚大凉意图，这样也好！不过……总不能让我晋国虎鹰营锐士的遗体不能归国吧？"张端睿是个军人，怎么说虎鹰营诸位兄弟都是随他们一起战场浴血拼杀过的战友，他们的遗体何能丢下不管？这会寒了晋军将士的心啊！

方老抬眉一副居高临下姿态望着张端睿，高声质问道："难不成几具遗体，要比我晋国盛誉更重要？"

方老这个问法，让帐中几位将军皆朝他侧目，眼神不满又漠然。

"你们这些文人酸儒懂个什么！"甄则平激动站起身咬牙道，"国之英雄，为国舍命！难不成他们命就贱如草芥？难不成他们的遗体不值一文？他们就不是爹娘生养的不成……"

"对啊，谁不是爹娘生养的！可是为了大晋的盛誉，哪怕是将我这把老骨头挫骨扬灰我也甘之如饴，作为军人，难道这觉悟还不如我一个老头子！生为晋民，当为晋国！区区一副骸骨算什么！"方老站在道德制高点，中气十足。

甄则平睁大了眼："放你娘的屁！"

"你！士可杀不可辱！你个粗野之徒这样羞辱老夫……太子殿下，您就这样看着！"方老被气得险些晕过去，一张脸涨得通红。

"好了好了！此事让孤再想想！"太子本就是睡梦中被叫起来，脑子一团糨糊，甄则平粗声粗气一嚷嚷，太子不免头疼，"白将军受伤了吧！先回去包扎伤口，稍作休息！"

"是！"白卿言恭敬行礼后，才从太子大帐之中退了出去。

伤兵营内，白卿言看了眼此次随她前去救人受了伤的虎鹰营诸位锐士都安好，又在服了药已经睡着的肖若江床前站了良久，身侧拳头微微收紧，转头对军医说："好好照顾他。"

军医看着白卿言身上和铠甲上的伤口，道："将军，您的伤口怕是也要处理一下！这位是自荐而来的女医官，医术确实不错，让她给您看看吧！"

戴着面纱的女医官上前给白卿言行礼，抬眼望着白卿言："将军！"

"有劳了！"白卿言对女医官颔首。

拉上帘子，女医官小心翼翼替白卿言脱下战甲与衣衫，瞳仁轻颤……她从未见过哪个女子，身上有白卿言这样多的伤口，目光所及之处伤口横七竖八，到处都是！陈旧的，新鲜没有愈合的，还有前几天受伤已经结痂又裂开的。

女医官抬头看向坐于凳子上，面色平静眼睛眨也不眨的白卿言，想起为护丰县百姓而亡的白家军疾勇将军白卿明，眼眶忍不住发红。

她是个被大凉军玷污毁容的残花败柳，本要举刀自尽，是疾勇将军白卿明一跃下马用他的披风将她残躯裹住，一双眸子灼灼似火望着她说："白家军将士前线浴血厮杀，为的难道是让我们以命所护之百姓得救之后举刀自尽吗？活着！活着比什么都重要！你活着才不愧对白家军数万将士舍命之德！"

所以，她咬牙苟且活了下来。

女医官动作轻柔地用细棉布沾了热水清理伤口边缘，忍不住低声开口："将军，我父亲是丰县草安堂的大夫，丰县百姓有幸得白家少年将军白卿明舍命相护，得以活命！小女替丰县百姓谢白家少年将军！谢白家军！"

这就是她要冒险前来幽华道的原因！

白家诸位将军为护他们这些命如草芥的百姓而亡，当她听说早些年身受重伤武功全失的白家嫡长女白家军小白帅，在白家诸位将军战死之后，从大都奔赴边疆领军杀敌，保境护民，她一腔热血顿时沸腾不已。她想着，小白帅为女子，她受伤之后军医多无法细观诊治，她是女子又有一身医术，定能帮上小白帅，所以她给父亲留信，偷偷来了幽华道。

白卿言看着眼前双眸通红低垂眼睫的带泪少女，陡然想起了自己的姑姑，她的姑姑白素秋，师从洪大夫，洪大夫曾说过姑姑青出于蓝胜于蓝，医术早已远超于他又比他多了一腔报国热血。

她不免对面前的小姑娘心生好感，低声问道："多大了？叫什么？"

"十六了，姓纪，名唤琅华。"纪琅华手下动作轻柔又利索，努力睁大眼不让眼泪掉下来，"我的命……是白家军和白卿明将军给的。"

"大凉大军围困丰县之时，我就在城墙上帮忙给白家军伤员包扎伤口，我……亲眼看着大凉主帅将白家十岁小将军斩首剖腹……"

纪琅华哽咽难言，用衣袖擦了把眼泪，接着道："我也是亲耳听到疾勇将军高呼白家军不战至最后一人，誓死不退！白家军上至白帅……下至普通将士，皆为护民战死！我这等命如草芥之民也想为诸位将士出一份力。"

听到丰县二字，白卿言难免想起白卿明与小十七，心头酸涩难当，哽咽之声如同叹息："丰县啊……"

"是！丰县……"纪琅华喉咙胀痛。

白卿言似乎能透过纪琅华的面纱看到她脸上狰狞的刀口伤疤，悲伤的声音染上了一层沙哑："如此，你可得好好活着，别辜负了……死去的白家军啊！"

纪琅华听到白卿言这话与白卿明如出一辙，含泪称是。

她替白卿言包扎好伤口，小心翼翼替白卿言穿戴好还未来得及擦去血迹的战甲，福身行礼送白卿言离开。

已经包扎完伤口的沈良玉还未休息，拎着一个酒坛正要去白锦稚帐中，见白卿言从治疗伤兵的大帐中出来，忙上前几步："小白帅！"

"怎么还不去休息？"白卿言视线落在沈良玉刚包扎好的伤口上。

"想到今日四姑娘受了伤，给四姑娘送这……"沈良玉笑着将手中酒坛举了起来。

大约是救出了白卿云，沈良玉心情愉快，整个人看起来丝毫不见疲惫。

"蜜酒。"白卿言伸手接过，"我以前也喝过，听说这可是你们家祖传秘方啊！我给小四送去，你快去休息吧！"

"是！"沈良玉颔首，看着白卿言铠甲上的血迹又问，"小白帅也受伤了？要紧吗？"

她摇了摇头："都是大凉军的血！"

沈良玉松了一口气，点头抱拳告辞，回去休息。

激战了一夜，沈良玉也的确是乏了。

此时太子已经睡意全无，他听着方老徐徐之声裹了裹大氅。

"不论大凉藏了什么祸心，此次虎鹰营的人潜入秋山关发现了这些晋装高手且大战一场，大凉炎王心里想必也是怕的，他们要不然会装作什么都没有发生，对这件事绝口不提！要么必然有所动作意图先发制人！"

秦尚志抬眸看向坐于灯下的方老，略微颔首点头表示赞同。

方老摸着山羊须，半阖着眸子："只要他们有动作，我们便能知道大凉的意图！这就是为何老朽同太子殿下说要静观其变！他们不动我们也不动，都当做这件事没有发生过！否则我们就得先解释为何要派虎鹰营进入秋山关城池，于晋国在列国间的声誉不利！"

秦尚志听到方老后面这番话睁大了眼，险些又被气了一个倒仰，方老前一番话还有道理，后面说的这些，秦尚志决不能苟同。

"殿下！方老前面所言秦某赞同，可此次虎鹰营奔赴秋山关城池探查，主要是因为此次议和时间分明是大凉安排的，可大凉炎王在议和大帐之中，百般借口推诿磨蹭想改日议和，我晋国焉能不防？！万一大凉有所图谋呢？反倒是他们在秋山关内藏着一批身着晋服的高手是想做什么？我晋国是战胜国，他大凉必要给我们一个交代！"秦尚志气愤道。

"秦先生年轻气盛啊！上次瓮山之战白将军焚杀大凉十万降俘，列国已经视我晋国为残暴虎狼之国！如今两国议和盟约刚刚签订，我晋国却在大凉还未同我国移交城池之时，仗着自己是战胜之国派兵夜探秋山关，晋国名声还要不要？列国会如何想我晋国？"方老看也不看秦尚志，对太子抱拳，"太子殿下，三思啊！"

秦尚志眼见太子点了点头，一口气堵到嗓子眼儿差点儿气吐血，干脆紧紧抿着唇不吭声。

太子从黑色大氅中伸出手烤了烤火，道："此事就暂时依方老所言，以静制动！秦先生同任先生先去休息，孤与方老还有事要说。"

秦尚志心中憋闷，起身拱了拱手便转身离开，倒是任世杰恭恭敬敬对太子与方老行礼之后才退出大帐。

方老睨视秦尚志气冲冲的背影，冷哼一声，转而看着太子态度温和又恭敬："太子殿下遇到难事了？"

太子摇了摇头，将手中兵符摊开给方老看。

方老略显惊讶:"兵符?"

"刚才回来,孤实在太过疲乏,便没有唤方老前来!这兵符是白卿言在议和结束之后主动交于孤的!她说之前之所以没有上交兵符,是因为议和盟约未曾签订,担心大凉反复!如今议和盟约已经签订,她便将兵符归还!不仅如此……"太子看着火盆里忽明忽暗的炭火,语气里带着感怀,"白卿言还奏请孤,让白家军镇守铜古山,白家军几位将军一个派往中山城,一个派往白龙城,守城的同时为孤练兵!"

方老微怔,他想了想铜古山、白龙城还有中山城的位置,眉头紧皱:"让白家军的将军守城同时为殿下练兵?意思……就是要让白家军的将军带领晋兵了?殿下不得不防啊!"

"方老……你过分谨慎了!"太子笑了笑道,"白卿言还说,让孤派嫡系将军与白家军的两位将军一同镇守白龙城和中山城,白家军的将军负责练兵,孤的嫡系掌兵!如此……将来晋国的精锐战士皆为孤所用!剑锋所指,前仆后继!毕竟她身体不好,只能将白家军交于孤手中。"

方老看着太子的表情,便知道太子对白卿言已经深信不疑了:"殿下,那虎鹰营呢?虎鹰营白卿言是如何安排的?"

太子一愣,眯眼道:"白卿言……倒没有说!但想必只要孤做出安排,白卿言必不会违逆!"

方老想到刚才大帐之中,白卿言对他尊敬的态度,他摸了摸山羊须点头:"太子温厚仁德,就连白卿言这样的骁勇之将也对太子殿下臣服!恭喜殿下,从此手握白家军!"

太子见方老都这么说,彻底打消了对白卿言的最后一丝疑虑。

他紧紧握住手中兵符,思索片刻道:"她投我以桃,我报之以李!等这次回大都,我会奏请父皇,封白卿言为公主,算是给白家和白家军加恩!"

"太子殿下对白家与白卿言恩深义重,想必白卿言必会同老朽一般,对殿下忠心不贰!"方老笑呵呵道。

太子点了点头,又问方老:"那……依方老所见,虎鹰营应该带回大都吗?"

"老朽以为,殿下对沈良玉可按之前与陛下所商议之策略,以许沈良玉将军以高位,给他金银珠宝,安顿他的亲人家眷锦衣玉食!让他再为陛下与殿下训练出一批如虎鹰营一般的锐士,仅为陛下和殿下效命!殿下不如就如白卿言对白家军其他将军的安排一般,派一个殿下信得过的将领掌兵,沈良玉只负责练兵!"

"方老所言甚是！"太子颔首。

"如此白家军之事大定！太子殿下也该好好想一想，三月二十八陛下寿辰，殿下要送什么礼，才能让陛下开怀，赢得陛下欢心啊！"方老出言提醒太子。

"方老提醒得是，想必太子府已经开始准备，回去后，方老还要帮我参详参详！"

"殿下，您没有明白老朽的意思！"方老摸着胡须笑了笑道，"有什么礼，比太子殿下大胜班师途中遇到天降祥瑞，更能让陛下高兴啊？殿下若是觉得可行，此事可交由任世杰去做，此人虽沉默寡言，但做事极为稳妥。"

太子双眸一亮，笑而颔首："孤身边，多亏有方老时时提醒。"

白锦稚大帐内，她已经包扎完手臂上的伤口，换下了血衣，正坐在火盆前看着自己那杆银枪出神，反复回想刚才生死一瞬——长姐声嘶力竭喊着让她捡刀，可她却像是丢了魂儿一样只顾着拼命拔自己的银枪。如果不是长姐和肖若江，此时的她大概已经去见阎王了吧。

白锦稚瞳仁颤抖着，激战之时她未曾觉得怕，可事后回想那种与死亡擦肩的感觉，却不由让她脊背发寒。

白卿言拎着一个酒坛进帐，便见白锦稚对着那杆银枪出神，她抬手揉了揉白锦稚的发顶。

白锦稚这才回神，抬眼朝白卿言看去，声音嘶哑："长姐……"

"怕了？"她笑着问白锦稚。

白锦稚点了点头又摇了摇头，一双充满红血丝但晶莹明亮的眸子望着她，搁在腿上微微颤抖的手指收紧："刚开始是怕的！我看到董家死士和虎鹰营的锐士倒在我面前，滚烫的鲜血喷溅在我的脸上和嘴里，血的味道……带一点咸，我真的以为要和九哥一起死在秋山关了！只想着……就算是死也要多杀几个大凉狗！可是……我看到长姐来了！"

白锦稚干裂的唇角对白卿言露出一抹笑意，眼眶发红："看到长姐我就不怕了！就感觉浑身充满了力量，还能再杀他成百上千个大凉狗贼！"

见幼妹双眸发亮的样子，她抬手揉了揉白锦稚的脑袋，含泪将白锦稚拥在怀中。

她知道白锦稚这种感觉，就像她曾经陷入困战之中，只要看到白家军的黑幡白蟒旗由远而来就什么都不怕了，因为她知道，白家人带着白家军来驰援她了！这就是为什么，当初的白卿言永远冲在第一个，因为白家诸人与白家军就站在她的后方，是她最坚实的后盾，能让她全无后顾之忧！

身为长姐，她本应当起为幼弟幼妹遮风挡雨的责任，她本应该就是他们身后最坚实的后盾！可她这些年任由自己娇着病着养着，她若能早一点让自己坚强起来强大起来！如今的白家诸子……何以会是这样的结局？

"小四比长姐当初要厉害！长姐第一次上战场，身边有一支护卫队相护，小四如今只身一人杀得大凉军片甲不留！"她轻轻抚着白锦稚的脊背，"长姐相信，假以时日，我家小四一定会成为战场上最耀目的白家军红妆将军！"

白锦稚用衣袖擦去眼泪，直起身望着白卿言，坚定道："长姐信我！我就一定能做到！"

"这是沈良玉将军让我给你带来的蜜酒，说里面加了他们家祖传的秘药，喝几口睡着了就不疼了！"她将酒坛递给白锦稚，"我以前也喝过，管用！"

"嗯！"

白锦稚接过酒坛，就听外面守帐的白家军兵士来报沈昆阳、卫兆年、谷文昌和程远志四位将军已从凤城赶到了幽华道，此时已去了沈良玉将军的帐中。

"你好好睡一觉！"白卿言说着起身拍了拍白锦稚的脑袋。

白锦稚原本想开口劝长姐休息，可是看着长姐挺拔如松的背影，又将劝长姐的话咽了回去。劝了又有何用，长姐为护白家、为护白家军只能夙兴夜寐，谁让她一点儿忙都帮不上，谁让她还不够强大，没有办法替长姐分担。

白锦稚抬手按住自己手臂上的伤口，至少……她要快快好起来，不要让长姐担心，帮不上长姐的忙，也决不能成为长姐的拖累让长姐担心。

她拿过酒坛，拔塞，忍着那火辣辣的灼烧之感咕嘟咕嘟喝了两口。

卫兆年、程远志、谷文昌与沈昆阳四位白家军将军一来，便去拜见太子，可太子身边那个叫全渔的小太监说，太子同幕僚刚议完事躺下。他们四人没有见成太子，便去了沈良玉的帐中。

本已经歇下的沈良玉听说卫兆年、程远志、谷文昌与沈昆阳四位白家军将军来了，匆匆起身屏退左右，将白家九子白卿云被救出的消息低声传递给他们。

程远志激动得差点儿嚷嚷出声，幸亏卫兆年一把按住了他的伤口处，让程远志到了嘴边的大笑变成了嗷嗷直叫。

"独眼老卫你往哪儿按！"程远志疼得龇牙咧嘴。

卫兆年余光不动声色朝外看了眼，用铜钳拨了拨火盆里的炭火，压低声音道："太子在这里，我们还是小心些！"

谷文昌与沈昆阳点了点头赞同。

"老卫说得有理，我们还是小声些！"

沈良玉眼尖，看到帐外疾步而来的白卿言，起身唤了声："小白帅！"

程远志看到从帐外进来的白卿言，忙站起身来。

卫兆年抬头看到白卿言亦起身唤道："小白帅！"

"小白帅！"程远志表情藏不住的高兴，"听说……"

程远志刚想说听说白卿云救出来了，可一想到卫兆年刚才的话，硬是将话吞了回去。

谷文昌拿起拐杖就要起身，却被已经进帐的白卿言按住肩膀，她轻轻拍了拍谷文昌的肩膀，在谷文昌身旁坐下："谷叔坐着吧！沈叔、程将军，卫将军都坐吧！"

"小白帅，急调我等前来，是不是有要事安排？"程远志沉不住气问。

白卿言颔首："想必你们已经知道，小九还活着，且已经被救出来了！"

几个人神情激动点头。

"还有一件事你们不知道……"她坐在炭火烧得极旺的火盆前，伸手烤了烤火，声音沉着平稳，"小七阿玦也活着，也已获救，如今人在东燕。"

火盆中发出极为轻微的炭火燃爆声，白家军如今仅存的五位将领看向眸色内敛深沉的白卿言，忍住心中的激动澎湃紧紧握着拳头，静待白卿言的吩咐。

她抬眼，精致清艳的五官被火光映成暖橘色，眸底暗芒翻涌。

"我已经奏请太子，让程将军与沈叔带所余白家军镇守铜古山！谷叔守中山城，卫兆年将军守白龙城！"她声音极低，"我会派人送信给阿玦和阿云，让他们在铜古山、中山城、白龙城这三地连起的区域，养兵、练兵！届时有诸位在，必不会让人发觉！"

卫兆年受伤的眼睛发烫，他最先反应过来，难掩震惊的双眼，看着眸色波澜不惊的白卿言，心中已经是惊涛骇浪。

白卿言要养兵、练兵，是要为反做准备吗？

卫兆年凝神屏息，低声问："小白帅这是要养私兵？"

"不错。"白卿言承认得痛快，"白家军欲存，白家欲存，便必须有除了白家军之外无人能战胜的敌人！我留下云破行的命，许他三年苟活，为的就是保存白家！保存白家军！可若等不到三年云破行就死了，或者他不敢来晋国下战书，又或者三年后再战他战死了呢？狡兔死走狗烹，白家军这样的结局我不愿意再看到！白家人与白家锐士，数代奋斗不止，为信仰粉身糜骨，欲还百姓盛世太平的志向，白卿言至死铭记，不敢相忘！

"所以，没有足以威慑当今晋国皇帝的敌人，我们便为他培养让他惧怕的敌人，至少需要让如今的晋国皇帝以为，外有强敌，不得不依靠白家军，不得不依靠白家！如此能存白家，能存白家军，且壮大白家军！

"若将来白家军遇明君，欲为万民安身立命，平定天下，白家军便是明君手中利刃！若遇贤君，只欲富国强民，白家军锐士便保境安民，至少护我大晋百姓一个太平山河！若遇昏君，使晋国百姓民不聊生，白家军亦不忘建立之初衷乃是为民，平定内乱外战！'护民安民'这四个字，是白家军建立的初衷亦是军魂！每一位白家军将士都该刻骨铭记，永不能忘！"

白卿言这话简直就是直白告知在座的这五位将军，若来日晋国遇昏君误国害民，白家军便要造反护民了。

如今坐在他们面前的这位小白帅，依旧一身银甲，她此时表情沉静地坐于他们这些死忠于白家军的将军面前，内敛、沉稳，目光坚毅深沉，哪怕白家军如今只剩一万余残兵，她亦不忘白家军建立之初衷，数代浴血平定天下的信仰，深谋远虑为将来做打算。

卫兆年虽然是白家军，可在他心里他与其他几位将军不同，他虽决定誓死追随白卿言，却怕白卿言会对他有保留——如沈昆阳，自小白帅入伍便在沈昆阳麾下，谷文昌亦是被小白帅称作谷叔，沈良玉不必说，虎鹰营乃是镇国王第五子白岐景的嫡系，程远志是悍将，曾与小白帅浴血同战，且其忠心白家军无人不知！只有他卫兆年，虽然是镇国王第四子白岐川麾下嫡系，但前些年随白岐川镇守大晋东部，并无与小白帅一同征战浴血过的经历。

刚才他冒失之下，问白卿言是否要养私兵，话出口心头惴惴，没想到小白帅毫不避讳对他直言若遇昏君则反。此时卫兆年才觉自己自诩聪明却小人之心，小白帅心底从未拿任何一个白家军将士当外人看。

遇挫折，不气馁。

身处困顿，依旧不忘大志！

气吞山河！

白家风骨，当是如此！

从此，卫兆年再无顾虑，誓死追随小白帅。

"誓死追随小白帅！"卫兆年咬紧了牙关，头一个抱拳单膝跪地，郑重望着白卿言，"誓死不忘白家军之志！"

"我程远志是个粗人，我只认白家人！只认小白帅！"程远志单膝跪地道，"小白帅让我做什么！我便做什么！绝无二话！"

沈昆阳、谷文昌与沈良玉皆抱拳跪地，发誓至死不忘白家军军魂，至死追随小白帅。

"小白帅，那我怎么安排？"沈良玉没听到白卿言对他的安排，忍不住问道。

"白家军让列国惧怕，其中虎鹰营更是让列国闻风丧胆！所以，今上与太子必定会对虎鹰营有所安排！此次，今上与太子不论对虎鹰营做出任何安排，你听从就是！虎鹰营的训练方法太子并不知晓，必定还须倚重于你！"

白卿言深眸望着沈良玉，慢条斯理："你大可直言相告太子，天险秋山关与川岭山地，还有瓮山，皆是训练虎鹰营的好地方！不论太子让你在哪里练兵，你都遵从便是，只一点同太子讲清楚，你练兵有自己的章程，不喜他人插手过问，希望太子海涵！"

不过白卿言料想，太子不会让沈良玉在瓮山练兵，白卿言在那里焚杀大凉降卒，太子怕是想起瓮山心里都会不舒服！而不论太子是选了川岭山地还是秋山关都没什么区别，带虎鹰营去哪里练，练十天半个月甚至是一个月，只要无人插手，便是沈良玉说了算。

"末将明白！"沈良玉抱拳，心中透亮，"末将会时时与铜古山、白龙城、中山城方向通信！"

"几位将军见过太子之后，定会被留在幽华道……"白卿言双眸湿红，抱拳郑重望着他们，道，"如此，白家军……与白卿珙、白卿云，便托付诸位！此番一别，三年后见！"

朝阳跃出翻涌云海，金光穿透晨雾，勾勒出雄浑壮阔的山脉和湍急奔涌的河流、冰川。

风吹云散，终露出巍峨奇美直入苍穹的山顶，千年不曾消融的积雪被初晨最耀眼的万丈光芒映照得金碧辉煌。

耀目曙光从山川那头缓缓而来，照亮这广袤辽阔的天地旷野，驱散笼罩在晋军帐篷之上的云雾与黑暗，也驱散了一直萦绕在白家军众将领心头的颓唐和阴霾，只觉前路柳暗花明豁然开朗。

三年之后，手握强权，皇权更迭，必是她白家说了算，民心说了算。

番外一
玉蝉

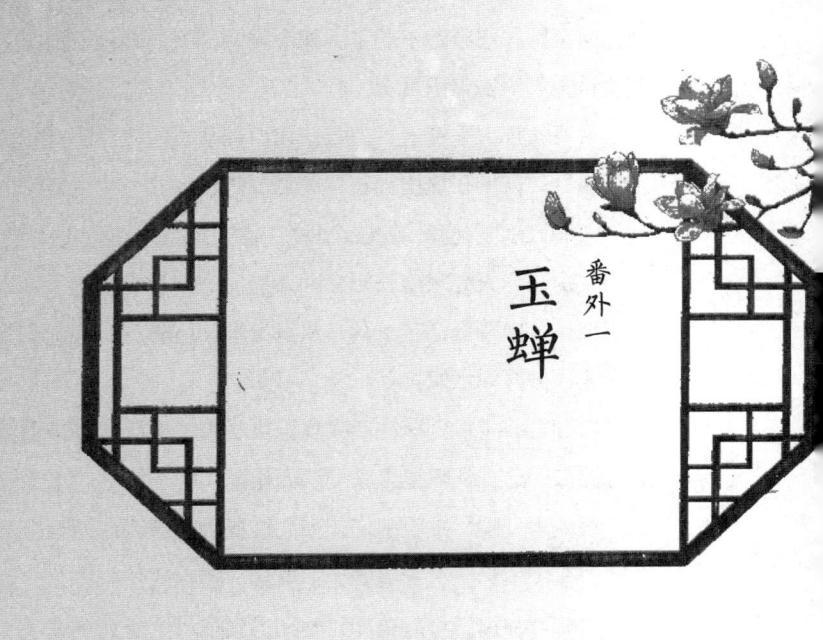

时值隆冬，北风刮得雪花乱飞。

寅时三刻，禁军正举着火把，在城内挨家挨户搜寻逃犯。

火把随风乱窜的亮光陡然出现在低矮的夯土墙外，靴子踩过积雪的声音逼近，面色枯槁苍白的白卿言屏息，捂住了六妹白锦华和七妹白锦瑟的嘴。

"开门！开门！搜查逃犯！"

禁军从巷子最东头搜起，叫嚷拍门搜查的喊声，混着犬吠声响起，接着紧密相接的农户接连亮起灯。

白卿言已瘦如枯槁，眸子里全都是红血丝，低头看着怀里两个颤抖不止的妹妹。她的两个妹妹已经跑不动了，如今城门已关，她身上重伤未愈又添新伤恐命不久矣，无法将她们平安带出城。

眼看着那火光愈近，白锦华和白锦瑟不住往白卿言怀里躲，她咬了咬牙，压低了声音道："你们在这里等着！"

白卿言刚要起身，就被全身发抖的白锦瑟一把拽住，哽咽摇头："长……长姐！"

"别怕！天亮之前长姐会回来接你们，长姐再也不会将你们丢下，一定送你们平安出城！"白卿言话音一落，将身上唯一可防身的宝剑交给白锦瑟，拍了拍她的手，"别怕，护好你六姐！"

白卿言将牛棚稻草往两人身上堆了堆，一跃跃过夯土墙，抓了把雪将夯土墙上的血迹擦去，这才从隔壁人家一跃而出。

落地那一瞬，她胸前伤口如同被撕裂，跌倒在地喷出一口鲜血来。

"在那里！"有眼尖的士兵看到白卿言高呼一声

白卿言强撑着打起精神，她知道自己肯定是活不成了，可死之前她一定要将两个妹妹送出城，不论如何……都要保住她们。白锦华和白锦瑟被梁王送入青楼，吃尽了苦头，她们明明就在大都城，就在自己的眼皮子底下，她竟然全然不知。她是长姐，护着妹妹是她的责任。

白卿言撑起身子一路往巷子外跑，疾风骤雪刀子似的打在脸上，她不知疼，只顾亡命似的往前跑，将追兵引开。

伤口裂开，鲜血顺着脚印滴了一路。

她将追兵从那小巷引出来，又引得聚集在城西搜查的追兵聚到东城，终如困兽被团团围住，大口大口地喘息，急促到两肋生疼。

四周全都是摇曳的火把，白卿言不知道自己能否和以往一样，从敌军之中杀出重围,可心中有声音告诉她,必须要杀出去,她两个吃尽苦头的幼妹,还在那个牛棚里等着她回去,带她们出城。

左相李茂骑在高马之上,一身铠甲而来,居高临下看着浑身是血的白卿言:"梁王殿下有命!白卿言刺杀圣上,其罪当诛,能生擒此贼者,赏金百两!"

梁王为了那至尊之位,亲自了结皇帝的性命,竟然算在她的头上,还真是会物尽其用。

白卿言咬紧牙关,疾步冲上前,一脚踢飞禁军手中长剑,旋身接住,挽剑而立,姿态挺拔,手中利刃堪比寒冰森冷,她稳住气息:"那就要看,谁有这个本事!"

大臂伤口撕裂,鲜血顺着她紧握的剑柄向下滴落。茫茫白雪之中,白卿言浑身是血,面容冷肃,目光仿若地狱归来的罗刹,人未动,凛冽的杀气已临。只有从无数次尸山血海中拼杀而归的恶鬼,方能有如此让人不敢逼视的杀气。

李茂眸色阴沉,如今皇帝已死,大局已定,梁王只要登基便是皇帝,白卿言已经没有用了,按照李茂所想,乱箭射死也就是了,可偏偏梁王要活的。

"杀!"李茂一声高呼。

你看我我看你的禁军将士嘶吼着,鼓起勇气朝白卿言举剑而去。

白卿言立在原地凝视朝她猛攻而来、曾与她同战同死的将士,心沉下,紧攥长剑的手腕一翻,利刃寒光乍现,完全不要命似的穿梭于禁军将士之中,人带风雷之势,急攻如雷似电,杀伐果断,招招致命,利落又干净。

白卿言的动作极快,快到近身禁军还未看清楚白卿言在哪儿,颈脖便已鲜血喷溅。

人影扑朔,剑光寒煞,所到之处,必取人命。

可白卿言再厉害也只有一人,禁军再容易对付人也足够多。

滚烫的鲜血喷溅在白卿言的身上,眼睛里,浓稠的血浆挂在她衣衫眼睫之上,格外沉重。

白卿言不知杀了多久,剑刃卷翻,双臂酸胀到没有知觉,整个人摇摇欲坠,全凭要护妹妹出城的意志强撑着,直到天际隐隐透出一丝白光,白卿言脚下已堆满尸骸。

禁军终于怕了,白卿言身上的煞气逼得他们不住向后退。

新任的禁军统领吕元鹏吃惊之余,又觉眼前这个刺杀了皇帝的白家余孽白卿言,如此熟悉。

利落干脆杀敌制胜的招式,竟与梁王殿下几乎一模一样,像到……如果她穿上梁王那身战甲,戴上梁王出征时所佩恶鬼面具,他一定会将眼前的白卿言,误认成即将

番外一 玉蝉

要登基为帝的梁王。

白卿言手握已经卷刃的长剑，立在几乎堆成小山的尸山之上，身形摇摇欲坠，剑指不断向后退的禁军将士，稳住气息，高声问道："还有谁！敢战！"

吕元鹏闻言，顿感头皮发麻……他想起灭大梁那一战，援军迟迟不到，身着盔甲面戴恶鬼面具的梁王带着他们仅余的两百多兄弟死战，他们的将军仿佛不知疲惫一般，杀得梁军不敢上前，杀得梁军不断后退！

他也是这般，高举长枪，厉声问梁军："还有谁！敢战！"这样的气势，除了他们的将军，他们的梁王，绝无第二个人！

禁军统领吕元鹏心中产生了强烈的疑问和怀疑，怀疑起梁王从不曾脱下的战甲和面具，想起白卿言是将门世家出身。吕元鹏这样的人，之所以愿意跟随梁王，是因为战场上梁王三番四次的救命之恩，是因为同袍之情无法割舍。可若这个人不是梁王呢？

吕元鹏一跃下马，推开围在周围的禁军将士，拔剑高呼："我来！"

吕元鹏清秀的面庞绷着，他抬脚踩着尸体朝白卿言走去，急于去证明什么。

四目相对，吕元鹏举剑朝白卿言冲袭而去，刀光碰撞，吕元鹏死死望着白卿言那双布满红血丝的眼，仿佛看到了那张面具后的脸。

长剑被压下，嵌入吕元鹏肩膀盔甲之中，吕元鹏心头热血翻涌，唤了一声："将军……"

白卿言死死咬着牙，望着同她多次出生入死的吕元鹏，最终没能忍心要了他的命，只夺过吕元鹏手中的剑，将其一脚踹了下去。

披着黑色披风快马而来的杜知微，见白卿言一人竟然折损那么多禁军锐士，眸色沉了下来："禁军围困乱箭射杀也就是了，左相何以在这里浪费兵力？"

"梁王殿下要生擒白卿言！"李茂看不惯杜知微一个文弱书生高高在上的模样，语气很是不耐。

"梁王殿下要活捉，不过只是意气用事，想出口恶气罢了！"杜知微眉头紧皱说完，看了眼如强弩之末的白卿言，语声冷漠，"尽快了结，免得夜长梦多！殿下那边儿自有我担待。"

说完，杜知微调转马头离开。

"弓箭手准备！"李茂高声喊道。

白卿言攥着长剑的手一紧，还来不及做出反应，只听到箭矢破空之声，从城楼、屋顶呼啸而来……

禁军将士惨叫倒地。

白卿言攥着长剑的手一紧，转头朝城楼之上望去。

城楼上高高悬在飞檐之下的灯笼，被狂风骤雪打得下下摇曳，明明灭灭的火光摇晃着，白卿言隐约能看清，立在身形矫健的弓箭手之后，顽长挺拔的身影。

慕容衍！

慕容衍一身黑色皮毛大氅，斧凿般深刻的硬朗五官，被东摇西晃的灯光映得忽明忽暗，高挺的眼廓之中，墨黑的眸色幽沉似水，平静无澜，却似有着极为逼人的戾气。

"吕大人！"禁军将士一把扯住仰头震惊望向白卿言的吕元鹏，一路狂奔躲避箭雨。

护在李茂身侧的护卫拔刀高呼："逆贼有同党！快！保护左相！"

李茂大惊，瞪大眼朝着城楼之上看去。

箭矢如雨。

不等李茂看清，胯下骏马中箭，扬蹄长嘶，险些将李茂甩下来，疯了似的狂奔而去。

"大人！保护大人！"

禁军举着刀被急攻的羽箭逼得连连后退，干脆放弃抵抗，高呼着保护李茂，追着受惊的骏马而去。

"撤！快撤！"禁军高呼，"逆贼有同党！快撤！"

白卿言喘息呼出的白雾模糊了视线，睫毛上的血水已经凝结着冰碴子。

萧容衍这是在救她吗？

可……他们分明是对手。

禁军撤得干干净净，白卿言周围全都是羽箭和尸体，唯她浑身染血还立在漫天大雪之中，凝视从容缓慢从城墙之上走下的萧容衍，用长剑撑住自己摇摇欲坠的身体。

她不知道，萧容衍为何救她，心底存着一丝戒备。

但萧容衍却在走下城墙之后，翻身上马，并未有同白卿言多言的意思。

白卿言全身酸痛到已无知觉，艰难从尸山之上一步一步挪下来，看着与她擦肩的萧容衍，唤了一声："慕容衍……"

萧容衍闻声，侧头居高临下朝白卿言看来，目光深如寒潭，高深得看不出情绪。

"为何救我？"白卿言声音嘶哑无力，说话时嘴角白气升腾。

萧容衍看着她的眼神似乎带着几分怜悯："白家男儿满门忠烈，诸位夫人……更是刚烈非寻常人可比，算是……给白家留点血脉吧！"

番外一　玉蝉

他望着表情有些木然的白卿言，俯身，将一直攥在手心之中的玉蝉递于立在他马旁的白卿言："燕军锐士即将攻城，见此玉蝉如见本王，自去逃命吧！"

　　雪花飘落至白卿言的眼睛里，她不知凉，也不知疼，近乎呆滞地抬手接过玉蝉，仰望着这曾经的对手，心中说不出是何滋味。

　　身着禁军战甲的大燕锐士，高举火把跟随萧容衍身后，如同长龙，绕过白卿言而去。

　　她听到城门被打开的吱呀声，紧紧握住手中玉蝉，既然已知仇人是梁王，她便没有打算活着出大都城，只要能将两个妹妹送出大都，她定要与梁王……同归于尽。

　　此生，她欠萧容衍一次，若有来世，结草以报。

　　白卿言强撑着朝萧容衍的方向长揖一礼，紧捂着胸前伤口，踩着积雪，朝白锦瑟和白锦华藏身之处跑去。

番外二

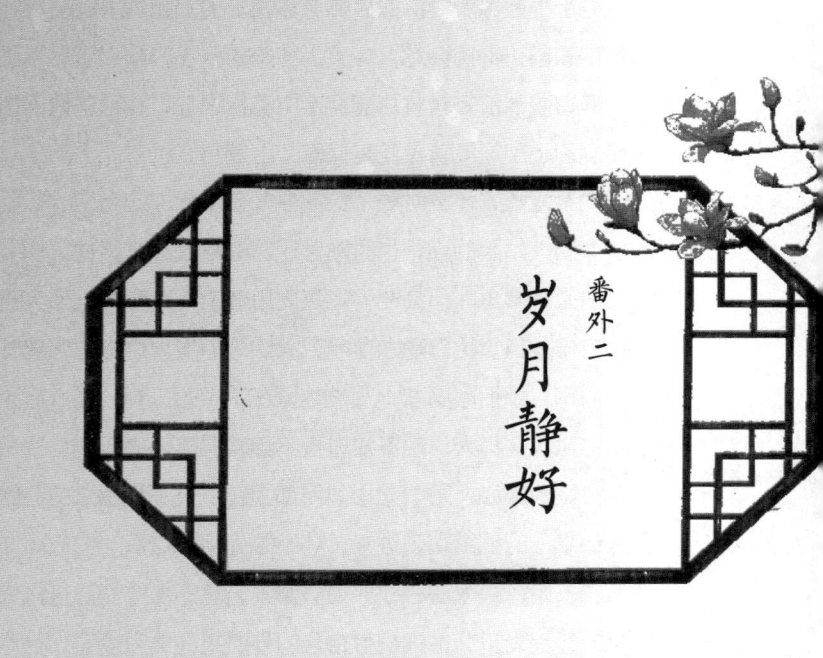

岁月静好

大周二年，正月十五，大都城刚下过一场大雪。

清辉院上房内地龙烧得极旺，秦嬷嬷拿着铜制长夹，夹了块儿银霜炭置入火笼里，将镂空雕瑞兽的镏金铜罩子盖上。

已嫁作人妇的春桃挑开金线绣凤的棉帘一进来，热气便迎面扑来，暖烘烘的。

她将手中的黑漆描金方盘搁在八仙桌上，习惯性在火盆前烤了烤驱散身上寒气，这才绕过楠木嵌翠玉的屏风进来。

秦嬷嬷忙对春桃做了一个悄声的姿势。

见手中还握着奏折的白卿言靠在软榻上闭着眼，盖在肚子上的白色细绒毛毯掉下来都不知道，春桃会意点头，迈着碎步轻手轻脚灭了红木高几上的灯盏。

秦嬷嬷上前轻轻将白卿言手中奏折挪开，将毯子往上拽了拽，动作柔和盖住白卿言高挺的腹部，没承想还是惊醒了白卿言。

"秦嬷嬷，什么时辰了？"白卿言单臂撑起身子，一手轻轻抚了抚腹部。

"回大姑娘的话，未时刚过。"秦嬷嬷笑了笑道。

"大姑娘再眯一会儿，还是先用燕窝？"春桃上前笑盈盈道。

窗棂被风雪拍得啪啪作响，火炉内的炭火烧得忽明忽暗，偶有火星爆破声。

白卿言手指摩挲着一直被她攥在手中的玉蝉，操心起久未归家的萧容衍来。

"风雪这样大，也不知道会不会耽误阿衍的行程。"

"姑娘放心，姑爷无论如何都会在小公子降生之前赶回来的。"春桃笑盈盈将搁在八仙桌上的燕窝端了进来，"姑娘先用一点。"

"长姐可是太偏心，只关心姐夫，也不操心操心这样大的风雪会不会耽误我今日归家的行程啊！"白锦桐打帘从门外进来，笑盈盈道。

"三姑娘！"春桃忙绕过屏风迎出来，笑盈盈行了礼，忙上前帮白锦桐解身上披风。

"锦桐回来了！"白卿言放下手中的燕窝，就要起身。

白锦桐立在火盆前，伸手烤了烤火，见白卿言掀开覆在腿上的毯子要起身，一边驱散身上寒气一边道："长姐你身子重别起来，我骑马回来的，身上都是寒气，烤烤就过来！"

白卿言闻言坐在软榻上，隔着屏风看着如今已经隐隐要高出她一些的白锦桐，身姿挺拔，举止洒落，或许女扮男装久了，身上少年气更胜女儿气，挺拔又利落。

"长姐，你知不知道姐夫从哪儿找来一个神人，这人的造纸技术高超，将造纸的成本降下来，现在纸张便宜了一半可纸质却好了不止一倍，我看比九哥强多了，不知道姐夫肯不肯割爱,若是不肯……能不能让我的造纸师傅去学习?不然我这墨香斋的生意可做不下去了。"

白卿言低笑了一声:"你说的那个神人,就是阿云。"

白锦桐一下睁大了眼:"这九哥怎么回事儿?我三求四请他不肯帮我,却去帮姐夫!"

"你姐夫对阿云说,他所求所愿,乃是天下黎庶皆可用纸,阿云这才去了。"白卿言隔着屏风都能想到白锦桐的表情,"你当年将造纸成本压下来,一时间,纸张取代竹简,也让墨香斋的名头列国闻名,十年河东十年河西,也该你姐夫的上墨书斋出出风头了。"

"长姐!长姐!"

白锦稚一溜烟从清辉院外跑了进来,人未到声先到,只听到院内扫雪的仆妇婢女叠声唤着"四姑娘",后面追着白锦稚一路跑来的嬷嬷婢女喊着让白锦稚慢着点。

一进屋,白锦稚瞅见白锦桐立在火盆前烤火:"三姐回来了!"

今儿个十五,晚上有灯会,白锦稚穿得极为喜庆,外披一件红色披风,白风毛的茜色金缂丝对襟薄棉夹袄,铜绿色的下裾,锦织腰带上系了暖玉佩饰,一看便是嬷嬷押着精心装扮过的。

约莫是白锦稚这一路跑得太急,发髻虽然未松散,可那赤金嵌珍珠的流苏发簪已经摇摇欲坠,快被她跑掉下来了。

白锦桐扶了扶白锦稚发髻上的簪子:"都多大的人了,怎么还跟个孩子似的!"

"三姐不知道!"白锦稚一边扯披风系带,一边道,"我刚从长街回来,就被母亲身边的婢女嬷嬷按在铜花镜前梳妆打扮,这还不算,还弄出七八套衣裳让我试,幸亏我机灵跑得快!"

佟嬷嬷笑着上前接过白锦稚解开的披风,白锦稚也立在火盆前驱除身上的寒气,伸长了脖子一边往屏风里头瞧,一边兴高采烈道:"长姐,我刚从长街回来,长街今晚有诗会灯会,可热闹了!那诗会比赛的台子已经搭起来了,听说彩头竟然是一座一人多高的沉香木瑞兽!对了,听说今天晚上还有花灯游街,我看着架势比之前几年办的都要盛大。"

白锦桐搓了搓手,一边往内室走,一边道:"能不热闹吗,我的小姑奶奶?今年的灯会可是由大都商会出资筹办的!诗会比赛的彩头可是咱们家出的!"

白锦桐余下的话未说完,闹这么大的动静办这个诗会,还不是为了给白锦稚挑个青年俊杰，自吕元鹏去了后，白锦稚不愿她们担忧依旧每日装作没心没肺的欢快模样，谁也不敢再提给白锦稚议亲之事，三夫人李氏都快急死了。

被蒙在鼓里的白锦稚一想到那雕工精致的沉香木瑞兽就肉痛，那可是一整块极品沉香木，再看那雕工，就是宫里也难见这样的宝贝！

"咱们家的东西哪能让别人赢去了！等晚上诗会的时候我要带着小七去！把咱们家的东西赢回来！"

白卿言笑着揭开细绒毯子，扶着春桃的手起身挪到临窗的软榻前坐下，就听院子里传来叠声的"二姑娘"。

"二姐！"白锦稚唤了声进门的白锦绣。

白锦绣跨入上房，解了身上的披风，立在火盆前烤火，笑盈盈道："我说五婶带着小五她们包元宵，怎么不见你们人，原来都躲在长姐这里。"

"我这不是来给长姐报信的嘛！"白锦稚驱散了身上寒气小跑进内室，不等春桃动手自己搬了个小绣墩在白卿言身旁坐下，视线落在白卿言软榻旁堆得高高的奏折，眉头紧蹙，"姐夫走之前不是让慕容沥那个臭小子监国吗？怎么奏折还送到长姐这里来了？"

"左右闲来也是无事，阿沥刚成亲，也让他松快几天……"

这些事情原本也是白卿言做惯了的，虽说因为怀了身孕萧容衍又不在，她专程离宫回了清辉院静养，可还是放心不下这些政事。

白锦稚抬手摸了摸白卿言高高耸起的肚子："我觉得我这小外甥也太乖巧了，竟然也不闹，我记得二姐怀登哥儿的时候，可遭罪了！这小外甥的性子肯定是随大姐夫了！"

白卿言垂眸摸了摸腹部，这个孩子的确乖巧，从有身孕至今除了月份大了睡得不舒坦之外，几乎没有遭罪。

白锦绣绕过屏风帷幔进来，将额前的一缕碎发拢在耳后，笑道："洪大夫说长姐怀的是男胎，都说儿像母，我看倒是和长姐的性子更像一些。"

"二姐坐这儿！"白锦桐从软榻上下来，坐在春桃端来的绣墩上。

"烦劳春桃姐姐给我找个白玉瓶来，我给长姐摘了红梅，插在白玉瓶里定然好看！"白锦昭不似小时候那般火急火燎叽叽喳喳，轻柔的嗓音极为温婉。

不多时，白锦华和白锦瑟也来了清辉院。

白卿言转头隔着窗棂看着外面落雪茫茫，积雪堆满枝头，遮盖青砖碧瓦，地龙烧得暖烘烘的屋内尽是姐妹们的欢声笑意，心头跟这炭火极旺的铜炉一般暖。

白锦华说起年幼年节时剪窗花时的趣事，春桃凑趣儿拿来了红纸和剪刀，白锦稚一不留神就剪坏一张纸，屋内又是好一阵笑声。

白卿言端起手边甜白釉茶杯，里面清亮的茶汤映着她笑意温润的眉眼，于她来说兄弟姐妹还在，这便是上天最大的恩赐，能听到姐妹的欢声笑语，便是岁月静好。